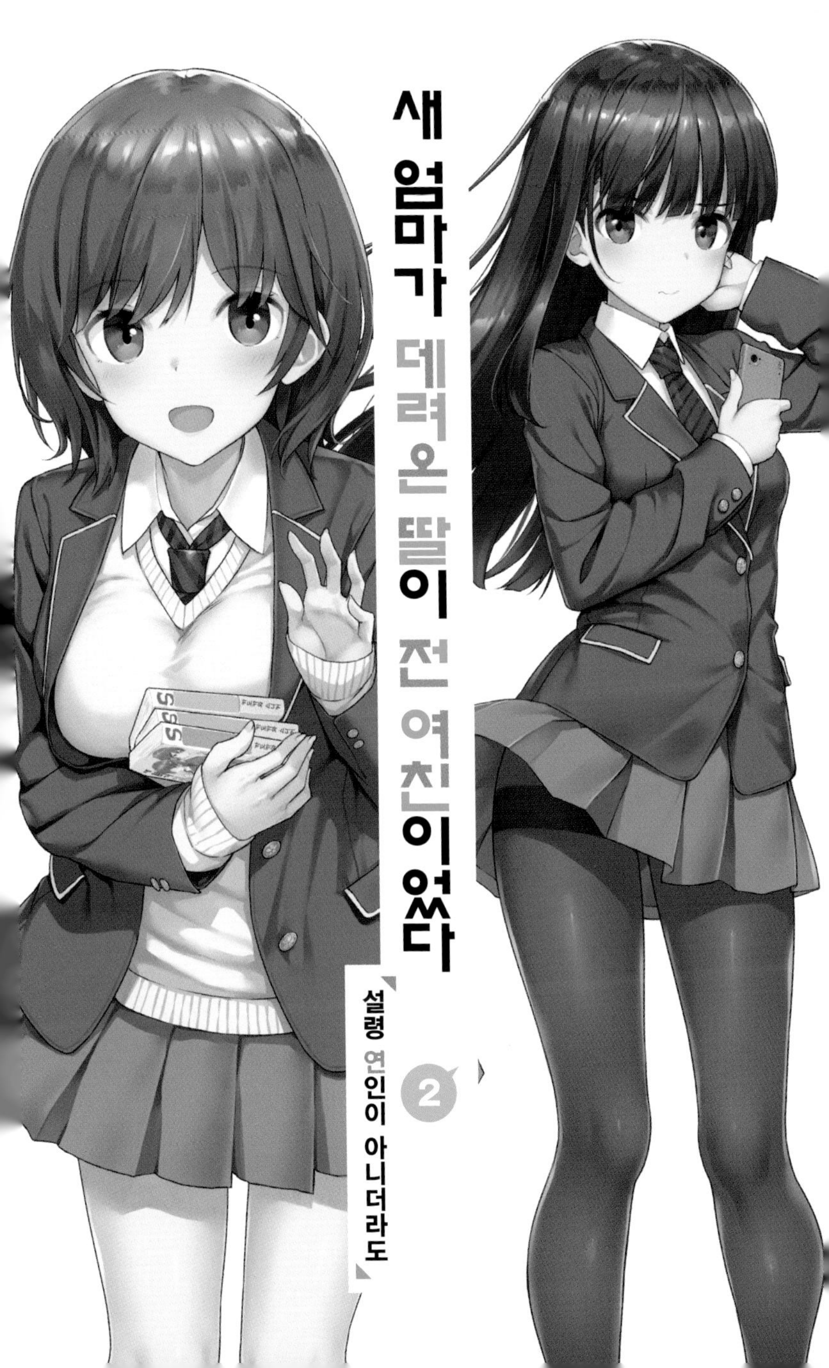
새엄마가 데려온 딸이 전 여친이었다
2
설령 연인이 아니더라도

카와나미 코구레
Kogure Kawanami
미즈토와 유메의 클래스메이트.
아카츠키와 과거에 무슨 일이
있었던 것 같은데……?
미나미 아카츠키
Akatsuki Minami
미즈토와 유메의 클래스메이트.
최근 유메에게 푹 빠져 있다.
"모처럼 유메와 단둘이 디너타임을 즐기려고 했는데……!!"
"싸구려 패밀리 레스토랑에서 디너타임은 무슨."

이리도 유메
Yume Irido
미소녀 우등생이자 고교 데뷔에 성공한. 미즈토의 전 여친이자 의붓남매.
이리토 미즈토
Mizuto Irido
유메의 전 남친이자 의붓남매. 고고한 독서가.
"고등학생이나 되어가지고 패밀리 레스토랑의 드링크바를 이용해본 적 없다니 참 신기하네~. 친구와 같이 와본 적 없어~?"
"……이봐, 의붓동생. 그 빌어먹게 짜증 나는 시선은 뭐야?"

맨발인 그 여자애의 양말은
바닥에 둔 학교 지정 로퍼에
동그랗게 말린 채로 들어 있었다.
고양이처럼 등을 굽혀서
자기 무릎에 턱을 얹은 채,
멍한 눈길로 문고본 하나를
보고 있었다.
"저는 친구라고 생각하는데요?"
히가시라 이사나
Isana Higashira
평소에 외톨이로 지내는
라노벨 오타쿠 소녀.
라노벨을 읽는다는 공통
점으로 미즈토와 의기
투합했고, 방과 후에는
도서실에서 함께 시간을
보내게 된다.

새엄마가 데려온 딸이 전 여친이었다 2

설령 연인이 아니더라도

카미시로 쿄스케 지음

타카야Ki 일러스트

이승원 옮김

목차 Contents

전 연인의 일상 스냅샷
골든위크를 보내는 법

걸작을 접했다.

나는 방금 다 읽은 책을 덮고 나서 한동안 소프트커버의 표지를 응시한 다음, 품에 꼭 안았다.

하아, 하고 한숨을 내쉬었다. 책 속의 장면이 머릿속에서 포개지며 사라졌다. 그 하나하나를 순서대로, 보물처럼 가슴 속에 담아뒀다. 행복하기 그지없는 작업이었다.

오늘은 골든위크 이틀째 낮이다.

작년과는 학교에서의 처지가 확 달라진 나는 친구들과 어울리느라 독서 시간이 현저하게 줄고 말았다. 그러니 이번 연휴에는 안 읽고 쌓아둔 책을 전부 읽자고 생각했다.

그런 생각으로 손에 쥔, 두 번째 책에서…….

궁극적으로 아름다운 이야기를 접하고 말았다.

—누군가와 이 책에 관해 이야기를 나누고 싶다.

이 기분을 누군가가 들어줬으면 한다.

그리고 가능하다면, 같은 마음을 공유해줬으면 한다.

하지만, 고등학교에서 생긴 친구 중에는 독서를 하는 친구가 거의 없었다. 인터넷에서 올라온 감상을 본다는 방법도 있지만, 나는 그런 것을 그다지 좋아하지 않는다. 예전에 좋아하는 책의 감상을 검색해봤다가 기분이 나빠진 적이 있는 것이다.

책에 대한 감상은, 타인과 마주 앉아서 이야기하는 게 최고다.

예전에는 이럴 때 어떻게 했더라…….

기억 속에 떠오른 것은, 한 남자의 얼굴이었다. 아아, 그래. 그 시절에는 감상을 이야기할 상대를 찾을 필요가 없었다. 참 호사스러운— 까지 생각한 순간, 퍼뜩 깨달았다.

그 녀석이, 지금, 한 지붕 아래에 있다.

"……어…… 어쩔 수 없네……."

다른 선택지가 없었다. 엄연히 소거법에 따라, 나는 그렇게 하기로 했다. 그렇다, 소거법에 따라서 말이다.

방을 나섰다.

옆방을 언뜻 쳐다보았지만, 1층 거실에서 인기척이 느껴졌기에 계단을 내려갔다.

거실 소파에, 내가 찾던 남자가 있었다.

이리도 미즈토. 내 의붓동생이자…… 전 남친이다.

등받이에 파묻히듯 앉아서, 재미없는 듯이 텔레비전을 응시하고 있었다. 엄청 한가해 보였다.

"……뭐, 하는 거야?"

들고 있던 책을 등 뒤로 숨기며 물었다. 그러자 미즈토가 나를 힐끔 쳐다보았다.

"가지고 있는 책을 다 읽었거든. 사러 갈까도 했는데, 바람이 센 것 같아서 관뒀어."

지금도 거실 창문이 덜컹거리고 있었다. 태풍이 왔을 때만큼은 아니지만, 날카로운 바람 소리가 들릴 정도로 강풍이 불고 있었다. 겨우 이 정도 바람에……. 이 남자, 강풍에 운행 중지되는 전철 같은 거야? 그러는 나도 머리카락이 흐트러지는 게 싫어서 집에 틀어박혀 있기로 했지만 말이야.

……어머? 이건 혹시 기회 아닐까?

이 남자가 읽을 책이 없어 한가한 것은 한 달에 한 번 있을까 말까 하는 일이다. 이 기회를 놓치면, 이 남자는 내가 추천하는 책 같은 건 읽지 않을 것이다…….

기…… 기회는 지금뿐이야……!

"흐, 흐~음……? 그렇구나……."

나는 딱히 관심 없는 척 하면서 미즈토와 약간 떨어진 곳에 앉았다.

미즈토가 나를 쳐다보았다. 미심쩍다는 듯이 미간을 찌푸리고 있었다. 나는 책을 들고 있지 않은 손으로 머리카락을 만지작거리며, 전혀 관심 없는 척했다. 진정해……. 아무 일도 없는 것처럼…….

"그렇게 한가하면…… 책 한 권 정도는 빌려줄 수 있거든?"

완벽해! 완전히 자연스러웠어! 눈곱만큼의 위화감도 없었잖아! 여우주연상 수상감이야!

미즈토는 미간을 더욱 찌푸렸다.

"……무슨 짓을 꾸미는 거야?"

"그, 그런 것 아니거든……?"

나는 얼굴이 보이지 않도록 고개를 돌렸다. 사소한 건 신경 쓰지 마!

미즈토는 계속 미심쩍어했지만…….

"뭐, 읽을 책이 없는 것보단 낫나……."

"그, 그렇지? 모처럼의 휴일이잖아!"

"그럼 적당한 걸로 한 권—."

"이거!"

나는 등 뒤에 숨기고 있던 책을 미즈토에게 내밀었다.

"이거! 정말 재미있어!"

"으, 응……?"

미즈토는 반사적으로 책을 받았다. 좀 억지스러웠을지도 모르지만, 넘겨주는 데 성공했으니 오케이!

미즈토는 소파에 고쳐 앉더니, 앞 머리카락을 만지작거리면서 표지를 봤다. 그리고, 책을 뒤집어서 뒤표지에 있는 줄거리를 훑어보았다.

"언뜻 보니, 흔한 추리소설 같은데……."

"그게 말이지……!"

무심코 이야기를 시작할 뻔한 나는 허둥지둥 입을 막았다.

이, 이야기하고 싶어……! 어떤 점이 대단한지, 엄청나게 이야기하고 싶어! 하지만 아무런 사전 정보도 없이 저 책을 읽어줬으면 해……! 그편이 훨씬 재미있을 테니까! 하지만 재미있는 부분을 알려주지 않으면 안 읽을지도 몰라……!

"……아, 아무튼, 읽어봐!"

딜레마에 휩싸인 결과, 내가 취한 행동은 고개를 숙이며 그렇게 외치는 것뿐이었다. 으으으으, 인류는 아직도 이럴 때의 대처법을 개발하지 못한 거야?!

미즈토는 미심쩍어하며 나를 쳐다보더니…….

"잘은 모르겠지만…… 뭐, 알았어."

표지를 펼치고, 안의 내용을 훑어보기 시작했다. 좋아……!

남자치고는 가느다란 손가락이 페이지를 넘겼다. 미스터리에서 절대 빠지지 않는 등장인물 일람을 지나더니, 프롤로그에 들어섰다.

문자를 읽기 시작한 의붓동생의 얼굴을 나는 옆에서 지그시 관찰했다.

미즈토가 나를 힐끔 쳐다보았다.

"……책 읽기 힘들거든?"

"앗…… 미, 미안해. 떨어져 있을게!"

나는 허둥지둥 거리를 벌렸다. 방해하면 안 돼……!

내가 1미터 넘게 떨어진 곳에서 지그시 쳐다보자, 미즈토는 어설프기 짝이 없는 쓴웃음 같은 것을 머금었다.

"…………뭐, 좋아."

미즈토는 다시 책을 쳐다보며 손가락으로 페이지를 넘겼다.

그 얼굴을, 나는 쭉 쳐다보았다.

눈앞에 있는 남자가 점점 책 속으로 빠져드는 것을 알 수 있었다. 나도 덩달아 숨을 멈췄다. 자신이 저 책을 읽을 때를 떠올리며, 그가 머릿속에서 그리고 있는 광경을 상상했다.

순식간에, 전체 페이지 중 3분의 1 정도가 넘어갔다.

"……윽……."

미즈토는 희미하게 숨을 삼켰다.

첫 번째 반전이다.

그와 동시에 미즈토는 이야기에 한 단계 더 빠져든 표정을 지었다.

나는 입가가 약간 씰룩였다.

그 순간, 미즈토의 눈이 또 나를 향했다.

나는 허둥지둥 손으로 입가를 가린 후, 아무 말 없이 고개만 저었다.

미즈토는 다시 책을 쳐다보더니, 무릎에 팔꿈치를 얹으며 몸을 앞으로 숙였다.

창밖은, 붉은 석양에 물들어 있었다.

펄럭, 펄럭, 펄럭.

페이지가 한 장 한 장, 아까의 곱절은 될 듯한 속도로 넘어갔다.

그러는 사이에도, 미즈토의 자세에는 전혀 변화가 없었다.

현실의 자신 같은 건 머릿속에 존재하지 않는 것만 같았다.

어느새, 책의 절반 이상을 읽었다.

남은 페이지는 약 3분의 1 정도.

바로 그때였다. 책을 펼치고 처음으로, 페이지를 넘기는 것 이외의 소리가 거실에 울려 퍼졌다.

"……아."

미즈토가 작은 신음을 흘렸다.

그는 눈을 살짝 치켜떴으며, 눈동자에는 납득의 빛이 어려 있었다.

그의 시야 밖에서 나는 고개를 끄덕였다. 저 부분에서 작가의 의도를 알 수 있는 것이다.

미즈토는 쉬지 않고 페이지를 계속 넘겼다.

남은 페이지가 4분의 1 정도 됐을 때였다.

곧 해결편에 들어서며, 모든 진상이 밝혀질 것이다.

미즈토가, 페이지를 넘기던 손길을 멈췄다.

"…………?"

내가 의아해하고 있을 때, 미즈토는 페이지를 앞쪽으로 넘기기 시작했다.

……뭘 하는 걸까?

그는 여러 장면을 다시 읽어보더니, 가느다란 검지를 책갈피 삼으며 책을 덮었다. 그리고 앞으로 굽히고 있던 몸을 펴더니 소파 등받이에 천천히 몸을 맡겼다.

그리고 천장을 향한 눈을 감고 입을 다문 채로 뭔가를 중얼거리기 시작했다.

해…… 해결편을 읽기 전에 추리를 하고 있어~~~!!

추리소설을 저런 식으로 읽는 사람을, 나는 처음 봤다. 사귀던 시절에도, 미즈토가 책 한 권을 처음부터 끝까지 다 읽을 때까지 옆에서 관찰한 적은 없었다……. 독서 속도는 내가 빠르다고 생각했는데, 어쩌면 매번 이 작업을 하기 때문인 건 아닐까.

"그게 이렇게 되어서…… 그러니— 아!"

아마, 10분 정도 걸렸을까.

미즈토는 눈을 치켜뜨더니, 다시 페이지를 앞쪽으로 넘겨서 뭔가를 확인한 후에 고개를 몇 번이나 끄덕였다. 답을 찾은 것 같았다.

빠르네.

그 후에야, 드디어 마지막 해결편으로 페이지를 넘겼다.

나는 입술이 씰룩거리려고 하는 것을 참았다.

이제 얼마 안 남았다. 잠시 후면—.

"—어?"

눈이 콩알만 해졌다.

지금 눈앞에서, 그런 일이 실제로 벌어졌다.

"앗…… 어, 어엇?! 아…… 아아아아~~!!"

이해를 한 건지 비명을 지른 건지 알 수 없는 소리를 내며, 미즈토는 머리를 감싸 쥐기 시작했다.

가장 커다란 트릭에 깨끗하게 걸려들고 만 것이다.

어렴풋이 추리하기만 해도 배신을 당한 기분이 드는데, 저렇게 생각을 정리한 후에 접한다면 그 강렬한 한방은 시원시원하기 그지없을 것이다. 부럽다는 생각마저 들 정도로, 그는『당했다』라고 적힌 듯한 표정을 짓고 있었다.

그리고 책을 점점 읽어나갈수록 미즈토는 말수가 없어졌다.

마지막 몇 페이지에서는 숨조차 멈추고 있는 것 같았다.

아쉬움에 사로잡힌 듯이 천천히 페이지를 넘기더니…….

판권 페이지까지 도달한 후에야, 드디어 책을 덮었다.

힘이 빠진 것처럼 등받이에 기댄 후, 멍한 눈길로 천장을 올려다보았다. 휴우 하고 내쉰 한숨이 그의 입술 사이로 흘러나왔다.

"……어땠어?"

물어볼 필요도 없겠지만, 나는 일단 은근슬쩍 물어보았다.

미즈토는 몸이 소파에 푹 파묻힌 채, 소프트커버의 표지를 응시했다.

"걸작이야……."

여운이 어린 목소리로, 주저 없이 그렇게 말했다.

"이 책은 대체 뭐야? 이 제목은 인터넷에서도 본 적이 없어……. 이런 책이 화제가 되지 않다니, 세간은 대체 뭐 하는 거야?!"

"그렇지?! 그렇지?!"

"스토리도, 캐릭터도, 트릭도, 로직도, 전부 결말을 위해 치밀하게 짜여 있어……. 문장도 늘어지는 부분이 없어서 술술 읽혀. 그런데 후반으로 가면 갈수록, 질식할 것만 같을 정도로 밀도가……."

"맞아! 맞아, 맞아!"

나는 소파 위에서 껑충 뛰듯 미즈토에게 다가갔다.

"전반에서 후반으로 향하면서, 매끄럽게 인상이 바뀐다니깐! 끝까지 읽고 나면, 전반부의 가벼운 문체와 이 평범하기 그지없는 줄거리조차도 다르게 보여……!"

"그래! 왜 이렇게 흔하디흔한 줄거리에서 이런 이야기로 이어지는 거야?!"

"그렇지?! 나도 처음에는 전혀 기대하지 않으며 읽었다니깐!"

"처음에 복선이 있었잖아? 프롤로그의……."

"아, 응! 맞아!"

미즈토가 책을 펼치며 이야기를 하자, 나도 어깨를 맞대며 그 부분을 보았다.

"으음…… 여기 말이지? 범인의 심리 묘사……."

"그래. 그것도 있지만, 다음 줄의 이 문장을 봐."

"……어? 앗, 이게 그런 의미였어?!"

창밖은 밤이 됐지만, 우리는 의식조차 하지 않았다.

그 후로 부모님이 돌아와서 저녁 식사와 목욕을 한 후에도, 우리는 책 한 권을 함께 봤다.

결국, 둘이서 두 번이나 같은 책을 본 우리는 오전 두 시가 지나서야 잠자리에 들었다…….

다음날, 평소보다 늦게 일어난 나는 LINE을 통해 아카츠키 양을 비롯한 친구들과 같이 놀러 가기로 약속을 잡았다.

메시지에 답하면서도, 나는 머릿속으로 어제 일을 떠올렸다.

어제는 오래간만에 참 즐거웠다. 시간이 흐르는 것도 잊은 채, 좋아하는 책에 관해 마음껏 이야기를 나눈다— 그런 열띤 시간이 기억이란 형태로 굳혀지더니, 가슴 속에서 숯불처럼 불똥을 튀기고 있었다. 그 따뜻한 여운이, 아직 온몸에 흐르고 있었다.

……예전에는, 매일 이랬다.

그것이 전부였다.

그것이 전부가 아니게 된 건— 내가 그것을 선택했기 때문이다.

〈그럼, 열두 시에 역 앞에서 봐~!〉

아카츠키 양의 메시지에 답을 한 후, 나는 거울 앞에 서서 옷차림을 체크했다. 응, 나쁘지 않아. 항상 롱스커트만 입는 것도 좀 그렇지만 짧은 치마는 부끄럽고, 바지를 입으면 괜히 무게 잡는 것 같거든. 아카츠키 양은 바지가 잘 어울린다고 항상 말하지만 말이야.

가방을 손에 쥔 후, 1층으로 내려갔다.

그러자, 나를 뒤쫓듯 머리가 눌린 미즈토가 계단을 내려왔다.

어두운 회색 트레이닝 복 차림인 의붓동생은 졸린 듯한 눈길로 나를 쳐다보았다.

"……외출하는 거야?"

"응. 너와 다르게 친구가 많거든."

"흐음……."

떨떠름한 맞장구에 위화감을 느낀 순간, 미즈토가 들고 있는 책 한 권이 눈에 들어왔다.

……정말, 알기 어려우면서도 알기 쉬운 애라니깐.

나는 그 책을 못 본 척하면서…….

"너도 때로는 놀러 나가는 게 어때? 카와나미하고라도 말이야."

"나는 됐어."

미즈토는 관심 없다는 투로 그렇게 말하더니, 거실의 문을 열었다.

"……그래?"

나는 현관을 향해 걸음을 옮기면서 말했다.

"—내가 돌아오면 말이야."

"응?"

"나한테도, 책 좀 빌려줘. 불공평하잖아."

예를 들어, 손에 들고 있는 그 책이라던가.

잠시 침묵이 흘렀다. 나는 돌아보지 않았기에, 미즈토가 어쩌고 있는지 알 수 없었다.

이윽고, 미즈토가 낮은 목소리로 답했다.

"……생각해볼게."

나는 약간…… 아주 약간, 표정이 부드러워졌다.

그리고, 현관을 향하면서 말했다.

연인이었던 시절에는 하지 못했던 말을.

"그럼 다녀올게."

"다녀와."

전 연인은 자리를 바꾼다
"…………0.33 퍼센트…………."

이제 와서는 젊은 날의 치기라고 말할 수밖에 없겠지만, 중학교 2학년 때부터 중학교 3학년 때까지 나에게는 소위 여친이라 부르는 존재가 있었다.

엄밀하게 따지자면, 중학교 2학년 9월부터 중학교 3학년 3월까지, 약 19개월 간— 그 중에서 중학교 2학년 9월부터 3월까지의 7개월간, 우리는 같은 반에서 지냈다.

7개월.

학생이었던 적이 있는 인간이라면, 이 숫자가 무엇을 의미하는지 물론 알 것이다.

그렇다— 나와 아야이 유메는 사귀는 사이에 합계 약 일곱 번, 자리 바꾸기를 경험했다.

『약』이란 말이 붙는 건, 한 달 중 절반가량이 방학인 12월과 3월에 자리 바꾸기를 했는지 잘 기억이 나지 않기 때문이다. 아무튼 얼추 그 횟수만큼 반의 자리 배치가 바뀌었다.

그 중, 우리는 딱 한 번, 나란히 앉게 된 적이 있었다.

딱 한 달 동안, 학교에 있는 시간 전부를 1미터도 채 안 되는 거리에서 보낸 것이다.

그게 뭐 어쨌다는 거냐고 지금의 나는 생각하지만, 당시의 나에게 그 일은 바라마지 않던 횡재 그 자체였던 것 같다. 노트를 봐도 그 기간의 수업 필기만 글씨가 꽤 엉망이었는데— 수업에 전혀 집중하지 못한 사이에 교사가 칠판을 지우기 시작한 탓에, 허둥지둥 필기하는 모습이 눈앞에 어른거렸다.

그래도 아싸 그 자체나 다름없는 나와 아야이는 수업 중에 몰래 이야기를 나누거나 하지는 않았다.

우리가 한 것이라고는 때때로 서로를 힐끔힐끔 쳐다보거나, 떨어뜨린 고무를 건네주는 척하면서 손가락을 맞대거나, 편지 대신 메모를 주고받는 것 정도였다. —그딴 게 뭐 그리 재미있었던 걸까. 연락 같은 건 스마트폰으로 하라고 말해주고 싶다.

……하지만 남들 몰래 메모를 주고받거나, 그걸 읽는 상대방의 얼굴을 몰래 훔쳐보는 것을 당시의 우리는 매우 즐거워했다. 지금 와서는 전혀 이해가 안 되지만 말이다!

그런 나날도 한 달 만에 끝났다.

매달 월말에 자리를 바꾸는 것이 우리 반의 관례였고— 제비뽑기 결과, 우리는 허무하게도 멀찍이 떨어진 자리로 이동하게 됐다.

특정 상대와 두 번 연속으로 나란히 앉게 될 확률은, 한 반의 학생이 30명 정도에 벽 쪽 자리가 다섯 개라고 친다면 얼추 0.33퍼센트다. 얼미 진에 헤어진 전 여친과 의붓남매가 될 확률에 비하면 높을지도 모르지만, 그래도 흔히 일어날 일은 아니다.

……왜 그런 세세한 확률을 아는 것이냐는 질문은 받지 않겠다. 당시의 나는 배운 것을 써 보고 싶어 하는 전형적인 중학생이었을 뿐이다.

그리고, 이별을 앞두고 유종의 미를 거둬야 하는 학급회의 시간의 일이다.

교사가 만든 제비를 뽑기 위해, 클래스메이트들이 차례차례 앞으로 나섰다.

내 대각선 앞자리의 학생이 제비를 뽑고, 다음으로 내 옆자리인 아야이의 차례가 됐을 때였다.

—……아, 저기…….

옆자리에 있던 나 말고는 이 세상의 그 누구에게도 들리지 않을 만큼, 작고 가녀린 목소리가 내 귓속으로 스며들어왔다.

그때가 바로 아야이가 처음으로 교실에서 나에게 말을 건 순간이었던 것으로 기억한다.

—어?

그래서 나는 놀랐다.

마치 생판 남이 말을 걸어왔을 때처럼, 어리둥절한 표정을 짓고 말았다.

남과의 대화에서 부자유스러운 느낌을 받은 적이 없는 인간이라면 이해가 안 될지도 모르지만, 아야이처럼 내성적인 여자애 — 물론 성질머리 더러운 현재의 그녀는 해당하지 않는다 — 에게, 이것은 사형 선고나 다름없는 대응이었다.

—앗…… 미, 미안…….

미안하다는 말도 끝까지 잇지 못한 채, 아야이는 제비를 뽑으러 가버렸다. 결국 나는 변명을 할 기회를 잃고 말았다.

나는 커뮤니케이션 장애 인간의 심리를 아는 남자이기에, 하교 때 사과하며 무슨 일이었는지 물어봤다. 하지만 아야이는 얼버무리듯 웃으며『아무것도 아냐』하고 말하기만 했다.

물론, 진짜로 아무것도 아닐 리가 없다.

커뮤니케이션 장애인 사람은 고집스러울 정도로 자기주장을 하지 않는 것이다.

결국, 억지로 캐내는 것을 포기한 나는 그 일을 두 번 다시 언급하지 않았다.

겨우 그뿐인, 모 드라마의 주인공인 스기시타 우쿄 형사도 무시하고 넘어갈 듯한 사소한 일을, 나는 아직도 떠올릴 때가 있었다.

긴장한 것을 한눈에 알 수 있는, 굳어 있을 뿐만 아니라 희미하게 벌게진 얼굴.

용기를 쥐어 짜내려는 것처럼 꼭 말아 쥐었지만, 어찌 된 건지 오른손 새끼손가락만 세우고 있던 손.

그리고 나에게 뭔가를 기대하듯, 올려다보는 눈동자…….
그때— 아야이는 대체, 나에게 무슨 말을 하려고 했던 걸까?

◆

"그럼 골든위크 전에 말했던 대로, 오늘 학급회의 시간에 자리 바꾸기를 하겠다~."

좋았어어어어어!! 하고, 교실 전체에서 비정상적인 환성이 터져 나왔다.

하아. 자리를 바꾸는 것 가지고 뭘 그렇게 즐거워하는 걸까. 인생이 참 즐거워 보여 진심으로 부러운걸.

—평소의 나라면 그런 배배 꼬인 생각을 했겠지만, 오늘만큼은 나도 기쁨을 감출 수 없었다.

입학 후로 한 달. 골든위크 직후 첫날인 오늘까지, 우리는 출석번호 순서로 자리에 앉아있었다.

그랬던 자리 배치가 변한다.

변화하는 것이다.

즉— 등 뒤에 있는 성질머리 더러운 여자에게서 해방된다!

정말 멋진 날이다.

등 뒤를 내준 후로 펼쳐진 고통스럽기 그지없는 나날— 의자를 걷어차이고, 목덜미를 샤프로 찔러대고, 수업에서 지명을 당했을 때 속삭임 전술을 펼쳐대는 등— 8대 지옥

못지않은 고난의 나날에, 드디어 종지부가 찍히는 것이다.

이것을 기념하는 기념일을 만들자. 담임이 방금 입에 담은 자리 바꾸기란 말을 인용해, 이제부터 오늘은 자리 바꾸기 기념일이다.

"(……무척 기뻐 보이네.)"

감격한 내 뒤편에서, 가시 돋친 속삭임이 나를 찔러댔다.

아니, 샤프를 가지고 물리적으로 찌르고 있었다.

내 의붓동생이자 전 여친, 그리고 현 클래스메이트. 이리도 유메의 범행이다.

……후, 후훗. 이것은 최후의 시련이다. 신이여. 네놈 때문에 온갖 고난을 겪었지만, 이번에야말로 나는 승리하겠다. 이 시련을 견뎌내서, 인간이 얼마나 강한지 증명하고 말리라.

"(저기……! 무슨 말 좀 해봐!)"

인류의 긍지를 짊어진 내 등에, 계속해서 고문이 푹푹푹푹 가해졌다.

……슬슬 아프기 시작하는걸.

1교시 교사가 아직 오지 않았기에, 나는 몰래 책상 아래편으로 스마트폰을 꺼냈다.

〈사람 등에 찌르지 말라는 것도 배운 적 없는 거냐 이 사디스트 여자야〉-09:02

LINE으로 송신.

곧 찌르기 연타가 중단되더니, 답장이 왔다.

〈어머, 미안해라. 시험 범위가 아니었거든〉-09:03

〈도덕 수업을 듣는 편이 좋겠는걸〉-09:03

〈뭐? 생물 수업이 아니라? 가축 교육적인 의미에서 말이야〉-09:04

핑크색 돼지가 꿀꿀 하고 우는 스탬프가 오자, 내 볼이 실룩거렸다.

〈미안하네. 시험 범위가 아니라서 말이지〉-09:05

〈뭐?〉-09:05

〈아무리 나라도 오랑우탄이 일본어를 이해하게 만드는 법은 안 배웠어〉-09:06

"오랑……?!"

등 뒤에서 아연실색한 듯한 목소리가 희미하게 들려오자, 나는 웃음을 참았다.

〈까불지 마〉-09:07

〈우와, 초딩 수준의 코멘트다! 도망쳐!〉-09:07

〈현대국어 성적이 좋다고 뻐기기는〉-09:07

〈몸 둘 바를 모르겠사옵니다. 입시 전교 1등이신 이리도 유메 양〉-09:08

텅! 하고 뒤편에서 내 의자의 등받이 부분이 걷어차였다.

예전에 입시 답안의 자기 채점을 마치고 서로에게 보여준 적이 있는데, 현대국어 성적만 10점 이상 차이를 내며 내가 앞섰다.

독서가 취미인 학생은 다들 현대국어 성적을 자랑스럽게 여긴다(자체 조사 결과). 그 긍지에 흠집이 난 듯한 이 여자는 이 일을 언급하면 항상 언짢아했고, 나는 반대로 기분이 좋아졌다.

"늦어서 미안하다!"

그리고 답장이 오기도 전에, 1교시 교사가 10분 정도 늦게 교실에 들어왔다.

오늘 LINE 배틀은 내 승리인걸. 바짝 약이 오른 그녀의 얼굴이 눈앞에 어른거리는 것만 같아.

스마트폰을 호주머니에 집어넣으려고 한 바로 그때, 또 착신을 알리는 진동이 느껴졌다.

〈저기〉—09:11

그게 다였다. 다음 문장은 오지 않았다.

내가 의아해하며 어깨 너머로 뒤편을 힐끔 쳐다보니, 유메는 진지한 표정으로 교과서와 노트를 펼쳐보고 있었다. 스마트폰은 손에 들고 있지 않았다.

무슨 말을 하려다, 교사가 와서 관둔 걸까.

일본어 표기 순서 탓에, 성이 같다는 숙명을 지닌 우리는 앞에서 첫 번째 두 번째 자리에 앉아있다. 이 자리에서 스마트폰을 조작했다간 바로 들통날 테니, 수업 중에는 서로가 딴짓하지 않는 것이 우리의 룰이다. 이 녀석과 함께 스마트폰을 몰수당하는 것 같은 치욕을 당할 수야 없다.

……무슨 말을 하려다 만 것일까.

신경 쓰이지 않는다면 거짓말이겠지만, 교사가 칠판에 필기를 시작했기에 나는 그쪽에 집중하기로 했다.

종이 친 순간, 교실 안의 분위기가 이완됐다.

오전 수업이 끝난 것이다.

약 서른 명의 학생(세세한 숫자는 기억하지 않는다)은 정지되어 있던 시간이 다시 흐르기 시작한 것처럼 자리에서 일어났다. 손에는 도시락 혹은 지갑이 쥐어져 있었으며, 마치 당연하다는 듯이 친구들과 함께 점심을 먹기 시작했다.

밥 같은 건 혼자 먹어.

—그런 어른스럽지 못한 소리는, 오늘만은 하지 않겠다. 자리 바꾸기 기념일이니 말이다.

나는 손수건에 쌓인 도시락을 꺼낸 후, 아무 말 없이 손바닥을 맞대며 감사 인사를 했다.

원래 편부 가정이었던 나는 중학생 때까지만 해도 매점이나 편의점에서 사 온 것으로 점심을 해결했다. 하지만 고등학교에 들어온 이후로는 의붓어머니인 유니 씨가 매일 아침 출근하기 전에 의욕적으로 도시락을 만들어줬다.

물론, 유메 것도 같이 말이다.

딱히 무리할 필요 없다고 나는 말했지만, 유니 씨는 한창 성장기인 아들에게 도시락을 만들어주는 게 꿈이었다고 한다. 유메는 덤이라고 농담 투로 말하는 유니 씨는 정말 기뻐 보였기에, 우리는 아무 말도 못했지만— 사실, 우리가 수제 도시락을 거부한 데는 다른 이유가 있었다.

"여어, 친구. 여전히 사람 기다릴 줄 모르는 녀석이구나."

언뜻 경박해 보이는 갈색 머리 남자가 단과자빵과 종이팩 레몬티를 손에 들고 다가왔다. 자칭 내 친구인 카와나미 코구레다. 카와나미는 내 도시락의 내용물을 보더니, 경박해 보이는 얼굴에 쓴웃음을 머금었다.

"오늘도 호화로운걸. 이게 이리도 양의 도시락이구나……."

"그런 쪽으로 흥미 가지지 말라고."

그렇다. 나와 유메의 도시락은 내용물이 똑같았다.

이건 어쩔 수 없는 일이지만, 우리의 본능적인 부분이 거부 반응을 보였다. 점심때 같은 메뉴를 먹으면 사이좋은 것 같이 보여서 싫다.

매우 어린애 같은 생각이라는 건 나와 유메도 알기에 유니 씨에게 말하진 않았지만…… 유메는 도시락의 내용물을 비교당하기 싫은 건지, 점심시간에는 다른 곳으로 이동할 때가 잦았다.

나는 절대 그러지 않지만 말이다. 왜 내가 저 여자를 위해서 이동해야 하냐고.

"그럼 오늘도 얻어먹을게."

"그래. 항상 내 것만 볼륨이 1.5배는 된다니깐……."

"남자 고등학생은 식욕이 왕성하다고 생각하시는 것 아닐까? 너처럼 빼빼 마른 문학 소년이라도 말이지."
"그렇다고 남기는 것도 좀 그래."
"뭐, 신경이 쓰이겠네. 나는 엄마가 늘어난 적이 없어서 모르지만 말이야."
카와나미는 미니 토마토를 한 개 집어서 입에 넣으며 말했다. 그리고 왠지 음흉한 느낌의 웃음을 머금었다.
"깨끗하게 비워진 도시락 통을 보면, 이리도 양도 너를 다시 볼 거야. 『저래 봬도 역시 남자애구나』 하고 말이지. 그걸 돕기 위해서라면 얼마든지 먹어 치워주겠어."
"고마워. 본인이 등 뒤에 있는 상황만 아니라면 더 고마웠을 거야."
목덜미를 통해 차가운 시선이 느껴졌다. 『아, 보였어. 역시 거기가 급소구나』 같은 느낌이다. 살해당하게 생겼다.
"유~메~! 점심 먹자~."
누군가가 내 뒤편에 있는 유메를 향해 쾌활한 목소리를 건넸다.
시야 구석에서 포니테일이 찰랑거렸다. 우왓, 미나미 아카츠키다! 나는 기척을 숨겼다.
"응. ……다른 애들은 어떻게 된 거야?"
"그게, 부활동 쪽으로 볼일이 있대. 이야~ 큰일났네. 나, 아직 부활동을 안 정했어. 유메는 어때?"
"나도…… 들어갈지 말지도 아직이야."

"우리 둘이서 이곳저곳 견학하러 다녔잖아? 그런데 마음에 드는 곳이 없더라니깐~. 골든위크도 지났으니까, 솔직히 말해 이제 들어가는 것도 좀 그렇긴 해. 어떻게 할까~."

이봐. 둘이서 부활동 견학을 다녔다는 이야기는 못 들었다고. 저런 위험인물과 단둘이 행동하지 마.

"이봐, 의붓동생. 인상이 좀 험악해졌잖아."

"오빠거든?"

짤막하게 정정한 후, 나는 닭튀김을 먹었다. 유니 씨가 만든 닭튀김은 맛있다. 저녁 식사 때 반찬으로 나오면 유메와 몰래 쟁탈전을 벌인다. 그 녀석 왈「맛도 모르는 초짜는 꺼져라」란다. 자기는 맛을 잘 아냐고. 하긴, 평생 먹어왔을 테니 나보다 나으려나.

"아무튼, 오늘 점심은 유메와 단둘이서 먹게 된 거야! 어떻게 할래~? 인적 없는 곳으로 갈까~?"

미나미 양은 마치 나보고 들으라는 듯한 어조로 그런 잽을 날렸다.『단둘이 으슥한 곳에 갈 거야~. 부럽지~?』같은 의미가 그 말에는 담겨 있었다. 부러울 리가 없잖아. 마치 약이라도 빤 듯한 사고회로인걸(나이스).

하지만 유메와 미나미 양이 단둘이 식사하게 하는 건 확실히 위험한데…… 먹을 것에 약을 탈 가능성도 고려해야만 한다.

뭐, 저 여자가 어떻게 되든 내가 알 바 아니지만, 아버지와 유니 씨가 슬퍼할 일은 가능한 한 미연에 방지하고 싶다.

으음, 그럼 어떻게 한다—.

"뭐야, 미나미. 오늘은 둘뿐인 거야?"

묘안이 떠오르려던 바로 그때, 기선을 제압하듯 카와나미가 입을 열었다.

"그럼 우리와 같이 먹자. 이 자리 배치도 오늘로 끝이잖아. 때로는 미팅을 즐기는 게 어때?"

……뭐……라고……?

그 뜻밖의 제안에, 나뿐만 아니라 다른 이들의 시선도 카와나미에게 쏠렸다.

카와나미는 내 시선에만 반응하더니, 몰래 윙크했다. 역겹네.

"……뭐어~? 카와나미, 이 기회에 유메와 가까워질 속셈 아냐? 역겹거든~?"

바로 요격에 나선 미나미 양이 여자애의 이점을 살려 필살의 『역겹거든~?』을 날렸다.

웬만한 남자라면 일격에 뻗어버린 후에 그대로 흙으로 돌아가 버릴 위력을 지닌 치트 기술이지만, 대(對) 미나미 아카츠키 결전 병기인 카와나미 코구레는 꿈쩍도 하지 않았다.

"아, 그런 쪽으로는 안심해도 돼. 나, 연애는 ROM 전문이거든."

"롬 전문? 그게 뭐야?"

"리드 온리 멤버. 구경만 할 뿐이야. 결국 그게 가장 즐겁다고."

"……흐음~? 즉, 관음증인 거네."

어이쿠. 미나미 양의 목소리가 약간 차가워졌다. 항상 제정신 맞는지 의심스러울 정도로 기운이 넘치는 미나미 양이 저러다니, 신기한 일도 다 있다.

……유메도 때때로 이런 톤으로 말할 때가 있긴 해.

"카와나미가 그런 소리를 하니, 신용 못 하겠어~."

"카와나미, 혹시 전과라도 있는 거야?"

"내 말 좀 들어봐, 유메! 이 녀석 말이지? 중학생 때—."

"스톱, 스톱, 스톱! 내 이야기 좀 그만해!"

"비밀을 지키고 싶으면 함부로 소녀들의 화원에 침입하려고 하지 마!"

오, 미나미 양이 우세한 것 같은걸. 카와나미는 어떻게 상황을 뒤집으려나?

내가 완전히 관객이 되어 있을 때, 카와나미는 어떤 수를 두면 좋을지 모르는 장기 기사처럼 「으그극」 하고 고뇌에 찬 신음을 흘리더니, 결국 입을 열었다.

"……알았어. 이 기회에 친목을 다지자. 도시락을 먹으며 서로의 중학생 때 이야기라도 하자고~."

""""…………윽?!""""

카와나미가 그렇게 말하자, 우리 세 사람의 침묵이 싱크로했다.

이, 이 녀석…… 뭘 어쩌려는 속셈이지……. 여기 있는 인간은 하나같이, 감추고 싶은 어마어마한 과거를 품고 있단 말이다!

"어, 어어……? 중학생 때 이야기? ……나는 괜찮지만, 유메는……."

"아, 아니, 나도 딱히 문제는 없지만, 내 동생이……."

"아, 나도, 딱히…… 재미있을 만한 건 없는데……."

그거 봐! 자칭 분위기 메이커가 괴식을 주문한 것 같은 느낌이 됐잖아!

네가 거절해, 하고 서로에게 떠미는 분위기를 자아낸 우리를 본 카와나미가 환한 미소를 머금었다.

"그래? 그럼 중학생 때 이야기는 하지 말고, 그냥 평범하게 밥이나 먹자!"

그 제안에 나와 미나미 양은 화들짝 놀랐지만, 유메만은 입을 잘못 놀렸다.

"뭐, 그런 거라면……."

"좋아, 결정!"

카와나미는 언질을 받았다는 듯이 벌떡 일어서더니, 근처에 있던 책상을 붙였다.

이건— 도어 인 더 페이스 테크닉!

양보적 요청법이라 불리는 교섭술 중 하나다. 거부당하는 게 당연한 어려운 요구를 한 후에 자기가 선심 쓰듯 진짜 요구를 해서 『아까 거부했으니, 또 거부하는 건 좀 미안하겠네』 같은 심리 때문에 요구가 받아들여지기 쉽게 하는 방법이다. 심리학 참고서에 흔히 실려 있다.

방금, 카와나미가 한 짓은 바로 그것— 나와 미나미 양은 경계하고 있었기에 눈치챘지만, 전혀 경계하지 않고 있던 유메는 걸려들고 말았다. 이 남자, 제법인걸.

"……크으……!"

"헤헷."

미나미 양이 유메에게 보이지 않게 분하다는 듯한 시선을 카와나미에게 보내자, 그는 의기양양하게 코웃음을 쳤다. 이렇게, 승부가 갈렸다.

이리하여, 기묘한 4인조가 탄생했다.

내 정면에 미나미 양, 옆자리가 카와나미, 그리고 대각선에 유메가 앉게 됐다. 남녀로 나뉘는 건 자연스럽지만, 서로가 특정 상대와 마주 보고 앉는 사태를 피하려 한 것은 네 사람의 본능이 그렇게 시킨 거라 말할 수밖에 없으리라.

"이리도와 이렇게 마주 보고 밥을 먹으니, 좀 불가사의한 느낌이 드네."

"으응…… 뭐……."

아까 전만 해도 패배자의 표정을 짓고 있던 미나미 양이 환하게 웃으며 나에게 말을 건넸다. 내가 여자애에게 익숙하지 않은 남자애 같은 대답을 한 건, 여자애에게 익숙하지 않아서가 아니라 나와 미나미 양 사이에 존재하는 일종의

교류 같은 것을 유메에게 들키지 않기 위해서다.

……하지만, 그것 또한 문제가 있는 것 같았다.

차가운 시선이 느껴진 후, 호주머니 안에 넣어둔 스마트폰에 진동했다.

"…………어?"

책상 아래편에서 스마트폰을 확인해보니, 유메한테서 메시지가 와있었다.

〈내 친구가 좀 상냥하게 대해준다고 엉큼한 눈길로 쳐다보지 마, 이 오타쿠 놈아〉-12:38

내가 오타쿠 놈이면 너는 오타쿠 년이냐, 하고 답장을 보낼까 했지만 그건 너무 직설적인 것 같았다. 그래서 나는 이런 답장을 보냈다.

〈충고해주셔서 감사합니다. 저는 어디 사는 누군가와 다르게 좀 상냥하게 대해줬다고 반해버릴 만큼 쉬운 애가 아니니, 그런 걱정 마시길. 앞으로도 잘 부탁드립니다〉-12:39

정말 정중한 답장이다. 예를 다하고 있다. 문자 입력 도우미가 대활약을 한 덕분에 순식간에 작성했다.

현실의 유메가 책상 아래편을 힐끔 쳐다보더니, 어깨를 희미하게 떨기 시작했다. 제대로 먹혔네. 미나미 양과 카와나미가 있는 이 상황에선, 자기 입으로 반론하는 것은 물론이고 노려볼 수도 없을 것이다. 푸하하!

"나와 이리도 양은 이야기를 나눈 적이 별로 없지?"

메시지로 반론을 하고 싶었겠지만, 마침 그 타이밍에 카와나미가 유메에게 말을 건넸다. 나이스 어시스트. 역시 친구를 잘 둬야 한다니깐.

"뭐? 아, 응…… 그래……. 듣고 보니, 그러네."

"유메가 이딴 경박한 남자와 가까워지게 둘 것 같아?! 오늘은 특별히 허락한 줄 알아, 카와나미!!"

"네~ 네~. 감사하옵니다~."

대화의 중심이 카와나미와 미나미 양에게 넘어가자, 유메는 다시 책상 아래편을 쳐다보았다. 반격이 날아오려나.

"전부터 궁금했던 건데, 이리도 양은 집에서 어떻게 지내?"

"아."

〈그건 좀 정도가〉-12:40

작성 도중에 보낸 것 같았다. ……좀 정도가, 대체 뭐야. 사투리인가?

"……아~ 으음. 집에서 어떻게 지내냐니? 무슨 소리야?"

"아니, 휴일에……."

"우와~. 이 녀석, 최악이네~! 딱히 친하지도 않은 여자애에게 그런 걸 묻는 거야~?"

"엉큼한 의미에서 물어본 게 아니야. 아무리 슈퍼 초식남이라고는 해도, 남자애와 한 지붕 아래에서 지내는 거잖아? 평소에 어떻게 지내는지 신경이 쓰이는 게 당연하다고~."

"뭐~ 나도 전에 이리도한테 물어보긴 했어."

"나도 남자 시점의 이야기는 물어봤지만, 여자 시점에서는 어떠냐 싶어서 말이야. 그쪽이 신경 써야 할 부분이 많을 거잖아."

"그건, 뭐, 그래……. 특히 이 남자— 그는, 휴일에도 외출을 거의 안 하거든."

〈너도 마찬가지잖아〉–12:42

"내 방 이외에서는 가능하면 긴장을 풀지 않으려고 해. 그 덕분에, 별문제 없이 지내고 있어."

〈너보단 나아〉–12:42

말하면서 문자를 보내다니, 재주가 참 좋다.

카와나미는 「흐음~」 하고 감탄한 듯한 목소리를 냈다.

"실제로는 그런 느낌이구나. 만화에서 보면 욕실에서 딱 마주치는 일 같은 것도 있던데 말이야."

"만화와 현실을 혼동하지 마, 이 바보야~!"

"누가 바보라는 거야? 시끄러워, 바보야. ……이봐, 이리도. 이 녀석이 이딴 소리를 늘어놓는데, 만화 같은 이벤트를 겪은 적이 진짜로 없는 거야?"

"없어. 욕실과 화장실에서 그런 일이 일어나지 않도록 미리 규칙을 철저하게 짰거든."

〈내 브래지어를 훔친 적은 있지만 말이야〉–12:43

〈우연히 주웠을 뿐이라고 했잖아〉–12:43

〈진짜 그럴까〉–12:43

과거의 일을 또 언급하녀 구실구질하게 굴기는……. 그 건은 이미 정리됐잖아.

저 음험하고 더럽게 감정적인 성질머리에 대해 비판해주려던 바로 그때였다.

〈너는 거짓말쟁이잖아〉-12:44

……거짓말쟁이? 내가?

이 녀석이 또 말도 안 되는 트집을……. 내가 언제 거짓말을 했다는 건데?

대각선 방향을 힐끔 쳐다보니, 유메는 창밖을 향해 고개를 돌렸다. 즉, 방금까지 나를 쳐다보고 있었다는 의미였다.

중학생 때를 포함하더라도, 내가 이 여자에게 거짓말을 한 적은 단 한 번도 없다. 애초에 거짓말할 필요가 있는 상황 자체가 발생하지 않았다. 약속을 깜빡하거나 해서 변명을 늘어놓은 적조차도 없다. 자랑은 아니지만, 나는 그 어떠한 사소한 약속도 잊지 않는 녀석이다. 예를 들자면—.

바로 그때, 나는 몸에 전류가 흐르는 듯한 느낌을 받았다.

"—앗!!"

내가 갑자기 고함을 지르자, 카와나미와 미나미 양이 깜짝 놀란 표정으로 나를 쳐다보았다.

"뭐야? 왜 그래?"

"오후 수업의 교과서를 깜빡한 거야?"

"아, 아냐…… 미안해. 아무것도 아냐. 착각 좀 했어."

나는 얼버무리면서, 뇌리에 떠오른 정보를 되새겼다.

……그, 그래……. 그때, 아야이가 하려고 했던 말은…….

유메의 얼굴을 힐끔 쳐다보니, 아무 일도 없었다는 듯이 대화에 참여하고 있었다. 하지만 나는, 나만은, 그 표정이 얼어붙어 있는 것처럼 보였다.

……이건…….

아아, 정말, 젠장. 어쩔 수 없지.

내가 졌다.

『커뮤니케이션 장애 인간의 심리를 아는 남자』란 직함은, 오늘부로 반납하겠습니다.

학급 회의— 자리 바꾸기의 시간이 왔다.

"그럼 이리도— 남자 쪽부터 차례대로 제비를 뽑으러 와라."

고등학교도 자리 바꾸기를 하는 방법 자체는 중학교와 다르지 않은 것 같았다. 담임이 직접 만든 제비를 한 명씩 뽑아서 정하는 아날로그한 방식이었다.

나는 의자를 빼며 자리에서 일어선 후, 교탁 앞에 흩뿌려져 있는 제비 중 하나를 쥐었다. 종이는 학생 전원이 뽑을 때까지 펼쳐보지 않는 것이 룰이었다.

"다음. 이리도 여자 쪽. 나와서 뽑아라."

"네."

내가 자리로 돌아가기도 전에, 출석번호 2번인 유메가 자리에서 일어났다.

제비를 뽑은 나와, 제비를 뽑으러 가는 유메가 교단 앞에서 엇갈렸다.

—이 순간.

나는 은근슬쩍 손을 뻗어서, 왼손 새끼손가락을 유메의 왼손 새끼손가락에 살짝 댔다.

"—읏?!"

그러자, 유메는 우뚝 걸음을 멈추며 나를 돌아보았다.

그 표정은 경악으로 가득 차 있었다.

나는 그 얼굴을 힐끔 쳐다봤지만, 시치미를 떼며 자리로 돌아갔다.

"이리도? 왜 그러지~?"

"……아, 아뇨. 죄송해요. 아무것도 아니에요."

유메도 교탁에 흩뿌려져 있는 제비를 오른손으로 쥐고 자리로 돌아왔다.

출석번호 3번인 클래스메이트와 엇갈린 후에 내 자리 옆을 지나가던 바로 그 찰나, 한순간 시선을 보냈다.

—무슨 속셈이야?

LINE이나 편지를 이용하지 않더라도, 그 의도는 손에 잡힐 듯이 알 수 있었다.

딱히 별다른 속셈은 없다.

그저 나는 약속을 지키는 인간이 되고 싶을 뿐이다.

……진상은, 진짜로 사소하고 아무래도 상관없는 일이었다.

옛날. 중학생 시절. 우리가 사귀던 기간에 딱 한 번, 옆자리였던 시절— 한 달 동안, 몇 번이나 메모를 주고받으면서 어떤 대화를 나눈 적이 있다.

상세한 내용은 기억나지 않지만— 가장 먼저, 아야이가 이런 내용이 담긴 메모를 줬다.

—다음 달에도 옆자리가 되면 좋겠어.

당시의 나는 그게 매우 드문 확률이라는 것을 알기에, 이런 식으로 대답했다.

—그렇게 되면 기적일 거야.

대놓고 그럴 리가 없다고 말할 수 없었기에 완곡하게 말한 것이다. 물론 기적이라는 것은 일어나지 않기에 기적이다. —나는 그런 식으로 정의하고 있지만, 아야이는 생각이 달랐던 것 같았다. 그녀는 내 말에 이렇게 답했다.

—그럼 기적이 일어나도록, 주문을 걸자.

그녀의 말에 따르면…….

좋아하는 사람과 옆자리가 되도록 해주는 주문, 이라는 것이 실제로 존재하는 것 같았다.

속이 배배 꼬인 중학생이었던 나는 어린애 장난 같은 짓이네, 하고 생각했지만 아야이는 의외로 믿는 것 같았다. 인간의 목이 잘려 나가거나 산산조각이 나는 소설을 애독하면서, 그런 부분은 꼭 여자애 같았다.

당시의 나는 아야이의 새로운 일면을 처음으로 보고(빌어먹게도) 귀엽다고 느꼈다. 그래서 뭐, 이런 짓에 어울려주는 것도 남친의 소임이겠지, 하고 생각하며 승낙했다. 하지만 이미 사귀고 있는 커플끼리 옆자리가 되게 해주는 주문은 찾지 못했기에, 우리는 지금까지 해온 짓을 참고해서 오리지널 주문을 설정했다.

그것이 제비를 뽑으러 갈 때, 아무한테도 들키지 않고 서로의 새끼손가락을 맞댄다— 라는 것이었다.

당시의 우리는 수업 중에 떨어뜨린 지우개를 건네주는 척하면서 손가락을 맞대는, 뭐가 그렇게 즐거운 건지 감도 안 오는 놀이를 하고 있었다. 이 주문은 그것의 연장선에 있었다.

그리고 나는 자리 바꾸기를 할 때, 그 약속을 까맣게 잊고 말았다.

……변명을 허락해줬으면 한다.

수업 중에 주고받은 메모가 남들 눈에 들어가는 건 위험하다. 우리가 사귄다는 사실을 바로 들킬 테니 말이다. 그래서 그런 증거품은 스파이처럼 서둘러 폐기했다.

주문에 대해 적혀 있는 메모 또한, 당연히 폐기했다.

사람은 반복을 통해 단기 기억을 장기 기억으로 바꾼다.

딱 한 번, 그것도 수업 중에 몰래, 라는 집중도가 저하된 환경에서 나눈 잡담(그런 인식이었다. 나는 말이다)의 내용을 과연 기억할 수 있을까? 절대 무리다!

……뭐, 변명은 변명에 지나지 않고, 잘못한 사람은 결국 나지만 말이다.

당시의 아야이의 심정이 어땠을지, 지금이라면 똑똑히 알 수 있다.

둘이서 정한 주문을, 내가 하지 않았다. 어쩔 수 없이 용기를 내 말을 걸어보니, 나는 까맣게 잊은 듯한 반응을 보였다.

아야이는 이렇게 생각했을 것이다.

『아. 그런 걸 진심으로 믿은 건 나뿐이었어. 그래. 나는 참 못난 애야. 중학생이나 되어서 주문 같은 걸 믿다니 말이야. 기억하지 못해서 다행이야. 이대로 아무 일도 없었던 척하는 편이 서로가 상처 입지 않겠지? 아하하…….』

울며 겨자 먹기나 다름없다.

당시의 아야이 유메는 지금과 다르게 그런 여자애였다.

—설령, 1년도 전의 일일지라도.

—설령, 지금은 싫어한다는 감정만 남아있는 상대일지라도.

이 일을 이대로 묻어버리는 건, 내 자존심이 용납하지 않는다.

그래서 지금. 바로 이 기회에, 그때 그 약속을 지킨 것이다—.

등 뒤에서 시선이 느껴졌다. 또 샤프로 찌르려는 걸까.

……오늘로, 이 시선과도 작별이다.

주문 같은 건 어린애 장난에 지나지 않으니 말이다.

◆

이 일의 결말은 아마 예상이 될 것이다.

"…………."

"…………."

나와 유메는 서로를 노려보는 것이 아니라, 감정이 묻어나지 않는 시선을 서로에게 보내고 있었다.

—앞뒤로 나란히 있는 서로의 자리에서 말이다.

"이봐이봐, 이리도 남매! 또 앞뒤 자리냐! 완전 기적이네!"

"우하아…… 이런 일이 일어나기도 하네."

카와나미와 미나미 양이 창가 가장 앞줄에서 가운데 가장 뒷줄로 이동한 나와 유메의 자리에 모여서 깜짝 놀란 목소리로 그렇게 말했다.

그렇다.

엄정한 제비의 결과, 나와 유메는 또 앞뒤 자리에 앉게 됐다.

"…………0.33퍼센트…………."

내 자리를 쳐다보며, 유메가 아무에게도 들리지 않을 목소리로 그렇게 중얼거렸다.

……하아, 친숙한 숫자네.
나는 스마트폰을 꺼낸 후, 재빨리 문자를 입력했다.
〈첫 번째는 출석번호에 따른 필연이었으니까, 그렇게 확률이 낮지는 않아〉—14:56
그러자 유메도 스마트폰을 꺼내더니, 화면을 보자마자 나를 힐끔 노려보았다.
〈확률을 계산한 거야? 완전 역겹네〉—14:57
흥, 안 통해.
역겨운 녀석한테 역겹다는 소리를 들어봤자, 아프지도 가렵지도 않아.
결국 또 신이라는 작자의 방해한 건지, 자리 바꾸기를 통해 이 여자와 떨어져 지내는 일은 물 건너 가버리고 말았다.
하지만. ……그래도, 내 목적은 달성됐다.
—앞뒤 자리이긴 해도, 이번에는 내가 뒷자리다.
즉, 입장이 역전됐다.
내가 이 여자의 등 뒤를 지배할 수 있게 된 것이다.
자아…… 한 달 동안 내가 받았던 고통을, 어떻게 돌려줄까…….
"그크크크큭……."
"저…… 저기, 그 웃음은 뭐야……. 무슨 짓을 할 속셈인 건데……?!"
"너 자신한테 물어봐."

이리하여, 해방은 요원해졌으나 보복의 기회가 찾아왔다.
이것도 주문의 효과일까?
에이, 말도 안 돼.
지금의 우리에게, 그 주문이 통할 리가 없다.
이론적으로 말이 안 되잖아?

그건 **이미 사귀고 있는 커플**을 위한 주문이니까 말이야.

전 연인은 서로에게 의지한다
"……지금은 내가, 누나인걸."

이제 와서는 젊은 날의 치기라고 말할 수밖에 없겠지만, 중학교 2학년 때부터 중학교 3학년 때까지 나에게는 소위 남친이라 부르는 존재가 있었다.

계기는 책이었다. 학교 도서실에서 땅딸보인 탓에 책을 뽑지 못하고 있을 때, 대신 책을 뽑아줬다—. 그런 흔하디흔한 계기로 우리는 만났고, 취미를 통해 의기투합했다.

하지만.

사실, 우리는 취미가 미묘하게 달랐다. 나는 본격 미스터리 전문이며, 그 남자는 장르를 가리지 않는 남독파(濫讀派)다. 중학생이란 생물은 자신이 좋아하는 것 말고는 전부 쓰레기라고 여기기에(편견), 그 남자의 독서 경향이 내 눈에는 지조 없어 보였다.

그런데도 요코미조 세이시 작품보다 다크하던 당시의 내가 시대착오적인 러브레터를 쓰게 된 건, 부아가 치밀 일이지만 취미 말고도 공감할 부분이 존재했기 때문이다.

나와 그 남자의, 취미 이외의 공통점.

지금의 이 농담 같은 상황에 부딪치게 된 요인 중 하나이기도 한 그것.

바로 부모님이 홀몸이라는 점이다.

심각한 다툼은 없었다, 고 기억한다.

초등학교 저학년 때까지, 나는 흔하디흔한 평화로운 가정에서 살고 있었다. 엄마와 아빠가 큰 소리로 싸우는 일도 없었고, 가정 폭력 또한 없었다. 그래서 당시의 나에게 있어, 그 일은 매우 느닷없이 일어났다.

엄마와 아빠가, 가족이 아니게 된 것이다.

……자세한 이야기는 듣지 못했다. 하지만, 지금은 알 수 있다. 분명 심각한 이유 같은 건 없었을 것이다. 그저 사소한 엇갈림이 시간이 지날수록 쌓여만 갔다. 과거에 존재했던 열기가 사그라들고, 차갑게 식으며, 연기처럼 사라지자…… 그 결과, 같이 있을 수 없게 됐다. 그저 그뿐이리라.

어디에나 있을 법한 일이다. ―나한테도, 일어났었으니 말이다.

하지만, 어린 나는 이해하지 못했다. 쓸쓸하고 쓸쓸해서, 매일 울었다. 엄마는 그런 나를 안아주며, 미안해, 미안해, 하고 몇 번이나 중얼거렸다. 나는 그게 슬퍼서, 엄마가 사과하는 게 싫어서, 언제부터인가 울지 않게 됐다.

그런 일이, 어릴 적에 있었기에…… 내 가슴에는 커다란 구멍이 생겨나 있었다.

당연히 존재한다 여겼던 것이 갑자기 사라지면서 생긴, 공백.

아빠와 만나지 못하게 된 것은 아니다. 지금도 1년에 한 번 정도는 만날 기회가 있다. ……하지만, 그 자리에 엄마는 없다. 나와 엄마는 가족이고, 나와 아빠도 가족이지만— 엄마와 아빠는, 이제 가족이 아니다.

어느 날, 엄마와 아빠가 가족이 아니게 됐다.

딱히 불행한 것도, 딱히 불우한 것도 아니다. ……그저, 그런 형태의 구멍이 나한테 생기고 말았을 뿐이다.

그래서 나는, 물어보지 않을 수 없었다.

—쓸쓸하지…… 않은 거야?

머뭇거리며, 조심조심하며, 내가 그렇게 묻자, 그 남자는 답했다.

—쓸쓸하다는 게, 어떤 건지 잘 모르겠어.

이제 와서 생각해보면 참 중2병스러운 대답이었다. 하지만, 그의 얼굴에는, 표정에는, 조금의 거짓도 섞이지 않은 **무**표정이 어려 있었다.

무(無).

아무런 생각이 없고, 아무렇지도 않게 생각한다.

쓸쓸하다고 느끼지도 못한다는 사실에, 풀 길 없는 안타까움을 느끼고 있는 듯한— 그런, 무표정이었다.

그 얼굴이, 내 가슴의 구멍을 강렬하게 꿰뚫고 지나갔다.

그에게는 구멍이 없다. 나처럼 가슴에 구멍이 나지는 않았으리라. 그는 나처럼 쓸쓸해서 울어본 적이 없을 것이며, 우는 것 자체가 무리다.

그러니 나처럼, 품에 안겨 위로받을 필요도 없다.

그 고독이, 그 고고함이, 내 가슴의 구멍을 꿰뚫고 지나가며 마음을 저리게 만들었다. 상처에 약이 스며들듯, 맞닿은 마음이 민감하게 반응했다.

—그 남자의 친어머니에 대해, 자세하게 물어본 적은 없다.

왜 그 남자가 저렇게 비틀린 인간으로 자란 것인지, 나는 모른다.

하지만, 부모님이 재혼하고 이 집에 이사 왔을 때, 나는 딱 한 번 **그곳**에 앉은 적이 있다.

1층 구석.

평소에는 아무도 드나들지 않는, 다다미방.

그 안쪽에 모셔져 있는— 불단 앞에 말이다.

◆

5월의 두 번째 일요일.

이 세상 남자 고등학생 대부분은 이날의 의미를 모를 것이다.

나에게 있어 1년 중에 1, 2위를 다툴 만큼 중요한 날이었다. 이전에는 압도적 1위였던 8월 27일— 바로 『이리도의 여친이 된 기념일』이 경사스럽게도 폐지됐기에, 지금은 부동의 1위일지도 모른다.

바로 어머니의 날이다.

"……저기."

골든위크가 끝난 후의 첫 토요일. 일과인 공부를 마치고 1층에 내려가 보니, 의붓동생이 느긋하게 거실 소파에 누워서 책을 보고 있었기에 나는 차가운 목소리로 말을 걸었다.

미즈토는 책에서 눈을 떼지 않은 채, 짜증 섞인 어조로 대꾸했다.

"어~? 뭐야? 이번에는 무슨 사고를 친 건데?"

"사고 쳤다는 걸 전제로 삼지 말아 줄래?!"

그러는 자기도 툭하면 사고를 치면서 말이다!

"……그게 아니라, 제대로 준비하긴 한 거야? 내일이잖아."

"응? 뭘?"

"선물! 어머니의 날 선물!"

소파의 등받이 너머에서 쳐다보며 그렇게 말하자, 이 의붓동생은 눈만 껌뻑였다.

"어머니의 날…… 어머니의 날……?"

미즈토는 책을 덮고 테이블 위에 스마트폰을 쥐더니, 그것을 입가로 가져갔다.

"오케이 구글. 어머니의 날."

"일일이 구글한테 물어보지 마!"

"흐음…… 5월 두 번째 일요일…… 항상 고생하시는 어머니에게, 감사의 마음을 표시하는 날……. 그러고 보니 들은 적 있는 것 같기도 하네."

"……진심으로 하는 말이야?"

"오랫동안 어머니 없이 살아왔으니 어쩔 수 없잖아."

"그럼 아버지의 날이 언제인지는 알아?"

"…………오케이 구글. 아버지의 날."

"일일이 구글한테 물어보지 마!!"

이 남자, 가족을 비롯해 인간에게 흥미가 너무 없다. 어떤 기적이 일어나면 이딴 인간한테 여친이 생기는 걸까? 저기, 듣고 있어? 중학생 시절의 나?

미즈토는 시선을 피하며 말했다.

"뭐, 남자는 이럴 때 아무것도 안 하는 게 보통이라고 생각하거든? 응. 그런 걸로 알고 넘어가."

"안 돼."

미즈토가 다시 쥐려고 한 책을, 나는 빼앗았다.

"내 눈에 흙이 들어갈 때까진, 어머니의 날을 무시하는 거 절대 허락 못 해."

"어머니의 날 경찰이라니, 참 못 말릴 녀석이네……. 반 다인의 20법칙 경찰과 겸임이냐?"

"그 이야기는 두 번 다시 하지 마……!"

반 다인의 20법칙[#1]에 어긋나는 추리소설을 전부 헐뜯던 맛 간 여자는 이미 죽었다.

"……아무튼, 어머니의 날 선물을 준비하지 않았다는 거지?"

"선물 같은 건 잘 몰라."

"흐음? 여친에게 줄 크리스마스 선물은 한밤중에 쳐들어 와서까지 건네줬으면서?"

"……그 이야기는 두 번 다시 하지 마."

그가 노려보자, 나는 히죽거렸다. 서로의 흑역사라면 얼마든지 알고 있다.

미즈토는 한숨을 내쉬더니 드디어 상반신을 일으켰다. 등받이 너머에서 쳐다보고 있던 나와 머리가 부딪칠 뻔했다.

"요점만 말해. 즉, 너는 내가 뭘 어떻게 했으면 하는 건데?"

"어차피 내버려 둬봤자 준비 안 할 거지? 그럼 이제부터 사러 가자."

"뭐?"

진귀한 동물이라도 본 듯한 눈길로 나를 쳐다보았다. 진짜 무례하다니깐.

"……너와? 내가? 같이?"

"그래. 나는 너를 감시할 수 있고, 부모님께 사이좋다는 어필도 할 수 있는 데다, 나와 함께 선물을 한다면 부끄럽지도

#1 반 다인의 20법칙 미국의 소설가 반 다인이 주장한, 추리 소설은 작가와 독자 간의 공정한 지적 게임이기에 페어플레이를 유지하기 위해 지켜야 한다는 20가지 법칙.

않을 뿐만 아니라, 가격도 절반만 부담하면 되잖아."

"이봐, 마지막 이유가 핵심 아냐?"

"선물은 가격이 아니라 마음이야."

실은 학교 친구들과 놀러 다니게 되면서, 예전보다 주머니 사정이 나빠졌다.

미즈토는 하아, 하고 한숨을 내쉬었다. 한숨을 내쉴 때마다 행복이 달아난다는 말이 사실이라면, 이 남자는 지금쯤 교통사고로 죽었어야 마땅하리라.

"사양하겠어. 너와 같이? 쇼핑? 흥! 10대에 망령이라도 든 거냐? 괜찮아? 아침 먹은 건 기억해?"

"……열, 받, 게, 하, 네……!"

이 남자, 내 신경을 긁는 데는 천재일 거야.

……좋아. 네가 그렇게 나온다면 나한테도 생각이 있어.

나는 거실에서 내 방으로 이동한 후, 재빨리 준비를 마쳤다. 그리고 거울 앞에 서서 체크해봤다. 완벽 그 자체라는 것을 확인한 후, 다시 계단을 내려갔다.

다시 소파에 드러누워 있던 남자의 얼굴을 머리카락을 쓸어넘기며 쳐다보았다.

"안녕, 미즈토."

"응? 아까 봤으면서 웬 인사— 어?"

미즈토는 내 모습을 올려다보더니 눈을 끔뻑였다.

나는 원피스에 카디건, 그리고 챙 넓은 모자로 피서지에

온 상류층 아가씨 패션을 갖추고 있었다.

그렇다.

이 남자의 취향에 완벽하게 맞춘 옷차림이다.

"에잇."

얼이 나간 채 나를 올려다보는 미즈토의 품에 나는 천천히 손을 댔다. 두근두근두근. 초당 한 번 이상의 페이스로 빠르게 뛰는 심장 박동이 손바닥에서 느껴졌다.

"어머. 어머어머어머? 이상하네. 평범한 의붓남매가 좀 꾸미고 나왔을 뿐인데, 왜 이렇게 가슴이 뛰는 걸까? 이 정도면 완벽한 아웃 아닐까, 동생 님?"

"으윽……! 예의 룰을 심장 박동에서 적용할 심산이냐?!"

"누구도 『불수의근에 관해서는 불문으로 한다』라는 서브룰은 만들지 않았잖아?"

의붓남매답지 않은 행동을 취한 쪽은 일시적으로 동생이 되어야 한다. 우리는 그런 룰을 만들었다. 그리고 남매가 원피스를 입었다고 동요하는 인간은 없을 것이다.

나는 입가를 말아 올리며 말을 이었다.

"그리고 동요한 걸 빼더라도, 꽤 넋 놓고 쳐다보는 것 같던걸? 실은 이런 청초한 옷차림을 좋아하는 거지? 오타쿠는 여자애에게 너무 환상을 품는다니깐."

"이제 와서 그딴 환상이 있을 리 없잖아. 누구누구 씨가 철저하게 죽여버렸거든."

“흐음, 누가 그런 건지 모르겠네. 이 자리에 있는 사람은 누나뿐인데 말이야.”

“……젠장…….”

미즈토는 투덜거리면서 상체를 일으켰다. 그리고 나를 최대한 쳐다보지 않으려 하면서…….

“……선물 사러 가면 될 거 아냐.”

어머. 의외로 순순히 따르네. 좀 더 튕길 줄 알았는데 말이야.

“그렇게 취향에 맞는 거야?”

내가 히죽거리면서 묻자, 미즈토는 「시끄러워」 하고 퉁명한 어조로 중얼거렸다.

“잠깐만 기다려! 그 옷차림으로 밖에 나가려는 거야?!”

“응? 트레이닝 복 차림으로는 안 되는 거야?”

“당연하잖아!!”

옷을 갈아입히고, 머리카락을 정돈해준 후, 우리는 그제야 밖으로 나왔다.

어쩌면 수족관에 갔을 때의 그 스타일로 나타날지도 모른다고 생각했지만, 미즈토는 평범한 셔츠에 평범한 조끼와 평범한 치노 팬츠를 입은 평범한 복장을 하고 나타났다.

하긴, 그렇게 기합이 잔뜩 들어간 복장을 하면 데이트로 오해를 받을 것이다. ……전혀 아쉽지 않거든?

나는 모자의 챙 너머로 하늘을 올려다보았다.

요즘 들어, 기온이 꽤 높아졌다. 교토의 더위는 워낙 끈적끈적한 만큼, 통풍이 잘되는 원피스를 입기 잘한 걸지도 모른다.

"그럼 가자."

"……그래."

미즈토는 고개를 휙 돌리며 그렇게 말하더니, 서둘러 걸음을 옮겼다. 아무래도 이 옷차림인 나를 철저하게 쳐다보지 않기로 작정한 것 같았다.

나는 웃음을 흘리며 그의 옆에 나란히 섰다.

일전에는 이 남자도 엄청 기합이 들어간 복장을 하고 나타나서 페이스가 흐트러졌지만, 오늘은 나의 일방적인 경기로 끝날 것 같았다. 매우 기분이 좋다.

"어디에 갈 거야? 카와라마치 쪽? 아니면 교토 역이야? 어느 쪽이든 간에, 평소 같으면 자전거를 타고 가겠지만……."

"치마 차림으로 자전거를 탈 순 없잖아? 바보 아냐?"

"그래서 어떻게 할 건지 묻는 거잖아. 문맥을 좀 파악해."

"전철을 타면 되잖아. 바보 아냐?"

"입버릇 한번 참신한걸. 확 패도 돼?"

무력 행사를 우려해 약간 거리를 벌린 후, 인근의 역으로 향했다.

목적지는 교토 역이다. 역 빌딩에서는 매년 이 시기에 선물 매장이 열린다.

우리 집에서 자전거로 갈 수 있는 거리지만, 최단 루트는 지하철이다. 운임은 200엔 정도 들지만, 10분 안에 갈 수 있다.

미즈토가 표를 끊을 때까지 기다린 후, 나는 교통카드로 개찰구를 통과했다.

"왜 카드를 안 쓰는 거야?"

"충전만 해놓고 안 쓰면 돈 낭비나 다름없잖아."

다른 사람과 놀러 갈 일이 없어서 교통카드를 쓸 기회가 없는 것 같았다. 참 불쌍하다.

플랫폼은 사람들로 붐비고 있다. 나아가려면 인파를 헤치며 이동해야만 했다. 사람들로 만들어진 미로 같은 상황을 본 미즈토가 신음을 흘렸다.

"사람이 무척 많네……."

"너는 집에 틀어박혀 지내서 모르겠지만, 휴일에는 원래 사람이 많거든?"

"그걸 아니까 집에 틀어박혀 있는 거야……."

미즈토는 질렸다는 듯한 목소리로 그렇게 말했다. 사람들로 붐비는 곳을 싫어하는 건 여전해 보였다. 뭐, 좋아하는 사람은 없을 테지만 말이다.

나는 기운이 없어 보이는 의붓동생의 팔꿈치를 꾹 잡아당겼다.

"자, 떨어지지 않게 잘 따라와."

"그렇게 되면 나는 돌아갈 거야."

미즈토는 질질 끌려가듯 플랫폼을 이동하더니, 줄을 섰다. 왠지 진짜로 동생을 돌보는 듯한 느낌이 들었다. 기왕이면 조그마하고 귀여우며 솔직한 동생이면 좋을 텐데 말이다.

이윽고 전철이 오자, 미즈토는 「으윽」 하고 질색하는 듯한 신음을 흘렸다.

"저걸 타는 거냐……. 다음 전철을 타면 안 돼?"

"어차피 다음 전철도 붐벼."

전철 안에는 손잡이를 잡은 사람들이 잔뜩 있었다. 저기에 우리가 들어가면, 어엿한 만원 전철이 완성된다.

하지만 소문으로 들은 도쿄의 만원 전철에 비하면 그나마 나을 것이다. 다른 사람과 몸이 맞닿을 정도는 아니며, 그저 한 걸음도 움직일 수 없을 뿐이다. 그런데도, 이 남자한테는 절망 그 자체인 것 같았다. 이 녀석, 도쿄에서 전철을 탔다간 죽을지도 몰라.

사람들이 내리길 기다린 후, 줄을 서서 안에 탔다. 끄트머리였기에, 미즈토가 탄 후에 문이 닫혔다.

전철이 천천히 가속하자, 몸이 약간 휘청거렸다.

바로 그때였다.

"……이봐."

"어어?"

얼빠진 목소리를 낸 건, 뒤편으로 팔을 잡아당겨졌기 때문이다.

등이 문에 닿았다.

정말, 뭐야!

약간 화난 눈길로 고개를 든 순간, 나는 숨을 삼켰다.

나와 자리를 바꾼 미즈토가 문에 손을 짚고, 몸을 버티면서 나를 내려다보고 있었다.

남자치고는 가느다란 목덜미, 하지만 존재감을 주장하고 있는 목젖이 눈앞에 있었다. 일정한 간격의 숨소리가 마치 귀에 속삭여지는 것처럼 가깝게 느껴졌다.

그리고, 아까까지 사람들에 치이며 질색하고 있던 눈동자가, 약간 화난 듯한 빛을 머금은 채 내 눈을 응시하고 있었다.

객관적으로 보자면…….

나는, 미즈토에게, 이른바 벽쿵을 당한 듯한 모양새였다.

"……일반적으로 생각해보면, 문 쪽에 서야 할 사람은 너잖아."

나는 그 퉁명한 말을 듣고, 이 행동의 의도를 알았다.

……혹시, 치한에게 희롱당할까 봐 걱정해주는 걸까?

흐음……. 흐음~?

나는 입가를 말아 올리면서 의붓동생의 눈을 올려다보았다.

"지켜주는 거야?"

"당연하지."

미즈토는 그에 맞서듯 입술을 일그러뜨렸다.

"동생으로서 당연한 행동인걸. 안 그래, 누나?"

……그렇다. 지금은 동생이었다.

나는 무심코 입술을 삐죽 내밀었다.

"……동생 주제에 건방져."

"이 세상에는 건방진 동생도 있거든— 우왓!"

"꺄앗……?!"

전철이 커브에 들어서자, 승객 전원의 몸이 옆으로 기울어졌다.

미즈토가 균형을 잃으며 비틀거리더니— 나는 어느새 그의 어깨에 얼굴을 묻은 채, 문 쪽으로 몰려 있었다.

"……미, 미안해……."

미즈토의 목소리가 내 오른쪽 귀를 간질였다.

나도 중학생 때에 비해 키가 컸지만, 성장기를 마친 이 남자보다는 작았다. 내 이마에 그의 입술이 닿을 정도의 키 차이였기에, 이런 식으로, 몸을 감싸이면, 내가 얼마나 가녀린지를 깨닫게 된다고나 할까, 으으으으…….

"일단, 떨어질게."

"—아, 잠깐, 스톱……!"

미즈토가 몸을 떼려고 하자, 나는 허둥지둥 그의 셔츠를 움켜잡았다.

조금만 더 이렇게 있고 싶다— 그런 건 당연히 아니다.

……지금 떨어졌다간, 내 얼굴을 보여주고 말 것이다.

그럼 다음번에는, 내가 동생이 되고 만다.

"어…… 어차피, 비실이인 너는 흔들릴 때마다 이럴 거잖아."

물론 솔직하게 말할 수는 없기에, 나는 재빨리 그럴듯한 이유를 둘러댔다.

"네가 편한 자세로 있어……. 어차피, 금방 내릴 거야."

"……알았어."

귀에 그 목소리와 숨결이 닿은 후, 우리는 입을 다물었다.

그 후로, 전철은 단 한 번도 흔들리지 않았다.

겨우겨우 전철에서 내린 후, 우리는 역과 이어져 있는 지하상가에 들어갔다.

인파에 섞여, 여성용 패션 가게가 줄지어 있는 길을 곧장 나아갔다. 이 길의 끝에 선물을 고를 일이 있을 때마다 이용하는 선물 매장이 있는 것이다.

사람들이 많아서 그런지, 아니면 여성용 패션 잡화가 뿜는 눈부신 분위기 탓인지, 미즈토는 왠지 불편해 보였다. 하아, 이래서 오타쿠는 문제라니깐.

"……선물을 하는 건 좋은데 말이야."

미즈토는 뭔가를 숨기고 싶은 건지, 대뜸 그렇게 말했다.

"뭘 살 거야? 생각해둔 건 있겠지?"

"부케나, 사진 액자…… 아니면 프라이팬? 엄마는 요리하는 걸 좋아하거든."

"그런데 너는 요리를 배울 생각을 안 한 거야?"

"……시끄러워. 여자라고 요리를 할 줄 알아야 한다는 건 시대착오적인 생각이야."

"흥. 하지만 부탁도 안 했는데 도시락을 만들어온 여자애가 있었— 아얏!!"

화가 나서 종아리를 걷어차 줬다. ……언젠가 꼭 설욕해야지.

그러는 사이, 목적지인 선물 매장에 도착했다. 길 건너편에 있는 꽃집에서 조그마한 꽃다발을 사는 것도 염두에 두며, 우선 여기부터 가보기로 했다.

나는 여성적인 분위기 때문에 머뭇거리는 의붓동생을 억지로 잡아끌며 들어갔다.

미즈토는 진열된 상품을 둘러보더니…….

"……흐음. 영문 모를 소품만 잔뜩 있나 했더니, 실용적인 것도 꽤 많잖아. 수첩 같은 거 말이야."

"영문 모를 소품 같은 건 보통 선물하지 않거든? 너 빼고 말이야."

"내가 언제 그런 걸 선물했는데?"

"소품은 아니지만, 영문 모를 영화를 남한테 추천한 기억은 있지 않아?"

“『메멘토』는 걸작이라고.”

“그건 그렇지만, 여중생에게 시간 순서를 파악하기 힘든 그런 영화를 추천하는 건 좀 아니지 않아?”

사귀기 전의 일이다. 『메멘토』는 기억이 10분만 유지되는 남자가 아내를 죽인 범인을 찾는 이야기이며, 걸작일 뿐만 아니라 내 취향에도 맞았다. 하지만 중학생이 동급생 여자애에게 추천할 영화로서는 좀 그렇다고 생각한다. 중학생 시절에 이 남자가 얼마나 중2병스러웠는지를 알 수 있는 대목이다.

“나는 나이와 직함이 아니라, 사람을 보고 추천할 작품을 골라. 『나비 효과』와 『12인의 성난 사람들』도 마음에 들지 않았어?”

“영화 자체는 기억하지만, 누가 추천해줬는지는 까맣게 잊었어…….”

“칫. 이럴 줄 알았으면 화사한 느낌의 연애 영화를 추천해서 억지웃음이나 짓게 만들 걸 그랬네…….”

“그렇게 해줬다면, 전부 원만하게 해결됐을 거야.”

그랬다면, 나는 분명 고백하지 않았을 것이다. 그야말로 나비 효과다.

내가 알파벳이 큼지막하게 새겨진 머그잔을 살펴보며, 의붓동생에게 물었다.

“자, 나이와 직함이 아니라 사람을 보고 추천할 것을 정하는 동생 님. 엄마에게 뭘 선물하면 좋을지 정했어?"
"유니 씨가 어떤 걸 좋아하는지 몰라. 적어도 연인끼리 쓰려고 샀다가 헤어진 후에 어떻게 처리하면 좋을지 모를 듯한 머그잔은 별로일 것 같네."
"맞아. 선물은 헤어진 후도 고려해서 골라야 하기는 해."
중학생 시절의 우리에게 칭찬할 점이 꼽자면, 페어 룩인 물건 같은 건 사지 않았다는 점이다. SNS의 커플 공동 계정처럼 처리하기 난처한 것이다.
"어떤 걸 좋아하는지는 모르지만……."
미즈토는 진열대 위편의 허공을 쳐다보며 말했다.
"유니 씨에게— 아니, 두 분에게 필요한 게 뭔지는 짐작이 돼."
"두, 분? ……아, 미네아키 아저씨도 포함해서, 말이야?"
"그래."
미즈토는 고개를 끄덕였다.
"선물은 좀 있다 사기로 하고, 이 주변을 걷지 않겠어? 좀 생각할 일이 있거든."

우리는 에스컬레이터를 타고, 교토 역 빌딩의 지상층으로 향했다.
"아, 서점이다."

"스톱! 저기 들어갔다간 시간과 예산이 전부 날아가 버릴 거야!"

먹이를 발견한 개미처럼 서점으로 빨려 들어가려 하는 미즈토를 말리면서, 우리는 선물 가게가 줄지어 있는 통로를 걸었다.

"저기, 우리 지금 뭘 하는 거야? 목적도 없이 걸어 다닐 뿐인 것 같잖아."

"그야, 목적 없이 걸어 다니고 있는 게 맞거든."

"뭐?! 나, 지금, 너와 사이좋게 산책 중인 거야?!"

"기뻐 보이네? 마치 강아지처럼 들떴잖아."

"……내가 강아지이고 네가 주인이라면, 네 손은 지금쯤 찢겨나갔을걸?"

"아하. 먹이를 줄 때는 조심하는 편이 좋겠네."

그렇게 말한 미즈토는 걸음을 옮기면서 홀짝이던 캔 커피를 나에게 내밀었다. 네가 마시던 커피 따위를 내가 마실 것 같아!

손으로 밀어내며 거부하자, 미즈토는 코웃음을 치면서 주위에 있던 쓰레기통에 캔을 던져 넣었다. ……이미 다 마셨던 거냐!

"걷는 게 목적은 아니지만, 의미는 있어. 아이디어를 찾고 있거든."

"아이디어?"

미즈토는 사람들을 피하듯 휘적휘적 걸음을 옮기면서 말했다.

"얼마 전부터 생각했던 거야. ……유니 씨도, 아버지도, 재혼한 후로 쭉 우리를 신경 쓰고 있는 듯한 느낌이 들어."

"……맞, 아. 엄마도, 재혼한 후로는 전보다 일찍 귀가하는 것 같아."

"아버지도 마찬가지야. 역시 사춘기인 남녀를 한집에서 살게 하는 점을 신경 쓰는 거겠지. 특히 유니 씨는 더 심할 거야. 여자 혼자 소중히 길러온 딸을, 같은 또래 남자애가 있는 집에서 살게 하고 싶겠냐고."

"…………나라면, 절대 싫어."

"그렇지?"

실제로, 동거가 결정되기 전에 엄마가 나에게 물었다.

상대방에게도 아들이 있는데, 괜찮겠니? 하고 말이다.

설마 같은 또래 남자애인 것으로 모자라 이 남자일 줄은 꿈에도 몰랐지만, 그 아들이 중학생 이상이라면 동거하기 싫다는 것이 내 솔직한 마음이었다.

당시는 이 남자와 헤어진 직후였다. 그런 타이밍에 다른 남자와 한 지붕 아래에서 사는 건 무리다.

하지만 내가 싫다고 말한다면, 엄마도 미네아키 아저씨와 따로 살거나 재혼 자체를 없었던 일로 할 것이다. 그래서 나는 말끝을 흐렸고, 일단 만나본 후에 결정하기로 했다.

그리고 그 아들이 바로 이 남자였기에, 나는 참아보기로 했다.

이 남자라면 정신적으로는 몰라도 신체적인 위험은 없으리라는 것을 알기 때문이었다.

……하지만, 엄마는 당연히 그 사실을 모른다. 미네아키 아저씨를 봐서 신용하기는 하지만, 나를 신경 써주고 있는 것이 틀림없다.

"사실 그런 부분은 우리가 행동을 통해 불식시켜야만 하는 의혹이야. 하루아침에 어떻게 하는 건 무리지."

"응, 맞아. 한밤중에 내 방에 찾아오는 짓 같은 건 이제 하지 마."

"그 대사는 그대로 너한테 돌려주겠어. ……그래, 꼭 연락할 일이 있으면 스마트폰을 이용하자."

내가 미즈토의 얼굴을 지그시 쳐다보자, 그는 미심쩍은 눈길을 보내왔다.

"왜 그래? 불만이라도 있어?"

"…………. 딱히 그런 건 아냐."

한밤중에, 각자의 방에서, 몰래 스마트폰으로 이야기를 나눈다.

그러면…… 사귀던 시절과 다를 게 없지 않아?

―그런 소리를 입에 담는다면, 내 말을 곡해하며 또 놀릴 게 뻔하다.

"그건 그렇고……."

내 생각을 전혀 눈치채지 못한 것 같은 미즈토가 말을 계속 이어갔다.

"두 사람이 우리만 계속 신경 쓰는 게, 좀 유감스러워."

"유감?"

"모처럼 결혼을 했으니, 조금은 부부생활을 즐기고 싶을 것 같거든."

"……그래."

엄마와 미네아키 아저씨는 일단 신혼이다. 하지만 우리가 있기에 자신들만 신경 쓸 수 없다. 그건, 확실히…… 가슴 아픈 일이다.

"그러니까 말이야."

미즈토는 호주머니에 손을 집어넣은 채 걸으면서, 차분한 목소리로 말했다.

"우리가 줄 수 있는 가장 큰 선물은 바로, **시간**— 아버지와 유니 씨가, 부부로서 보낼 시간. 그게 아닐까, 하고 생각하는데 말이지……."

그의 얼굴에는 농담 하는 투나 무게 잡는 느낌이 아니라, 그저 당연한 말을 당연한 듯이 하는 듯한 진지함이 어려 있었다.

……이 남자가, 이런 말을 다 하다니…….

쓸쓸하다는 게 어떤 건지 모르겠다— 그렇게 말하던, 그가…….

"……뭐, 문제는 그 구체적인 수단이 생각나지 않는다는 거야. 식사권이나 여행권을 선물해주면 손쉽겠지만, 두 분은 직업이 있잖아. 그리고 우리 용돈으로 사기에는 좀 부담되는 게 사실이고……."

"……그래서, 아이디어를 찾고 있는 거야?"

"맞아. 평소 돌아다니지 않는 장소를 걸으며 평소 보지 않는 걸 보다 보면, 평소 생각도 못 한 아이디어가 떠오르지 않을까 싶어서 말이지."

이 남자는 대체 얼마나 많은 생각을 하면서 살고 있는 걸까.

내가 말을 꺼낼 때까지는 어머니의 날도 몰랐으면서, 이 짧은 시간에 나보다 더 깊은 생각을 하고 있다.

이렇게 생각이 깊은 건, 아마도…… 대신 생각해줄 누군가가 없었으니까.

자신의 외부에, 두뇌의 리소스를 할애할 수가 없었으니까.

……가슴 속의 구멍에, 바람이 불었다.

그리고, 마치 딱지가 떨어지듯, 하나의 해답이 툭 떨어졌다.

"……그럼 발상을 전환하면 되지 않을까?"

혼잣말을 하듯 내가 중얼거린 말에, 미즈토가 주목했다.

"부부만의 시간을 만들어주고 싶다면, 꼭 두 분을 다른 곳에 보낼 필요가 없—."

바로 그 순간이었다.

역 빌딩 밖이 보이면서, 도로를 달리는 자동차와 길 건너편의 건물이 보이더니…….

그 가게의 간판이 눈에 들어왔다.

마치 짜기라도 한 것 같은 타이밍이지만, 어디까지나 우연이다.

평소 돌아다니지 않는 장소를 걸으며, 평소 보지 않는 것을 보다 보니— 우리는 평소 생각도 못 한 아이디어가 떠오르고 만 것이다.

"……그래."

납득한 투로 그렇게 중얼거린 미즈토가 스마트폰의 시계를 쳐다보았다.

"오늘—은, 너무 갑작스러우니 다음 주 주말이 적당하겠어……."

"어……? 자, 잠깐만 있어 봐. 진심이야?!"

"네가 내놓은 아이디어잖아."

"아, 아니, 나는 그저, 그런 식으로 생각할 수도 있다는 의미로……!"

"다른 아이디어가 있으면 기쁜 마음으로 따르겠어."

"……아…… 으으……."

다른 아이디어는 생각나지 않았다. 머릿속은 공회전을 하고 있었으며, 이 남자가 납득할 만한 묘안은 전혀 생각나지 않았다.

하지만, 하지만…….

설마, 이 남자가, 이런 말을 할 줄은……!

나는 다시 한 번, 맞은편에 있는 그 가게의 간판을 올려다보았다.

빌딩 2층에서 큼지막하게 자기주장을 하는 건, 『인터넷』, 『만화』 같은 글자다. 약간 비합법적인 분위기가 느껴지는 건, 아마 내가 품고 있는 이미지 때문이리라. 돈이 없는 사람이 **그렇고 그런 짓**을 할 때 이용하기도 한다는 것을, 나는 지식으로서 알고 있는 것이다.

우리의 눈에 들어온 것은— **인터넷 카페**였다.

"—엄마, 항상 고마워. 이건 어머니의 날 선물인데…… 나와, 미즈토가 같이 고른 거야."

다음날, 일요일 오후— 거실에서의 일이다.

나는 작년과 똑같은 말을 입에 담으며, 어제 사 왔던 조그마한 부케를 어머니에게 건넸다.

손바닥 사이즈의 조그마한 꽃다발을 받은 엄마가 눈을 끔뻑이더니, 내 옆에 있는 미즈토를 쳐다보았다.

"어……? 미즈토도?"

당사자는 고개를 돌리고 있었다. ……이 녀석, 부끄러워하는 걸까?

나는 의붓동생의 옆구리를 팔꿈치로 찌르며 말없이 재촉했다.

미즈토는 결국 엄마와 눈을 맞추지 않은 채, 우물거리는 듯한 목소리로 말했다.

"일단…… 도시락도 싸주시고, 여러모로 돌봐주시는 것에 대한…… 감사의 뜻이랄까…… 뭐, 그런 의미예요."

이 남자, 평범하게 『고맙다』는 말도 못하는 걸까. 이럴 때조차도 빙빙 돌려 말하고 있었다.

하지만 엄마는 그걸로 충분했던 것 같았다.

엄마의 두 눈에서, 눈물이 방울져서 흘러내린 것이다.

"어…… 저, 저기, 유니 씨?"

미즈토는 화들짝 놀라더니, 허둥댔다.

나는…… 이런 사태가 벌어질지도 모른단 예상을 했다.

엄마는 다 큰 딸이 있는데도, 어린애처럼 잘 우니 말이다.

"으흑…… 우엥…… 우에에엥……! 나야말로…… 고마워어어어어……!!"

얼굴이 눈물로 범벅이 된 엄마가 부케를 들지 않은 손으로 미즈토를 꼭 끌어안았다. 미즈토는 아직 당황한 것 같지만, 아무 말 없이 그 포옹을 받아들였다.

엄마는 지금까지, 한 번도 미즈토에게 『엄마』라 불러달라고 말한 적이 없다. 미즈토는 타인과의 거리에 무심하기에 신경도 쓰지 않는 것 같지만, 엄마는 그런 그에게 가족으로 인정받고 있는 것인지 불안했으리라.

그것도 그럴 것이, 한 번 실패했던 것이다. ―타인과 가족이 된다는 것에…….

그것을 알기에, 나는 미즈토에게도 어머니의 날에 선물을 하게 한 것이다.

"유메도 고마워어어어어어어어!!"

한참 동안 미즈토를 안아준 후, 다음은 내 차례였다.

"엄마, 미안하지만 내 옷 더럽히지 마."

"알았어어어어어어!!"

눈물과 콧물이 내 옷에 묻지 않도록, 엄마는 발돋움을 하며 내 어깨에 턱을 얹듯 포옹했다. 나는 잠시 몸을 웅크리고 있어야만 했다.

중학생 때, 성장기를 맞이한 나는 키로 엄마를 추월했다. 그것을 안 엄마는『내 딸이지만 약았어!』하며 토라졌었지…….

"참 착한 애들이야~! 유메도, 미즈토 군도, 너무 착해애애애……!!"

"응, 응."

나는 엄마의 등을 상냥히 두드려줬다. 이래서야 누가 딸인지 모르겠다.

―그런 우리를, 미즈토는 언젠가 봤던 무표정한 얼굴로 바라보고 있었다.

엄마는 우리를 안고 한참을 운 후, 이번에는「미네아키 씨이이이이이이이!!」하고 외치면서 조금 떨어진 곳에 있던 미네아키 아저씨의 품에 뛰어들었다. 미네아키 아저씨는 상냥한 쓴웃음을 머금더니, 아까 내가 한 것처럼 엄마를 달랬다.

—아아. 이번에는 분명, 괜찮을 거야.

그런 생각을 하고 있을 때, 미즈토가 몰래 거실을 빠져나가는 모습이 눈에 들어왔다.

"…………어?"

의아하게 생각한 나는 두 분을 거실에 두고 미즈토의 뒤를 쫓았다.

미즈토는 복도에 없었다. 대신, 복도 끝에 있는 장지문이 열려 있는 모습이 눈에 들어왔다.

나는 무심코 발소리를 죽인 채, 열린 장지문에 다가갔다.

댕…… 하는 소리가 들렸다.

나지막하면서도, 기나긴 소리였다. 자신의 마음을— 추억을 회상할 시간을 주듯 울려퍼지는 그 소리를, 나는 안다.

나도 딱 한 번, 저 소리를 내본 적이 있다.

—이 다다미방의, 불단에서 말이다.

나는 열린 장지문을 통해 안쪽을 슬그머니 들여다보았다.

불도 켜지 않은 채, 다다미 위에 단정하게 무릎을 모으고 앉아있는 이의 뒷모습이 눈에 들어왔다.

그 앞에는 아담한 불단 하나가 있었다. 어둑어둑해서 잘 보이지 않지만…… 그 불단에는 20대 정도로 보이는 여성의 사진이 놓여 있었다.

이리도 카나— 란, 이름이었던 것으로 기억한다.

그것은— 이리도 미즈토를, 낳아준 어머니의 불단이었다.

미즈토는 10초 넘게, 아무 말 없이 합장을 하고 있었다.

이윽고 얼굴을 들더니, 한동안 사진을— 영정을 응시한 후, 몸을 일으키며 돌아본 순간에야 문턱에 서 있는 나를 발견했다.

"……훔쳐보는 거야?"

풀 한 포기 없는 사막을 연상케 하는 무표정한 얼굴로, 미즈토는 나를 향해 비난 섞인 시선을 보냈다.

나는 그 시선을 무시하며, 다다미방 안으로 들어갔다.

불단 앞의 방석에 가지런히 앉은 후, 조그마한 봉을 쥐고 금색 방울을 가볍게 쳤다.

댕…… 하는 소리가 길게 울려 퍼졌다.

나는 합장을 한 후, 한동안 눈을 감고 있었다.

고개를 들어보니, 자리에서 일어났던 미즈토가 내 옆에 다시 앉아있었다.

무표정한 얼굴로, 침묵을 지키고 있었다.

하염없이 불단을 응시하고만 있었기에, 내가 먼저 입을 열었다.

"……기억나지, 않는댔지?"

주어와 목적어가 없는 질문에 미즈토는 바로 답했다.

"원래, 몸이 약하셨대."

대답 또한 짤막했지만, 나는 그것만으로 눈치챘다.

출산 때의 체력 소모가 영향을 끼쳤다는 의미이리라.

그래서…… 그가 철이 들기도 전에 불귀의 객이 되고 말았다.

"얼굴도, 이 사진의 모습만 기억해. 어떤 말투를 썼는지, 무엇을 좋아했고 무엇을 싫어했는지, 전부 몰라. 아버지도 그다지 이야기하지 않거든. —그저, **미즈토**, 란 이름이 존재해. 확실한 건, 그게 다야."

미즈토란 이름에는 물 수(水)란 한자가 들어간다.

그리고, 카나란 이름에는 물 하(河)란 한자가 들어가는 것이다…….

한 달도 더 전의 일이다. 이 집에 이사를 온 날, 나와 엄마가 가장 먼저 찾아간 곳은 거실이나 방이 아니라, 이 다다미방이었다.

나와 엄마는 이 불단 앞에 앉아서 합장을 하며, 인사를 했다.

깊이 고개를 숙이며, 엄마는 이렇게 말했다.

—미안해요. 그리고 부디, 잘 부탁해요.

이 집에는 아직 이 사람의 **자리**가 남아있다. 그것을 알기에, 엄마는 사과했다. 허락을 구하며 고개를 숙였다.

그 자리에는 미즈토도 있었으며, ……그때도, 그는 무표정했다.

그의 이름에는, 어머니의 존재가 새겨져 있다.

그래서 미네아키 아저씨도, 그리고 엄마도, 그녀가 아직 이 집에 존재한다는 것을 인정했다.

—하지만, 미즈토 본인에게는 아무것도 없다.

추억도 없다. 기억도 없다. 지식마저 변변치 않다.

하지만, **어머니라는 존재하지도 않는 결여**를 떠안고 있다. ……그러니, 이러지도 저러지도 못하는 게 당연했다. —아무런 생각도 들지 않는 게 당연했다.

그저 **아무것도 없다**고 답하는 것 이외에, 무엇을 할 수 있을까?

그렇기에— 무표정한 것이다.

"…………저기 말이야."

"응? —어, 어어?"

미즈토가 당혹스럽다는 듯한 목소리를 흘렸다.

내가— 몸을 기울이며…….

그와 어깨를 맞댔기 때문이다.

"……뭐, 하는 거야."

그리고 딱히 동요하지도 않은 듯이, 미즈토는 내 귓가에서 언짢은 투로 그렇게 중얼거렸다.

"상냥하게, 대해주는 거야. ……지금은 내가, 누나잖아."

"어제 그게, 아직도 이어지는 거냐……."

"날짜가 바뀌면 끝이라고 룰로 정하지는 않았는걸."

—연인은, 언젠가 헤어진다.

—부부 또한, 영원하지는 않다.

하지만, 부모와 형제 남매, 그것만은— 평생, 당연한 듯이 이어진다.

그러니, 만약, 내 옆에서 이 녀석이 사라진다면.

그러니, 만약, 이 녀석의 옆에서 내가 사라진다면.

그때는 분명, 당연한 듯이 결여가 생긴다.

처음부터 없었던 것이 아니라, 있었던 것이 사라지는 것이다.

—잘 모르겠다, 고는 이제 말할 수 없으리라.

째깍, 째깍, 째깍, 하며 시계 소리가 들려왔다.

어둑어둑한 다다미방 안에서, 나는 나란 존재를 새기려는 듯이, 의붓동생에게 기댔다.

이윽고, 흘려 넘길 수 없을 만큼 가까운 곳에서 항복하는 듯한 목소리가 들려왔다.

"……뭐, 룰이면 어쩔 수 없네."

아주 약간, 내 어깨가 밀려났다.

"기왕 칼을 뽑았으면 무라도 썰어야겠지."

"누가 무라는 거야."

"후후."

서로에게 기댄 채, 이리도 미즈토는 어렴풋이 **웃었다.**

◆

이리하여, 우리는 어머니 날 선물을 대외적으로는 별 탈 없이 건넸다.

하지만, 아직 **은밀한 선물**이 남아 있다.

"저기 말이야. **그거**, 진짜로 할 거야?"

두 분이 아직 거실에서 꽁냥꽁냥하고 있는 것 같기에, 우리는 이 어둑어둑한 다다미방에 틀어박혀 있었다. 물론 몸은 이미 뗐으며, 적당히 거리도 벌렸다.

"당연하잖아. 수학여행이라도 가면 좋겠지만, 한참 뒤니까 말이야. 게다가, 학교 행사를 이용하면 재현성이 떨어져."

"재현성— 잠깐, 며, 몇 번이나 할 생각이야?!"

"두 분이 우리를 신경 쓰지 않으며 함께 시간을 보낼 기회는 정기적으로 있는 편이 좋을 거야. 그러려면, 우리가 이 집에서 없어지면 돼."

그렇다. 그것이 우리의 아이디어다.

우리가 일시적으로 집에서 사라지면— 즉, 외박한다면…….

두 분은 부부다운 시간을 보낼 수 있을 것이다.

"뭐, 조금만 참아. 우리가 신용을 얻게 되면, 둘이서 외식이라도 한다고 말하는 걸로 충분할 테니 말이야."

"그건, 뭐, 그럴지도, 모르지만……."

"떨떠름한 것 같네. 무슨 문제라도 있어?"

"무, 문제가 차고 넘치거든?! 이제 아무 사이도 아니지만, 그, 그래도, 나, 남녀가…… 좁은, 인터넷 카페에서…… 하룻밤을……."

"뭐?"

어둑어둑한 방 안에서, 미즈토가 어처구니없다는 듯이 인상을 썼다.

"너, 혹시 인터넷 카페의 커플석 같은 데서 나와 하룻밤을 보낼 생각이냐?"

"…………뭐?"

내 머릿속이 새하얗게 변했다.

어? ……어?

아닌 거야?!

"이, 바보가……."

하아아아아아, 하고 보란 듯이 한숨을 내쉰 미즈토가 말했다.

"미성년자는 인터넷 카페에서 묵을 수 없다고 조례로 정해져 있어. 그런 짓을 했다간 카운터에서 걸려서 바로 경찰에 넘겨진 후, 바로 부모님께 연락 콤보를 맞을 테니 역효과라고."

"어…… 어엇?! 거짓말?!"

"호텔이나 여관도 무리야. 부모님의 승낙이 필요하거든. ……일단 고등학생이 독단적으로 묵을 수 있는 곳도 있긴 한데……."

"그런 곳이 있어?"

"러브호텔."

……러?

굳어버린 나에게, 미즈토가 이어서 말했다.

"러브호텔이야. 감시 카메라로 고등학생인 걸 들키지만 않으면 세이프. ……라고 들었어."

"잠깐…… 뭐……?!"

"갈래?"

"갈 리가 없잖아!!"

나는 그대로 미즈토의 어깨를 손바닥으로 때렸다. 그는 딱히 아파하지 않으며 말을 이었다.

"알아보니까 러브호텔에 묵는 것도 돈이 꽤 드니까, 그쪽도 어차피 무리야."

"……뭘 알아본 거야. 싸면 묵을 생각이었어? 나와?"

"최악의 경우에는 말이지."

"…………최악…………."

이 남자, 나와 러브호텔에 묵는 게 최악이라고 말했지?

내가 노려보자, 그는 코웃음을 쳤다. 열받아……!

"그러니까, 숙박 장소는 지극히 평범하게 확보할 수밖에 없어.”

“이야기 좀 빙빙 돌리지 마. 그게 대체 뭔데?”

“그야 뭐…….”

미즈토는 그다지 내키지 않는 표정과 목소리로 말했다.

“친구? 란 거야.”

미즈토는 나에게 LINE 화면을 보여줬다.

거기에는 클래스메이트인 카와나미와의 대화가 표시되어 있었으며, 그는 이런 글을 올려놨다.

〈좋아. 그런 거라면 하룻밤 쯤은 재워주겠어〉

〈이리도 양은 미나미에게 부탁하면 OK!〉

〈미나미네는 옆집이니까, 너도 안심될걸?〉

“……어?”

내가 깜짝 놀라며 미즈토를 쳐다보니, 그는 석연치 않은 표정으로 고개를 끄덕였다.

“나도 놀랐어. ……그 두 사람, 이웃사촌인 것 같아.”

전 연인은 외박한다
"천만에요."

이제 와서는 젊은 날의 치기라고 말할 수밖에 없겠지만, 중학교 2학년 때부터 중학교 3학년 때까지 나에게는 소위 여친이라 부르는 존재가 있었다.

이렇게 말하면 『자, 이번에는 어떤 흑역사가 튀어나오려나?』 하고 생각하는 이들도 있겠지만, 잠시 기다려줬으면 한다. 당시의 나와 아야이 유메는 확실히 머릿속에 꽃밭이 펼쳐진 망할 꼬맹이 커플이긴 했지만, 그렇다고 커플 이벤트를 제패하지는 않았다.

그것도 그럴 것이 중학생이었던 것이다. 사회적 파워를 전혀 가지지 못했다고 해도 과언이 아닌 신분이기에, 할 수 있는 일에도 한계가 있다. ―연인의 집에서 묵는 것조차도, 교제 사실을 부모님에게도 비밀로 한 우리에게는 그야말로 꿈 같은 일이었다.

결단코 용기가 없었던 것이 아니다.

……뭐, 굳이 따지자면 중학교 2학년 5월 경에 갔던 학교 수련회가 그런 이벤트에 해당하겠지만, 당시의 우리는 평범한 클래스메이트 사이였다. 제대로 이야기를 나눠본 적도

없는, 남자 A와 여자 A에 지나지 않았다. 반 안에서의 존재감으로 본다면 A가 아니라 P 정도일지도 모른다.

그런 남자 P와 여자 P에게, 남들에게 이야기해줄 만한 에피소드가 발생할까. 아니, 그럴 리 없다. 몇 번 엇갈려 지나쳐갔을 뿐, 연인이 된 후의 우리처럼 흑역사를 마구 생산해대지는 않았다.

그러니 이번에는 흑역사 개봉 코너는 생략하고 바로 현대편에서의, 그 여자와의 피로 피를 씻는 배틀 파트로 넘어가고 싶다—고, 생각했으나…….

어째서일까.

지인조차 아니었던 우리가, 가치 있는 시간을 보냈을 리가 없는데.

추억 따위, 생겨날 리가 없는데.

진짜로, 그저 스쳐 지나갔을 뿐인데.

나는 아직, 그때 일을 기억하고 있다.

아야이 유메의 진짜 얼굴을 처음으로 보게 된, 그때 일을…….

학교 수련회.

그 행사에 관해 나는 털끝만큼도 관심이 없었기에, 구체적으로 뭘 했는지는 전혀 기억이 없다. 비는 시간에 읽었던 책의 제목만은 명확하게 기억한다. 『웃지 않는 수학자』. 저자는 모리 히로시다.

나에게 있어서는 소설과 만화와 게임은 전부 오락의 일종이지만, 아무래도 인류 중 다수는 학생이 활자를 읽는 모습을 보기만 해도 『오, 대단한걸』 하는 기분에 사로잡히는 버그에 걸린 것 같았다. 그래서 전혀 대화를 나누지 않으며 독서를 즐기고만 있어도, 딱히 불평을 듣지 않았다.

이런 식으로 이야기하면 독서와 게임을 스케줄로 여기지 않는 사람이 『쓸쓸한 녀석이네』 같은 소리를 하며 불쌍히 여길 것 같지만, 이것이 내가 나름대로 수련회를 즐기는 방법이었다. 산속에서 읽는 미스터리도 풍취가 있어서 나쁘지 않다. 숲 너머에 이상하게 생긴 서양식 저택이 있을지도 모른다는 기분이 들었다.

그리고, 밤이 찾아왔다.

개인실처럼 사치스러운 게 있을 리가 없기에, 연회장 같은 곳에 침낭을 깔고 새우잠을 잤다.

위치는 떨어져 있지만, 여자애도 같은 공간에 누워 있었다. 어둡고 가라앉은 공간에서, 낮은 이야기 소리가 들려왔다. 당사자들은 들리지 않게 이야기한다고 여길지도 모르지만, 수십 명이 그렇게 소곤거리니 상당한 소음이 됐다.

도저히 잠들 수가 없었던 나는 일찌감치 침낭에서 나오며 몸을 일으켰다. 주위에 있던 남학생이 『저 녀석, 뭐야』 하는 눈길로 쳐다보는 가운데, 나는 책을 손에 들고 『화장실 다녀오겠습니다』 라는 느낌으로 연회장이 아니라 새우잠 공간을 빠져나왔다.

복도에는 불이 꺼져 있지만, 창문을 통해 스며들어오는 불빛이 나무판자로 된 바닥을 어렴풋이 비춰주고 있었다. 이 정도 불빛이면 글자를 충분히 읽을 수 있을 것이다. 새우잠 공간에서 약간 떨어진 곳으로 이동한 나는 창가에 기대며 하늘을 올려다보았다.

그때 내가 들고 있던 책, 『웃지 않는 수학자』에서는 별하늘이 이야기에 깊게 관여하고 있다. 그런 책을 읽고 있었기에, 어울리지도 않게 천체관측을 한 것이다.

흐음, 꽤 아름답네, 하고 생각했다.

별하늘을 올려다본 인간의 감상은 보통 그러할 것이다. 『와아……』 하며 감동한 척하는 건, 텔레비전에 나오는 방송인이나 유튜버 뿐—.

—와아…….

……그런 목소리가, 느닷없이 옆에서 들려왔다.

어라? 누군가가 YouTube라도 보고 있는 걸까. 그렇게 생각하며 시선을 돌려보니, 두 칸 옆의 창문 앞에 선 아담한 체구의 여자애가 밤하늘을 넋 놓은 채 쳐다보고 있었다.

나는 원래 클래스메이트의 이름을 외우지 않지만, 예외는 있다.

바로 자신과 마찬가지로 학교 부적합자다.

외톨이와 외톨이가 친해져봤자 외톨이가 두 명이 될 뿐이라는 것은 알지만, 본능적으로 동료 의식을 품게 되는 것은 피할 수가 없었다.

아야이 유메.

그런 이름의 여자애다.

항상 자기 책상에서 꼼짝도 하지 않으며, 책만 읽는 애였다. 친구와 이야기를 나누는 모습 같은 건 한 번도 본 적이 없다. 이 학교 수련회에서도 학생들 사이에 섞이지 못한 채, 혼자 허둥대는 모습을 봤다.

학교생활을 순조롭게 한 사람을 위해 설명하자면, 실은 외톨이 중에도 요령 좋은 타입과 나쁜 타입이 있다.

전자는 친구가 없더라도 위기(예:교과서를 깜빡했다) 때 자력으로 대처할 수 있지만, 후자는 타인이 도와주지 않으면 방법이 없다. 굳이 따지자면 나는 요령이 좋은 축에 속한다고 자부하지만, 아야이 유메는 명백하게 요령이 나쁜 타입이다.

그녀 같은 타입을 보면, 나는 약간 거북한 마음이 든다.

동족 혐오일까, 혹은 공감성 수치일까. 그녀가 곤란해하고 있으면, 자기도 곤란한 듯한 느낌이 드는 것이다.

그 탓에, 은근슬쩍 도와주기도 한다.

실은 오늘 낮에도 캠핑장에서 카레를 만들 때, 재료를 못

받은 눈치인 그녀에게 남은 재료를 나눠줬다.

그녀 같은 타입은 자기 실수를 솔직하게 보고하지 못하니, 남들이 눈치를 채고 도와주지 않으면 방법이 없다. 그런 부분까지 생각이 미치는 인간이 우리 반에는 공교롭게도 나뿐인지라, 어쩔 수 없이 나설 수밖에 없다.

그러니 내가 아는 아야이 유메의 모습이란, 교실에서 움츠러든 채 지내는 모습과, 도와준 나에게 하염없이 고마워하는 모습뿐이다.

하지만— 지금, 저기에 있는 그녀는.

어렴풋한 달빛을 받으며 밤하늘을 올려다보는, 그 얼굴은.

내가 본 적이 없는 표정이자— 나는 지을 수 없는 표정이었다.

……나는 몰래, 스스로를 부끄럽게 여겼다.

마음 한편으로 그녀를 깔보고 있었다고— 그 사실을 이해하고서 부끄러워했다.

지금의 나라면 그딴 여자는 평생 깔봐도 된다고 말하겠지만, 배배 꼬인 중학생치고는 꽤 바람직한 반성이라는 점만은 칭찬받아 마땅하다는 생각이 들었다.

그런 생각을 하며 그녀를 지그시 응시한 것이 실수였을 것이다.

아야이는 내 쪽을 보더니…….

—앗…… 으으…….

부끄러워하듯 몸을 웅크리며, 입을 꾹 다물었다.

……하아. 정말 요령 나쁜 녀석이다.

그녀 같은 애가 아무 이유도 없이 새우잠 공간에서 빠져나왔을 리가 없다. 아마 나한테 볼일이 있을 것이다.

하지만 순순히 『무슨 일이야?』 하고 물었다간, 그녀는 더욱 움츠러들 게 뻔했다.

……잘 생각해보니, 그런다고 딱히 곤란할 건 없지만, 당시의 나는 창밖의 밤하늘을 쳐다보며 이런 식으로 말했다.

—달이 아름답네.

—어엇?!

그 효과는 어마어마했다.

아마 다른 사람이었다면 의미를 몰라 어리둥절했겠지만, 아야이는 옅은 어둠 속에서도 알 수 있을 만큼 얼굴을 붉히면서 더욱 허둥지둥댔다.

—그, 그건, 저, 저기, 어어, 으으으…….

—그런 의미 아냐.

크크큭, 하고 나는 웃음을 흘렸다.

나는 왜 이렇게 놀리는 듯한 발언은 한 것일까. 이제 와서는 당시의 내 심리를 알 수 없지만, 아마 이 여자가 미래에 어떻게 변모할지를 당시에 예견하고 있었으리라. 그런 걸로 해두겠다.

—……아…….

아야이는 갑자기 입을 반쯤 벌리며, 나를 쳐다보았다.

뭐가 그렇게 신기한 건지 신경 쓰였지만, 결국 그녀는 아무 말도 없이 내가 아름답다고 말한 달을 올려다보았다.

별들 사이에서 빛나는 달에 뭉게구름이 걸려 있었다. 아무 말 없이, 두 칸 떨어진 창문 앞에 각각 서서, 우리는 같은 달을 올려다보았다.

이윽고 달이 두꺼운 구름에 가려졌을 때, 가녀린 목소리가 들려왔다.

—……낮에, 고마……웠어요.

내가 고개를 돌려 쳐다보기도 전에, 그녀는 종종걸음으로 새우잠 공간으로 도망쳤다.

조그마한 등이 사라진 복도를 쳐다보며, 나는 납득했다.

……방금 그 말이 하고 싶어서, 나를 쫓아온 걸까.

만났다고도 표현할 수 없는, 이것은 그저 엇갈림이다.

인과의 인(因)에도 해당하지 않는다. 이유도, 계기도 없다.

창문 한 개를 사이에 두고 나눈 그 대화가 석 달하고 보름 후의 일— 아야이 유메가 내 연인이 되는 것의 복선이라면, 신이란 존재는 미스터리를 너무 많이 본 것 같다.

이 세상에서 일어난 모든 일이 미래와 연관되어 있다니, 현실은 그렇게 녹록치 않다.

그저 나는 딱히 아름답지도 않은 별하늘을 올려다보며, 어울리지 않게 소원을 빌었다.

남자와 여자로서가 아니라, 같은 학교 부적합자로서.

그녀에게 있어 결코 좋은 추억은 되지 않을 이 학교 수련회가, 이 별하늘을 통해 조금이라도 아름답게 기억되기를—하고 말이다.

그 후에 나는, 천만에요, 하고 대답하지 않았다는 것을 깨달았다.

뭐, 다음에 말하면 될 것이다. 기회라면 분명 또 생길 것이다.

그렇게 생각한 후로, 2년의 세월이 흘렀다.

◆

춘곤증이란 말이 있다. 봄부터 시작된 새로운 생활에 익숙해지면서 날씨 또한 따뜻해진 결과, 전체적인 의욕이 저하하면서 몸이 축 늘어지는 현상이다. 겨우 한두 달 만에 새로운 생활에 익숙해진다니, 참 부럽기 그지없다. 나는 아직도, 전 여친과 한 지붕 아래에서 생활한다는 환경에 익숙해질 낌새조차 없는데 말이다.

하지만, 5월 중순— 어머니의 날로부터 일주일 후의 주말. 이 이틀만은 그런 스트레스 넘치는 환경에서 해방된다. 이것은 기쁘기 그지없는 일이 아닐 수 없다.

“고마워, 카와나미. 얼마 안 남은 중간고사는 나한테 맡겨.”

"오오, 공부를 가르쳐줄 거야?"

"응원해줄게. 힘내."

"너무해!!"

어엿한 진학고에 다니면서 머리카락에 마구 장난을 친 이 반역적인 남자, 카와나미 코구레는 불평을 늘어놨다. 이 사치스러운 녀석. 내가 응원해주는 게 얼마나 파격적인 일인지 알지도 못하면서 말이야.

우리 집에서 카와나미의 집으로 향하는 도중의 일이다.

나는 사정이 있어서 이번 주말 동안 클래스메이트인 카와나미 코구레의 집에 묵기로 했다.

내 친아버지와 새어머니는 재혼이라고는 해도 현재 신혼이지만, 각자가 데려온 자식에게 너무 신경을 쓰느라 부부다운 시간을 가지지 못하는 것 같았다. 그래서 자식인 우리가 눈치를 발휘해, 이번 주말에 두 사람에게 둘만의 시간을 선물하기로 했다.

그래서 이번 주말에는 유메도 친구— 미나미 아카츠키의 집에 묵기로 되어 있다.

약 한 달 반 만에, 그 여자와 다른 집에서 밤을 보내게 된 것이다.

……하지만…….

"도착했어. 여기가 우리 집이야."

카와나미가 그렇게 말하며 멈춰 선 곳은 좀 오래되어 보이는 맨션이었다. 교토에 있는 건물인 만큼 그렇게 높아 보이지는 않았다. 10층이 될까 말까 해 보였다.

카와나미를 따라서, 자동문을 지나 안으로 들어갔다.

카와나미의 집은 꽤 위층인 것 같았기에, 엘리베이터 홀로 이동했다. 그곳에서…….

"……윽."

"……아."

보고 싶지 않은 얼굴을 봤다.

엘리베이터를 기다리고 있는 건지, 그 홀에는 여고생 두 명이 있었다.

한쪽은 건강미 넘치는 포니테일 스타일로 머리카락을 묶은, 조그마한 체구의 여자애였다. 헐렁한 티셔츠 자락을 허리 옆으로 모아 묶고, 쇼트팬츠 아래로 뻗은 가는 맨다리를 아낌없이 드러내고 있다. 전체적으로 보이시한 인상을 자아내는 복장이었다.

그녀는 바로 미나미 아카츠키다.

그리고 그 옆에는 짜증 나는 검은 머리카락을 유령처럼 축 늘어뜨린 여자가 있었다. 오늘은 전체적으로 흰색인 원피스로 청초한 척이란 척은 다 하고 있었다. 일반 서민 주제에 이렇게 상류층 아가씨인 척을 하는 건, 고교 데뷔 전략의 일환일까.

그녀는 바로 이리도 유메다.

나는 유메에게 적의와 악의와 격의(隔意)가 어린 시선을 보냈다. 그러자 유메 또한 악의와 범의(犯意)와 살의가 담긴 시선으로 답했다.

『꺼져.』

『네가 꺼지면 될 거 아냐.』

『나는 다른 친구가 없다고.』

『어머, 미안해라. 선택지가 없는 사람을 고려해주지 못했네.』

우리는 시선만으로 격렬한 논쟁을 펼쳤다.

이 부질없는 싸움에 종지부를 찍은 건, 미나미 양의 피트가 어긋난 환한 목소리였다.

"앗, 이리도다~! 뭐야뭐야~? 혹시 이리도도 오늘 외박하는 거야?"

미나미 양은 껑충 뛰며 내 품속에 파고들더니, 나를 올려다보며 그렇게 말했다.

죽는다! 고 생각한 나는 반사적으로 뒤로 물러나면서…….

"뭐, 뭐어, 그렇게 됐어……."

"이런 우연도 다 있네! 유메도 오늘 우리 집에 묵기로 했어―."

그 순간, 미나미 양은 한 걸음 더 나에게 다가오면서 귓속말로 말했다.

"(―오늘 이거, 이리도가 제안한 거지?)"

그녀의 입가에는 소형 동물 같은 외모에 어울리지 않는, 옅은 미소가 어려 있었다.

"(고마워. 유메와 단, 둘, 이, 한방에서 묵게 되다니, 꿈만 같아! 유메[#2]답게!)"

……왜 이렇게 빼기는 건지 모르겠지만, 그녀는 나와 결혼해서 유메와 가족이 되려고 하는 크레이지 걸이다. 일단, 주의를 환기하는 편이 좋을 것 같았다.

"(……이상한 짓 하지는 마, 미나미 양.)"

"(나한테 질투하는 거야? 기뻐라~! 마구 밀어붙인 보람이 있는 걸려나?)"

"(진심으로 그렇게 생각하는 거라면 네 머릿속에는 꽃밭이 펼쳐져 있나 보네.)"

"(맞아!)"

칭찬 아니니까, 우쭐대지 말라고.

"자, 이제 좀 떨어져."

카나와미는 나에게 접근한 미나미 양을 목덜미를 움켜잡더니, 그대로 떼어냈다.

"남자의 성역에 함부로 들어오지 말라고. 여자는 꽃이나 따러 가."

"와우~. 완벽한 남녀 차별이네. 그것보다 남자의 성역? 훗. 안 어울려."

"이봐, 괜찮은 거야? 방치된 공주님이 쓸쓸해하고 계시잖아."

혼자만 떨어져 있는 유메를 향해 고개를 돌려보니, 그녀

#2 유메 일본어로 꿈과 유메는 동음이의어.

는 약간 토라진 듯한 눈길로 이쪽을 쳐다보았다. 내 시선을 눈치채더니, 그대로 고개를 휙 돌렸다.

미나미 양은 카와나미의 손에서 벗어나더니, 그대로 유메의 품에 뛰어들었다.

"미안해, 유메! 나, 유메를 따돌릴 생각은 없었어!"

"괜찮아, 아카츠키 양. 못난 동생이 이성을 밝히는 모습을 보니, 가족으로서 좀 부끄러워졌을 뿐이야."

냉철한 시선이 나에게 날아왔다. 못난 동생이라니, 저 녀석은 눈에 문제 있는 것 아닐까. 안과에 가보는 편이 좋겠네.

유메의 팔을 끌어안은 미나미 양이 카와나미 쪽을 돌아보며 말했다.

"……그럼 카와나미는 내 방에 얼씬도 하지 마. 여자의 성역이거든."

"네 방 같은 데는 제발 와달라고 빌어도 안 가."

귀를 파며 그렇게 말하는 카와나미와 혀를 날름 내미는 미나미 양을 번갈아 쳐다본 유메가 머뭇거리며 말했다.

"……저기, 아카츠키 양. 전부터 신경쓰였는데…… 카와나미와는 어떤 사이야?"

그렇다. 바로 그 점이다.

이번의 내 오산은 그 점에서 기인한다.

아버지와 유니 씨에게 둘만의 시간을 선물하고 싶고, 겸사겸사 나도 유메와 떨어지고 싶다— 원래는 그런 계획이었다.

"아, 신경 안 써도 돼."

미나미 양은 환하게 웃더니, 아무 일 아니라는 투로 이렇게 말했다.

"이 녀석과는 이웃사촌이라서, 초등학생 때부터 자주 같이 놀았을 뿐이거든."

"소꿉친구잖아."

나는 그런 태클을 날렸다.

현재 나는 카나와미 가의 거실에 있다. 부모님은 온종일 돌아오지 않기 일쑤이며, 오늘도 귀가할 것 같지 않다. 그러니 이 집 전체를 마음대로 써도 된다기에, 나는 거실 테이블에서 보리차를 대접받고 있었다.

카와나미는 테이블 맞은편에 앉으면서…….

"그렇게 거창한 건 아냐. 이웃사촌이라서 초등학생 때부터 자주 같이 놀았을 뿐이야."

"그게 소꿉친구가 아니면 대체 뭐가 소꿉친구냐고!! 전세계의 소꿉친구 캐릭터에게 사과해!!"

"뭘 그렇게 흥분한 거야?"

차가운 어조로 그렇게 말한 카와나미는 보리차를 벌컥벌컥 들이켰다. 뭐가 어떻게 된 거야. 마치 내가 이상한 소리를 하는 것 같잖아. 내가 이상한 건가?

"소꿉친구……. 확실히 예전에는 그런 식으로 불린 적이 있을지도 몰라……."

"과거에 전설을 이룩했지만, 지금은 은거하고 있는 주인공 같은 소리 하지 마."

"하지만 소꿉친구라는 건 현재진행형 적으로 사이가 좋은 녀석들을 말하는 거 아냐~? 초등학교에서 같은 반이었을 뿐인 친구를, 소꿉친구라고 부르지는 않잖아."

"지금도 사이가 좋아 보이던데 말이야."

"그야 나나 저 녀석이나 커뮤니케이션 능력을 지니고 있거든. 모르는 거야? 딱히 친하지도 않은 녀석과 친근한 척하는 능력을 보통 커뮤니케이션 능력이라고 불러."

마치 진리를 늘어놓는 듯한 그 발언에, 나는 무심코 납득하고 말았다. 그런 의미에서 본다면, 나는 커뮤니케이션 능력이 제로다.

"그럼 옛날에는 사이가 좋았지만, 지금은 소원해진 거구나. 진부한 전개네."

"남의 인생을 진부하다고 말하지 말라고. 애초에 나와 저 녀석은 소원하다는 말로는 전부 표현할 수 없을 만큼 마음이 멀어졌거든?"

"그런데도, 물리적인 거리는 이웃사촌급인 거야?"

"그래."

"지옥이겠는걸."

"그렇지?"

처절할 정도로 이해가 됐다. 이 남자, 나와 처지가 정말 비슷했다.

"……하지만 내 기억이 옳다면, 너는 미나미 양과 『중학생 때 같은 학원에 다녔다』고 말하지 않았어?"

"거짓말은 아냐. 중학생 때 같은 학원에 다녔고, 초등학생 때부터 이웃사촌이었을 뿐이거든."

서술 트릭이었다. 일상대화에 서술 트릭을 심어놓지 말라고.

"……뭐, 자초지종을 캐물을 생각은 없어."

"나는 캐물을 생각이 넘친다고. 이리도 양과는 어디까지 갔어?"

"조금은 배려 좀 해!!"

카와나미는 히히히 하고 음흉한 미소를 흘렸다.

"너무 그러지 말라고. 하룻밤 신세를 지러 온 거잖아? 조금은 내 호기심을 해소해줘도 되지 않아?"

"인정사정없이 남의 약점을 물고 늘어지는 녀석이네……."

"약점 말고 다른 것도 물고 늘어질 속셈이거든?"

"그냥 변태잖아."

"아무튼, 까놓고 말해 찌찌는 봤어? 젖꼭지 색깔은 뭐야?"

"말 못 해!! 본 적 있더라도 절대 말 안 할 거야!!"

"흐음~? 이리도 양의 찌찌는, 그 관련 정보조차도 자기 거란 소리인 거구나."

“그런 걸로 해둬…….”

“흐음~. 아하~.”

카와나미는 의미심장한 웃음을 흘렸다. 불길한 예감이 든 순간, 그 녀석은 갑자기 큰 목소리로 이렇게 외쳤다.

“이리도 말이 「유메의 찌찌는 자기 거」라네~!!”

그 순간, 덜컹덜컹덜컹!! 하는 소리가 등 뒤에서 들려왔다.

……어.

설마.

나는 온몸이 얼어붙은 채, 식은땀을 삐질삐질 흘리면서 정면에서 웃고 있는 클래스메이트를 쳐다보았다.

“아, 말하는 걸 깜빡했는데 말이야. 이 맨션은 벽이 얇아.”

그런 건 미리 말하라고!!

내 등 뒤의 벽에서 펑펑쿵쾅퍽!! 하는 무시무시한 소리를 연이어 났다. 벽쿵(연애 영화에 안 나오는 쪽)이었다.

『유, 유메, 유메! 진정해, 진정해, 진정해! 더 했다간 벽 혹은 유메의 손이 한계를 맞이할 거야!!』

『으으……!! 으으으으으으으으으~~~~!!』

맹수 같은 울음소리가 들려오나 싶더니, 삐용삐용삐용삐용~ 하고 LINE 메시지 수신음이 스마트폰에서 쏟아져 나왔다.

〈변태〉

〈변태〉

〈변태〉

〈변태〉

마침표나 느낌표를 붙이는 것도 성가신 것 같았다. 웬만한 스팸보다 더 빠른 페이스로 계속 날아왔다.

나는 슬며시 스마트폰의 전원을 껐다.

그리고 아까부터 내 눈앞에서 폭소를 터뜨리고 있는 남자를 향해, 냉랭하기 그지없는 시선을 보냈다.

"……카와나미."

"히~ 히, 히하하하하하하핫!!"

"네놈 방은 어디야?"

"히~ 히히히——히?"

카와나미의 표정이 얼어붙었다.

이리도 미즈토는 당하면 참지 않는다.

당하면 갚아준다. 받은 대미지를 곱절로 반사해준다. 여러 책을 통해 그렇게 하라고 배웠다.

"—『장래의 꿈. 카와나미 코구레. 저의 장래의 꿈은 경찰관입니다. 힘센 경찰관이 되어서, 아카츠키 양을 지켜주고 싶어요』—."

"그으으으으으마아아아아아아안해애애애애애애애앳!!"

『(퍽쿵쾅둥둥우직!!)』

『잠깐만, 아카츠키 양! 스톱, 스톱! 우직했어! 우직하는 소리가 들렸단 말이야!!』

카와나미의 방을 뒤져보니, 흑역사가 산더미처럼 쏟아져나왔다. 초등학교 때의 이 작문은 아무래도 이성에 눈뜨기 시작할 때 쓴 것 같으며, 미나미 양과 『결혼』할 거라 믿어 의심치 않고 있었다. 이것을 클래스메이트 전원 앞에서 발표하는 모습을 상상하니, 남 일인데도 불구하고 소름이 돋는걸.

『카와나미이이잇!! 그런 건 버리라고 말했잖아아아앗!! 유메가 들었단 말이야!!』

"내 탓이 아니라고~!!"

『네가 이상한 농담을 해서 이렇게 된 거잖아, 이 바보야~!!』

전원 코드에 묶인 상태인 카와나미가 벽 너머의 미나미 양과 고함을 주고받고 있었다.

항상 의미심장하게 히죽거리며 방관자인 척하던 이 남자와, 크레이지한 부분의 인상이 지나치게 강한 미나미 양이 한꺼번에 허둥댈 줄은 몰랐다.

나는 손발이 묶인 채 바닥을 굴러다니는 카와나미를 향해 히죽히죽 웃으며 말했다.

"카와나미…… 혹시 너희는 아직 사이가 좋은 거 아냐?"

"너, 자기가 당하고 기분 나빴던 짓을 남한테 하지 말라는 건 못 배운 거냐?!"

"그 말 그대로 너한테 돌려주지."

나는 흑역사를 어떻게 써먹으면 좋을지 잘 안다. 과거의 나 자신에게 휘둘리며 학습한 것이다. 나는 이딴 힘을 원하지 않았어……(부들부들).

"자, 더 재미있는 건 없으려나."

"이걸로 끝이 아닌 거야?! 이리도, 너는 사디스트가 분명해! 얌전하게 생겨서 구박쟁이 기질을 가지고 있는 거냐?! 진짜 너무하네!"

나도 자신의 안쪽에 이런 면이 있는 줄 몰랐다. 이게……나……?! (부들부들)

꽁꽁 묶인 카와나미를 거실에 둔 채, 나는 또 그의 방에 들어갔다.

벗어 던진 잠옷이 굴러다니는 침대. 만화밖에 없는 책장. 코드가 엉망으로 꼬여 있는 게임기. 일반적인 남자 고등학생의 방이라 할 수 있을 것이다.

공부 책상 위에 놓인 노트북 컴퓨터를 발견한 나는 별생각 없이 그것을 열어봤다. 절전 모드였던 건지, 잠금 화면을 경유하지 않고 데스크탑 화면이 표시됐다. 이봐, 남을 부를 거면 좀 조심하는 게 어때?

나는 음란물 폴더명이라도 폭로해줄까 했지만, 그전에 눈에 들어온 문자가 있었다.

"……일기?"

워드 파일이었다. 아무래도 컴퓨터로 일기를 쓰는 것 같았다. 어울리지 않는 짓을 하는걸.

이런 사적인 것까지 보는 건 좀 심한가…… 하며 나는 약간 양심이 부활했지만, 갱신 날짜를 보고 마음이 바뀌었다. 몇 달 전 날짜였던 것이다.

오호라~. 작심삼일이었나 보네. 그렇게 생각한 나는 겨우 며칠 쓰다 때려치운 일기에 거창한 내용이 들어 있을 리가 없다고 여기며 더블 클릭을 했다.

간소한 명조체로 적힌 문장이, 내 눈에 들어왔다.

『10월 13일

이 일기를 다른 사람이 보게 된다면, 나는 아마 이 세상에 없을 것이다.』

"…………."

일기 첫 줄에 이런 글을 쓰는 녀석을, 현실에서 처음 봤다.

지금도 옆 거실에서 힘차게 버둥거리고 있거든? 엄연히 이 세상에 있거든?

흥미가 샘솟은 내가 일기를 계속 읽었다.

『10월 14일

악몽을 꿨다. 아카츠키가 내 몸을 씻겨주는 꿈이다. 나는 지지 않겠다.』

『10월 15일

배 상태가 나쁘다. 오늘도 설사했다. 쉴 새 없이 꾸르륵거린다.』

『10월 16일
머리에 동전만 한 원형 탈모가 생겼다. 어찌어찌 머리카락으로 감췄다.』

『10월 17일
태어나서 처음으로 피를 토했다. 병원에 가려고 했지만, 아카츠키에게 들켰다.』

『10월 18일
괴롭다. 나른하다. 머리가 아프다.』

『10월 19일
아무것도 할 수 없다. 하게 해주지 않는다.』

『10월 20일
더는 무리 살려줘ㅓㅓㅓㅓㅓㅓㅓㅓㅓㅓㅓㅓㅓㅓㅓ』

나는 파일을 닫았다.

못 본 것으로 하자.

그리고, 카와나미 코구레를 좀 상냥하게 대해주자고 생각했다.

순식간에 밤이 찾아왔다.

카와나미의 부모님은 진짜로 돌아오지 않았고, 우리는 저녁을 먹기 위해 맨션 밖으로 나섰다. 근처에 패밀리 레스토랑이 있다고 한다.

"냉장고 안에 냉동식품 밖에 없어서 말이야. 평소엔 그걸 먹지만, 손님한테도 그런 걸 먹이는 건 좀 그렇잖아~?"

한밤의 거리는 마치 이세계 같았다. 항상 보는 풍경에, 다른 필터가 덧씌워져 있었다. 밤에 외출하는 일이 없기에, 더 그렇게 느끼는 걸지도 모른다.

선술집 간판의 빛 속을 걸으면서, 나는 카와나미에게 말했다.

"진짜로, 네 부모님은 늦게 돌아오시는 구나."

"여기는 1억 인구가 악덕 기업에 다닌다는 소리도 있는 일본이잖아? 그 정도는 별일 아니라고."

마을이 자아내는 빛과 어둠을 번갈아 지나가며, 카와나미는 어깨를 으쓱했다.

"네가 부모님만의 시간을 만들어주고 싶으니 재워달라고 말했을 때, 나는 감탄했어. 요즘 세상에서 보기 드문 젊은이도 다 있다 싶었다니깐."

"너는 대체 몇 살이야?"

"열 살 이후로는 세지 않았어."

"나이 세는 걸 얼마나 귀찮아 한 거야?"

크크큭, 하고 카와나미는 어깨를 들썩이며 웃었다.

가족이 없는 집이 카와나미에게 있어 어릴 적부터의 일상이라면, 이해가 되는 부분도 있기는 했다. 그런 환경에서 옆집에 같은 또래 애가 산다면, 친해질 수밖에 없을 것이다.

남매나 다름없는 사이—인 건가.

……나와 유메보다, 이 녀석과 미나미 양이 훨씬 의붓남매 같았다.

"두 분이신가요~?"

"네."

"마침 2인석이 비어 있으니, 그쪽으로 안내하겠습니다~."

저녁 식사를 하기에는 조금 늦은 시간이지만, 패밀리 레스토랑은 패밀리를 중심으로 한 다수의 손님으로 북적이고 있었다. 때마침 2인석이 비어 있어서 다행이다 싶었다. 안내된 창가 자리를 향해…….

""""어.""""

바로 그때, 네 명의 목소리가 하모니를 이뤘다.

우리가 안내된 자리 바로 옆 좌석에, 유메와 미나미 양이 마주 보고 앉아 있었다.

미나미 양이 「큭!」 하고 분통을 터뜨렸다.

"아차……! 카와나미도 여기 올 거라는 걸 깜빡했어……!! 모처럼 유메와 단둘이 디너타임을 즐기려고 했는데……!!"

"싸구려 패밀리 레스토랑에서 디너타임은 무슨. 어차피 너는 밀라노풍 도리아를 시켰을 거 아냐."

"밀라노풍 도리아가 뭐 어때서! 싸고 맛있거든?! 그러는 넌 몸에 나빠 보이는 피자를 주문할 거잖아!"

"피자가 뭐 어때서? 싸고 맛있거든? 그리고 여럿이서 나눠 먹을 수도 있잖아."

마주치자마자 살갑게 대화를 나누는 카와나미와 미나미 양을 번갈아 쳐다본 나는 솔직한 감상을 입에 담았다.

"이 명백하게 『평소 둘이서 함께 옵니다』 느낌…… 역시 소꿉친구인걸."

""소꿉친구?! 누가 이딴 녀석과 소꿉친구라는 거야!!""

"너희 둘, 일부러 이러는 거지?"

그리고 그런 반응은 커플 취급을 당했을 때 하는 거야. 왜 소꿉친구 취급을 당했다고 하는 거냐고.

카와나미가 투덜거리며 통로 쪽 의자에 앉자, 나도 투덜거리며 벽 쪽 의자에 앉았다. 내 옆에는 유메가, 카와나미의 옆에는 미나미 양이 위치하는 포지셔닝이다. 투덜거릴 거면 자리를 바꾸면 되지 않나 싶겠지만, 카와나미 녀석이 괜히 신경을 써줄 게 뻔하기에 관뒀다.

인접 거리에서의 공격을 조심해야— 아까부터 한마디도 하지 않는 유메를 쳐다보니, 그녀는 주위를 두리번거리면서 안절부절못하듯 몸을 흔들고 있었다.

"……화장실이라면 드링크바 옆에 있어."

"아냐! 그게 아니라…… 친구와 한밤중에 패밀리 레스토랑에 오는 건 처음이라서……."

"흥. 역시 고교 데뷔를 한 녀석답네."

"내가 아니라고 말했지?!"

“현재 패밀리 레스토랑 데뷔 중인 녀석이 그런 소리 해봤자 설득력 없거든?”

“뭐야. 그러는 너도 이럴 기회는 없었을 거잖아? 친구가 없으니 말이야.”

“나는 카와나미와의 패밀리 레스토랑 방문에 딱히 가치를 두지 않거든.”

“이봐~. 숙박 장소 제공자 앞에서 그런 대담한 발언을 하는 거냐~?”

처음 보는 메뉴표에서 값싼 파스타를 대충 고른 후, 드링크바와 함께 주문했다.

드링크바란 말을 아무렇지 않게 입에 담았지만, 존재만 알고 있었을 뿐 실제로 주문해보는 건 처음이었다. 200엔에 음료수를 무한정 마실 수 있다니, 대단한걸.

“이봐, 이리도. 음료수 떠와.”

“왜 갑자기 나를 심부름꾼 취급을 하는 건데? 네가 가라고, 이 미친한 놈아.”

“왜 갑자기 나를 몸종 취급을 하는 건데? 내가 짐 지키고 있을 테니 네가 대신 음료수 떠오란 거라고.”

“아, 그렇구나.”

“이리도 양과 함께 말이지.”

“아니, 왜 그래야 하는데?”

“너, 직접 드링크바를 이용해본 적 없지? 이참에 자상~하게 가르쳐달라고 해."

카와나미는 음흉한 웃음을 흘리며 그렇게 말했다. 옆에 있는 미나미 양이 『역겹다』는 듯한 표정을 지으며 그를 흘겨보고 있었다.

그럼 경험자인 네가 가면 되잖아, 하고 내가 말하려던 때였다. 내 옆자리에서 목소리가 들려왔다.

"흐음~? 아하~? 드링크바를 이용해본 적 없구나~? 고등학생이면서? 흐음……."

"……이봐, 의붓동생. 그 빌어먹게 짜증 나는 시선은 뭐야?"

"고등학생이나 되어가지고 패밀리 레스토랑의 드링크바를 이용해본 적 없다니, 참 신기하네~. 친구와 같이 와본 적 없어~? 어쩔 수 없이 내가 가르쳐줄까~?"

이 여자, 겨우 드링크바 가지고 되게 우쭐대네!!

울분이 폭발한 나는 결연하게 자리에서 일어서며 선언했다.

"……좋아, 잘 보라고. 진정한 드링크바가 어떤 건지 가르쳐주겠어."

"어디 솜씨 한 번 볼까."

"뭐야. 요리 배틀이라도 시작되는 거야?"

미나미 양이 고개를 갸웃거리는 가운데, 나와 유메는 전사 같은 당당한 걸음걸이로 드링크바를 향해 걸어갔다.

콜라, 오렌지 주스, 탄산수, 홍차, 아이스 커피— 다양한 버튼이 달린 드링크 머신이 우리를 기다리고 있었다. 뭐든 상관없고, 어느 버튼을 누르든 내가 할 일에는 변함이 없다—그렇게 말하는 듯한 당당함을 갖춘 면상이었다. 어디 한번 해보자고.

"그럼 아이스 커피로 할까……."

"정말? 그걸로 괜찮겠어?"

아이스 커피 자리에 컵을 두고 버튼을 누르려고 할 때, 유메가 현혹하는 듯한 말을 입에 담았다.

그리고 보란 듯이 한숨을 내쉬더니, 고개를 저으며 어깨까지 으쓱했다.

"하아……. 아무래도 모르나 보네. 이래서 풋내기는 문제라니깐……."

"뭐? 버튼을 눌러서 컵에 좋아하는 드링크를 담기만 하면 되는 것 아냐?"

"내가 시범을 보여주겠어. 드링크바 매너의 시범을 말이지!"

그렇게 말한 유메가 컵 하나를 손에 쥐더니, 멜론 소다 자리에 뒀다. 녹색 액체를 3분의 1 정도 담은 후, 이번에는 오렌지 주스를 3분의 2까지 투입했다. 마지막으로 녹색과 황색을 녹이듯 탄산수를 투입하니, 내장을 연상케 하는 흉측한 색깔로 물든 채 부글부글 거품을 뿜는, 마치 지옥에 흐르는 강 같은 액체가 완성됐다.

"드링크바라는 건 말이지……. 오리지널 블렌드를 직접 조합하는 게 올바른 이용법이야!"

"……뭐……라고……."

나는 게임의 아이템 조합 시스템에서 적당히 섞었다가 실패해서 탄생한 것 같은 액체를 보면서, 경악했다.

이 세상의 고등학생들은 이런 걸 항상 마시는 건가. 그 녀석들은 산업폐기물을 먹고 자란 타입의 괴수인 걸까?

"자, 너도 해봐. 손가락이 이끄는 대로 섞는 거야."

"으음……."

나는 미간을 찌푸리며 드링크 머신을 노려보았다.

탄산은 싫어하니 빼기로 하고…….

"……우선 홍차 조금."

"흠."

"다음은 포도 주스를 조금."

"으음?"

"마지막으로 오렌지 주스를 넣어서 완성."

"제정신이야?!"

정신 상태를 의심당했다. 너무하네.

"러시안 티 같은 거잖아. 러시안 티, 몰라? 홍차에 잼을 넣는 거야."

"그 정도는 알아! 하지만 듣고 보니 괜찮은 것 같은 느낌이 드네……."

자기가 시켜놓고 말이야. 참 의심이 많은 녀석이네.

우리는 자작 블렌드 주스를 가지고 자리로 돌아갔다.

그러자 미나미 양은 우리가 가져온 혼돈스러운 색상의 주스를 보자마자 「푸핫!」 하고 웃음을 터뜨렸다.

"미, 미, 미, 미안해, 유메……!!"

미나미 양은 배를 감싸 쥐며 부들부들 떨었다. 유메는 영문을 모르겠다는 듯이 고개를 갸웃거렸다.

"아, 아까, 『드링크바는 직접 블렌드를 하는 게 매너』라고 말했지만…… 그거, 농담……!"

"…………. 뭐?!"

"푸핫! 아하하하하하하하하핫!! 서, 설마, 덜컥 믿어버리다니……!! 우끄끄끄끄끄끄끄끅!!"

테이블에 엎드린 미나미 양을 본 유메는 아연실색한 후, 수치심 탓에 얼굴을 새빨갛게 붉혔다.

뭐야. 미나미 양의 농담을 덜컥 믿어버린 거냐. 이상하다 싶었다니깐. 그딴 뻔한 거짓말을 믿다니—.

"푸흡! ……이, 이리도는 그 말을 덜컥 믿은 거냐……."

카와나미는 내가 들고 있는 짜가 러시안 티를 손가락으로 가리키면서 웃음을 터뜨렸다.

"푸하하하하하핫!! 그딴 어처구니 없는 거짓말을 쌍으로 믿어버린 거냐고! 푸흡, 나, 남매야! 너희 둘, 진짜 남매 맞네!! 푸하하하하하핫!!"

""웃지 마, 소꿉친구's!!""

뭐가 그렇게 웃긴 건지 눈물마저 글썽이며 폭소를 터뜨리는 소꿉친구 콤비를 본 우리는 수치심과 굴욕 탓에 얼굴을 새빨갛게 붉히며 항의했다.

결국, 두 사람의 폭소는 가게 점원이 「저기~ 죄송하지만, 좀 조용히 해주실 수 없을까요……」 하고 주의를 줄 때까지 이어졌다.

"으으…… 뱃속이 부글부글 끓어……."

저녁 식사를 마치고, 맨션으로 이어지는 밤길을 걷고 있을 때였다.

유메의 옆에 나란히 선 미나미 양이 아까 일을 떠올린 것처럼 푸풉 하고 웃음을 터뜨렸다.

"그 지옥 드링크를 전부 마셔서 그런 거야."

"그렇다고 남기는 것도 좀 그런걸……."

"성실하네~. 나, 유메의 그런 면을 참 좋아해~!"

미나미 양은 껑충 뛰며 유메의 목을 끌어안았다. 유메도 그녀의 이런 스킨십에 익숙해진 건지 자연스럽게 미나미 양을 안아주더니, 질질 끌듯이 걸음을 옮겼다.

그런 두 소녀의 모습을 뒤쪽에서 보면서, 나는 부글거리는 배를 감싸 쥐고 있었다.

옆에서 걷고 있는 카와나미가 말했다.

"나도 저러는 편이 좋을까?"

“만약 저런다면, 네 셔츠는 내 심연에서 흘러나온 혼돈에 물들게 되리라…….”

“무슨 말을 하는 건지 모르겠지만, 무슨 말을 하고 싶은 건지는 알겠어.”

카와나미는 한 걸음 더 거리를 벌렸다. 현명한 판단이다.

“너와 이리도 양이 세상 물정 모르는 편이라고 생각했지만, 설마 이 정도일 줄은 몰랐네.”

“소설에는 드링크바의 이용법 같은 걸 일일이 적혀 있지 않거든.”

꽤 최근까지 『드링크바는 어떤 막대기일까』 하고 생각했을 정도다.

“크크큭. 이거 써먹을 맛이 나겠는걸. 다음에는 어떤 거짓말을 할까.”

“야, 인마. 쾌락 범죄자.”

다시는 안 속을 거라고!

“이봐~! 이리도~♪”

왼팔 쪽이 좀 무거워졌다 싶더니, 어느새 유메한테서 떨어진 미나미 양이 내 팔에 매달렸다.

“유메한테 들었는데, 이리도는 현대국어를 잘한다며? 이것도 인연이니까, 나 좀 가르쳐줘~. 좀 있으면 중간고사잖아~?”

뭐야, 왜 갑자기 들러붙는 건데. 유메한테서 안 들러붙어도 되는 거야?

그런 내 생각을 읽은 건지, 미나미 양은 히죽 웃으면서 피스 사인 모양으로 든 손가락을 가위처럼 까딱거렸다.

"(밤은 아직 길거든. 지금은 애태우기 작전 중이야~.)"

고개를 돌려보니, 유메가 약간 떨어진 곳에서 토라진 듯한 표정으로 쳐다보고 있었다. 오호라. 역시 타고난 커뮤니케이션 능력 몬스터답게 밀고 당기기가 능숙한걸.

옆에 있는 카와나미가 의미심장한 목소리로 중얼거렸다.

"(……하지만, 실제로 질투하고 있는 건 너 아냐?)"

카와나미가 의미심장한 웃음을 흘리자, 미나미 양은 적의에 찬 눈길로 그를 노려보았다. 사람을 사이에 두고 배틀하지 말아줄래?

우리가 그렇게 쑥덕거리자, 마치 유메만 따돌려지는 듯한 분위기가 감돌았다. 하아, 어쩔 수 없지.

"……미나미 양. 유감이지만 내 국어 공부법은 참고가 안 될 거야."

"어~? 왜~?"

"매일 소설을 한 권씩 읽는다. 그리고 그것을 365일 계속한다. ……할 수 있겠어?"

"으아아. 그건 무리야!"

"나는 특별한 공부법을 확립해두는 타입이 아니니까, 가르침을 받고 싶으면 저 녀석한테 부탁해."

나는 소외되고 있는 전방의 여자애를 손가락으로 가리켰

다. 그 녀석은 그걸 눈치채더니, 「어, 뭐?」 하며 이상하게 당황했다.

"나…… 나?"

"너 말이야, 너. 남한테 뭘 가르치는 건 나보다 낫잖아. 노력가라서."

유메는 뭘 찾듯 좌우를 두리번거린 후, 그걸 얼버무리려는 듯이 자기 머리카락을 만지작거리기 시작했다.

"흐, 흐음~. 뭘 좀 아네. 맞아, 아카츠키 양. 공부라면 내가 가르쳐줄게. 저 남자보다 훨씬 잘 가르쳐줄 자신이 있어."

"그래. 필사적으로 공부해야 하는 너와 달리, 나는 기분 따라 점수를 따는 타입이니까 교사는 적성에 맞지 않아."

"뭐?! 넌 무슨 나를 열 받게 만들지 않으면 죽기라도 하는 거야?!"

그냥 진실을 말했을 뿐인데요.

쉴 새 없이 쏟아지는 독설을 마이동풍처럼 흘려듣고 있을 때, 나를 안고 있던 미나미 양의 볼에 희미하게 경련이 일어났다.

"이…… 이리도도 제법이네……. 나를 역이용해서 점수를 따다니……. 적이지만 대단해……."

뭘 대단하다고 평가하는 건지 모르겠다. 기분 따라 점수를 따는 타입이거든.

〈아카츠키☆: 우엥~! 유메의 알몸을 못 봤어~! 자랑할 생각이었는데~!〉-22:32

〈Yume: 아카츠키 양의 눈빛이 너무 음흉했는걸……〉-22:32

〈K_KOGURE: 이리도 양, 나이스 판단! 그 녀석은 초딩 같은 몸에 아저씨의 마음이 깃든 경이적인 색골 롤리타거든!〉-22:33

미나미 양이 식칼 이모티콘을 연이어 올렸다. 침대에 드러누워서 스마트폰을 보던 카와나미가 「끄어……!」 하며 공포에 떨었다.

패밀리 레스토랑에서 돌아와서 목욕(물론 따로 했다)을 마친 후, 나는 카와나미의 방 좌식 책상에 교과서와 노트를 펼쳤다.

옆에 둔 스마트폰에는 헤어지면서 미나미 양이 「나와 유메의 꽁냥 러브 생활을 실황 중계해주겠어!」 같은 잠꼬대 같은 소리를 하며 만든 LINE 그룹방이 화면이 나와 있었다. 미나미 양이 폭주하지 않을까 싶어 감시하는 의미도 담아 힐끔힐끔 쳐다봤지만, 저 여자도 방어력이 상당한 것 같았다.

〈아카츠키☆: 이리도가 말도 없는데, 뭐 하는 거야?〉-22:38

〈K_KOGURE: 시험공부. 기분 따라 점수 따는 타입이란 소리는 뭐였는지 모르겠네. 재미없어~〉-22:38

〈아카츠키☆: 뭐? 카와나미는 공부 안 해? 지금 우리도 공부하면서 라인하는 건데?〉-22:39

〈K_KOGURE: 에이~〉-22:39

〈아카츠키☆: 아니, 레알이거든?〉 -22:39

〈Yume: 카와나미는 시험까지 일주일 넘게 남았다고 방심한 것 같은데, 우리 학교는 평범한 고등학교와 달라. 입시 난이도를 떠올려봐〉 -22:40

"…………."

카와나미는 스마트폰 화면을 쳐다보며 잠시 침묵한 후, 침대 위에서 몸을 일으켰다.

그리고 기계가 끼기긱, 억지로 돌아가듯 나를 향해 고개를 돌렸다.

"…………진짜로 위험한 거야?"

"그래."

나는 교과서를 넘기며 주저 없이 답했다.

"기분 따라 점수를 딴다고 자부하는 내가, 시험 기간이 되기 전에 교과서를 펼칠 수밖에 없을 정도로 위험해."

"……진짜로?"

"진짜로."

입학 직후에 받은 교과서를 훑어보다 전율했을 정도거든. 이게 바로 진학고인가, 하면서 말이야.

"카와나미. 너, 친한 사람 많지? 상급생한테 시험 난이도에 관한 이야기 같은 건 못 들었어?"

"소문은 어렴풋이 들었지만…… 우오오오……! 입시 이후의 해방감에서 아직 벗어나지 못했어……!!"

심정은 이해한다. 모처럼 지옥 같은 수험 공부에서 살아남았으니, 겨우 두 달 만에 지옥으로 되돌아갈 용기가 날 리 없다.

"뭐, 평균 점수를 노릴 거라면 필사적으로 공부할 필요는 없을 거야."

"어? 그럼 너는 왜 지금, 어울리지도 않게 필사적으로 공부하는 건데?"

"그야—."

나는 LINE 화면을 쳐다보았다.

"—지고 싶지 않은 녀석이 있거든."

입시 때는 패배했지만, 몇 번이나 저 녀석한테 질 수는 없다.

시험 결과가 등수가 매겨져서 대대적으로 공개된다는 소문을 들었다. 지금 저 여자가 앉아있는 옥좌를, 이번에야말로 내가 찬탈하고 말겠다.

"……너희는 정말 대단하네."

문뜩 카와나미가 그런 말을 중얼거렸기에, 나는 교과서를 향하고 있던 고개를 들었다.

"나는 그런 식으로 정면에서 맞서 싸울 마음이 안 들어. 겉으로만 잘 아는 척하면서, 대충 얼버무리고 끝이야. 너희처럼 전력을 다해 격돌할 마음은 안 든다고~.”

“……그래?”

무슨 이야기를 하는 건지 일부러 확인하지 않으며, 나는 대꾸했다.

“오늘 보니, 너희도 나름 맞서 싸우고 있는 것처럼 보였는데 말이야.”

“아냐. 오늘 봤으니 알 수 있을 거야. 이제까지 본 걸로 충분히 알 수 있어. 우리는 겉으로만 잘 지내고 있어. 너희처럼 본심을 숨기지 않으며 정면충돌을 되풀이하진 않아~. 그게 얼마나 힘든 일인지 잘 알거든.”

“……그건, 너희가 그만큼 요령이 좋기 때문이야.”

카와나미 코구레는 나에게 있어, 처지가 비슷한 동지다.

하지만 다른 점이 있다면, 역시 그 점이다.

“나는 너희의 그런 요령이, 부러워.”

만약 우리가 그들처럼 요령이 좋다면— 우리의 관계 또한, 지금과는 다를 것이다.

카와나미는 어딘가 비꼬는 듯한, 옅은 미소를 머금었다.

“남의 떡이 커 보이는 격이네.”

“우리 때문에 국어 공부가 됐나 보네. 잘 됐는걸.”

“전화위복이구나.”

카와나미는 「영차」 하면서 침대에서 나오더니, 가방 안에 있는 교과서를 꺼냈다.

“나도 좀 힘내볼까. 생각해보니, 미나미보다는 좋은 점수를 받고 싶어.”

“그렇지? 응원해줄게. 힘내.”

“그러지 말고 가르쳐달라고, 전교 1등 지망생.”

이렇게, 학생의 본분을 다하는 와중에 밤은 깊어갔다.

카와나미 녀석은 바닥에서 자고 있었다.

아직 오전 한 시밖에 안 됐는데 말이다. 의외로 잠이 많은 타입 같다.

오늘치 시험공부를 마쳤지만, 원래 야행성인 나는 아직 잠이 오지 않았다.

남자의 숨소리를 듣고 계속 듣고 있는 것도 좀 그렇기에, 나는 거실로 나갔다.

베란다를 통해 스며든 달빛이 어둠에 뒤덮인 거실을 어렴풋이 비추고 있었다.

베란다 쪽을 쳐다보니, 하늘 저편까지 펼쳐진 별하늘을 연상케 하는 야경이 눈에 들어왔다. 집합주택에서 보이는 야경이라고 해봤자 뻔하지만, 단독주택에서 태어나서 자란 나는 집에서 보이는 경치가 이렇게 높은 시점이었던 적이 없어서 신선했다.

야경에 빨려 들어가듯, 베란다로 이어지는 창문을 열었다.

차가운 밤바람이 목덜미를 휘감고 지나갔다. 5월. 봄이다. 추운 게 아니라 시원하다고 느껴지는, 기분 좋은 바람이었다.

놓여 있던 샌들을 신고 베란다 펜스에 기댔다.

베란다의 양옆에는 『긴급 상황에는 여기를 파괴해주십시오』라고 적힌 새하얀 판자가 있었다. 왼쪽 판자 너머가, 미나미 양의 집— 즉, 그 여자가 자고 있을 집이다.

벽이 얇을 뿐만 아니라, 마음만 먹으면 얼마든지 왕래할 수 있을 것 같다.

뭐, 이 판자를 부수고 옆집으로 갈 기회는 좀처럼 없겠지만 말이다.

나는 펜스의 난간에 팔을 얹으며, 멍하니 야경을 응시했다.

내 앞에서 시작된 빛이 바다가 산 그림자에 끊기더니, 하늘 위에 펼쳐졌다.

평소보다 몇 배는 가깝게 느껴지는 별들은 의외로 아름다웠다. 별하늘 같은 건 태어나서 지금까지 진지하게 올려다본 적이 없어서 그렇게 느껴지는 걸지도 모른다. 슈퍼 문이나 블러드 문 같은 걸로 세간이 시끄러울 때도, 일부러 창문을 열고 밤하늘을 올려다보지 않았다.

굳이 꼽자면— 그렇다.

중학교 수련회 때의, 그 밤—.

"—와아……."

귀에 익은 목소리가 어딘가에서 들려왔다.

나는, 왼편을 쳐다보았다.

즉, 미나미 양의 집 쪽을 말이다.

""……아.""

바로 그때, 시선이 마주쳤다.

하얀색 판자 너머에 있는, 그 여자와 말이다.

유메는 나를 보더니, 멋쩍은 듯이 시선을 피하며 입을 오물거렸다.

흠.

"고등학생이나 되어서 야경과 별하늘에 『와아……』 탄성을 외칠 만큼 감동하는 모습을 나한테 보여준 게 부끄러운 거야?"

"알면 일부러 말하지 마!!"

가열 중인 오븐처럼 새빨개진 유메가 베란다 난간에 얼굴을 묻었다.

그런 그녀를 후드를 쓰고 있었다. 곰 귀가 달린, 어린애 같다는 말로는 부족할 만큼 어린애 같은 후드였다. 그리고 하얀색 머리끈을 가지고 두 갈래로 나눠 묶은 머리카락이 그 후드 안에서 흘러나오더니, 목욕 후의 수건처럼 가슴 앞에 늘어뜨려져 있었다.

흠.

"고등학생이나 되어서 귀여운 동물 잠옷을 입고 있는 모습을 보여준 것도 부끄럽나 보네."

"추가타를 날리는 거야?! 악마! 악마 의붓동생!!"

의붓오빠라고 말했잖아. 이 의붓동생아.

「으으으으……!」 하고 신음을 흘리며 얼굴을 감싼 채 떨고 있는 유메를 향해, 나는 성인군자 같은 온화한 미소를 머금으며 위로했다.

"뭐, 개의치 마. 한 지붕 아래에서 나 같은 동년배 남자와 같이 사는 환경 탓에 스트레스를 많이 받았을 거 아냐. 이 기회에 발산하고 싶어진 심정도 이해해."

"악의밖에 안 느껴지는 동정 좀 때려치워 줄래……? 이 잠옷은 아카츠키 양이 나한테 억지로 입힌……."

"괜찮아. 내 눈엔 무척 귀여워 보여(바보 같아서)."

"다 들리거든?! 귀엽다고만 말해주면 여자애가 기뻐할 거란 생각은 착각이야!"

"그 정도는 알아. 그래서 말하는 거라고."

"그럼 더 최악이거든?!"

정신 상태가 아직 정상이 아닌 건지 반격을 해오지 않았기에, 나는 일방적으로 공격을 퍼부었다. 아무래도 보너스 스테이지에 돌입한 것 같았다. 이 틈에 포인트를 최대한 벌어야지.

"……그러는 너야말로……."

다음에 어떻게 놀려줄지 생각하고 있을 때, 유메가 아직 벌게진 얼굴로 나를 흘겨보며 말했다.

"혼자 베란다에 나와서 뭘 그렇게 생각에 잠겨 있는 거야? 한밤의 거리를 내려다보며 흑막 기분이라도 내고 있었어? 중2병이란 거야?"

"그런 기분이 전혀 없었다면 거짓말이겠지만, 유감스럽게도 여긴 최상층이 아니거든. 중2병을 얕보지—."

중2라는 말에, 나는 아까까지 자기가 무슨 생각을 하고 있었는지 떠올렸다.

갑자기 입을 다문 나를 의아하다는 듯이 쳐다본 후, 유메는 「……아」 하며 밤하늘을 올려다보았다.

그리고, 옅은 미소를 머금으며 이렇게 말했다.

"—달이 아름답네."

"…………으윽."

내 볼이 희미하게 떨렸다. ……쓸데없이 눈치가 빠른 녀석이라니깐.

유메는 밤하늘을 향한 시선을 내 쪽으로 돌리더니, 놀리듯 웃었다.

"아직 기억하고 있었구나~? 학교 수련회 때의 그 일 말이야. 기억력이 참 좋나 봐?"

"……그러는 너야말로 내 대사까지 기억하고 있잖아. 아무래도 기억력은 나보다 네가—."

"잊을 리가, 없잖아."

별의 발짝임처럼 덧없는 미소를 유메가 입가에 머금자, 나는 숨을 삼켰다.

유메의 가녀린 손가락이, 판자 너머에서 천천히 내 얼굴을 향하더니—.

—갑자기 방향을 바꾸면서 내 손을 가리켰다.

"『웃지 않는 수학자』."

"…………뭐?"

"그때, 네가 들고 있던 책. 나도 좋아해서, 기억하는 거야. 모리 히로시 선생님에게 감사해."

"…………아, 그래."

나는 야경을 향해 고개를 돌린 후, 난간에 올린 손으로 턱을 괬다. 하다못해 표정을 바꾸지 않기 위한 소소한 저항이었지만, 유메는 가학적인 미소를 머금었다.

"고등학생이나 되어서 중학생 때의 소소한 추억을 소중히 기억한다는 걸 들킨 게, 그렇게 부끄러워?"

"……그래. 무척 부끄럽거든? 앙갚음 성공한 거 축하해."

"하나도 귀엽지 않다니깐."

유메는 난간 위에 포개서 얹어둔 팔에 턱을 얹었다.

등을 굽혀서 그런지, 곰 잠옷 때문인지, 그 모습은 평소보다 앳되어 보였다. 그렇다. 땅딸보였던 시절의 아야이 유메처럼 말이다.

"…………저기 말이야."

팔에 턱을 얹은 채, 유메는 말했다.

"그 시절부터 좋아했다—고 내가 말하면, 어쩔래?"

나는 유메의 얼굴을 쳐다보았다. 그녀는 나를 곁눈질하고 있었다.

놀리는 기색은 없었다.

"……어쩌긴 뭘 어째. 그런다고 뭐가 달라지는데?"

"그래……. 하긴, 그때는 좋아한다고 할 정도는 아니었거든."

"정도는 아니었다?"

"못 들은 걸로 해줘."

유메는 자신의 입을 손으로 막으며 고개를 돌렸다. 실언이었던 것 같았다. 태클을 날려주고 싶지만 그럴 분위기가 아니었기에, 나는 이야기를 이어갔다.

"왜 뜬금없이 그런 이야기를 하는 거야?"

"별거 아냐. ……그저, 아카츠키 양들을 보니…… 시간이 쌓여서 만들어내는 것도 있다 싶어서 말이야."

"……시간이 쌓여서 만들어내는 것……."

확실히 카와나미와 미나미 양 사이에는 일종의 유대—라고 말했다간 『누가 저딴 녀석과!』 하며 발끈할 테니 말을 바꾸자면, 일종의 노하우의 축적 같은 것이 존재했다.

—우리는 겉으로만 잘 지내고 있어.

그것이 가능한 건 요령이 좋을 뿐만 아니라, 그들이 어릴 적부터 서로를 알아 왔기 때문이리라. 오랜 시간 동안 서로를 깊이 알아 왔기에 넘어선 안 되는 선을 파악하고 있으며, 적절한 거리를 유지하며 겉 부분만 꾸미는 것이 가능하다.

겨우 1년 반 정도 사귄 이들이 그런 경지에 도달할 수 있을 리 없다.

거기에 두 달이 더해져봤자, 크게 달라질 건 없겠지만 말이다.

"……괜히 두 달을 더할 필요는 없지 않아?"

내가 그렇게 말하자, 유메는 볼을 팔에 댄 채 나를 쳐다보았다.

"시간이라면, 우리한테도 얼마든지 있을 거야. ―물론, 아버지와 유니 씨가 헤어지지 않는다는 가정하에서 말이지."

"……헤어질 가능성이, 있다고 생각해?"

"없어."

우리가 차마 쳐다보지도 못할 만큼 러브러브하다면― 즉, 예전의 우리 같다면 거꾸로 불안할지도 모른다. 하지만 어른이라서 그런지, 아버지와 유니 씨는 서로를 배려하며 양호한 관계를 쌓아가고 있다.

아마, 우리는 평생 의붓남매 사이일 것이다.

"……질리겠네~."

"동감이야."

이 관계가 평생 이어진다니, 농담이었으면 싶을 정도다.

……하지만 오랜 시간을 쌓아간다면― 카와나미와 미나미 양처럼, 겉으로만 잘 지낼 수 있게 되어서…… 지금처럼, 일일이 다투지 않게 될지도 모른다.

그건, 왠지—.

"—쓸쓸해?"

옆을 쳐다보니, 턱을 괸 유메가 나를 쳐다보며 히죽거리고 있었다.

"쓸쓸하다면, 언제든 매도해줄게~."

"쓸쓸한 게 아니라 김이 샜을 뿐이거든? 딱히 네 매도가 듣고 싶은 건 아니라고."

"바보~. 멍청이~. 망할 오타쿠~."

"……인마."

나는 유메의 몽롱한 눈을 쳐다보았다.

"졸린 거지?"

"…………응."

유메는 늘어지는 목소리로 그렇게 말하며 긍정했다.

"베란다에서 잠들지 마. 내일 아침에 동사한 채로 발견되어도 나는 몰라."

"그 전에 손톱에 네 옷의 섬유를 끼워놔야지~."

"반쯤 졸면서 무시무시한 짓 벌이려고 하지 마!!"

누명을 씌우려 하는 유메의 손을, 나는 밀어냈다. 갓난아기처럼 손이 뜨거웠다. 정말 이대로 베란다에서 잠들지도 모른다.

딱밤이라도 때려서 정신을 차리게 만들고 싶지만, 나는 그 전에 물어볼 게 있었다. 수마가 무혈입성 직전인 것처럼 몽롱한 상태인 지금이라면, 순순히 대답해줄 게 틀림없다.
나는 2년 전과는 다른 별하늘을, 2년 전처럼 올려다보면서 혼잣말을 하듯 말했다.
"……즐거웠어?"
아마 태어나서 처음일, 친구 집에서 외박하는 것은.
시끄럽게 떠들고, 수다를 나누며, 공부를 한— 지금이란 시간을 즐기는 것은.
2년 전에는, 할 수 없었던 일을 하는 것은.
유메는 별하늘이 아니라 나를 쳐다보더니, 옅은 미소를 머금으며 답했다.
"……응."
그리고…….
"……고마워."
나는 유메를 향해 고개를 돌리며, 2년 전에 깜빡했던 말을 건넸다.
"천만에요."
그 후 손을 뻗어서, 유메의 이마에 딱밤을 날렸다.
거리는, 2년 전보다 훨씬 가깝다.
하지만, 새하얀 판자가 우리를 갈라놓고 있다.
—뭐, 이 판자는 긴급 상황에서는 부숴도 되지만 말이야.
그때가 오지 않기를, 나는 딱히 아름답지도 않은 별하늘에 기원했다.

◆

신세를 졌던 카와나미의 집을 점심 즈음에 나선 나는 친숙한 마이 홈으로 돌아갔다.

유메는 미나미 양과 밖에서 놀고 돌아올 예정이기에, 나는 홀로 현관문을 열고 안으로 들어갔다.

신발을 벗으면서 『아차』 하고 생각했다. 『다녀왔습니다』 하고 말하는 편이 좋았을까. 집에 사람이 있는 일 자체가 드물기에, 아직 그런 습관이 들지 않았다.

……뭐, 됐다. 귀가 선언에 크나큰 의미는 없으니— 나는 자기 과실을 그냥 흘려 넘긴 후, 일단 거실문을 열었다.

그것이 이리도 미즈토, 인생 최대의 실수였다.

"아~♥ 미네, 맛있어~?"

"맛있어, 유니 씨. 한 입 더 줄래?"

"정말, 먹보라니깐♥ 자, 아~."

나는 천천히 문을 닫았다.

그리고 그대로 뒤돌아선 후, 온몸을 부들부들 떨었다.

……마, 맙소사…….

보고 말았다.

목격하고 말았다.

연령상으로 중년인!

친부모가!

마치 중학생 커플처럼!!

나잇값도 못하며 꽁냥대는 광경을—!!

"……끄어어어어……!!"

구…… 구역질이 나……!!

등 뒤의 거실 쪽에서는 별다른 반응이 없었다. 아무래도 서로에게 푹 빠진 나머지, 내가 돌아왔다는 걸 눈치채지 못한 것 같았다.

……나는 즉히 유메에게 LINE을 보냈다.

〈긴급 소집. 아버지와 유니 씨가 큰일 났음. 시급히 귀가할 것〉

겨우 10분 후, 유메가 현관에서 뛰어 들어왔다.

"두 분한테 무슨 일이야?!"

"쉿~!"

나는 입술 앞에 손가락을 세우며 목소리를 낮춘 후, 아무 말 없이 거실을 가리켰다.

"응?"

유메는 의아한 표정을 짓더니, 별생각 없이 거실문을 열었다.

그리고 닫았다.

그대로 뒤돌아서더니, 손으로 얼굴을 가렸다.

"……우아아아아아아앗……!!"

그리고, 나와 마찬가지로 온몸을 부들부들 떨었다.

그렇지? 그렇지?

"왜…… 왜 저딴 걸 나한테 보여준 거야……!!"

"가족으로서, 가족의 정보를 공유해야 할 것 같았거든."

"저승길 길동무가 필요했던 것뿐이지……?!"

그렇다고도 할 수 있다.

우리는 거실 앞의 복도에서 몸을 웅크린 채, 소곤소곤 가족회의를 시작했다.

"(다, 단둘일 때는 항상 저런 느낌이었던 걸까……?! 우리 앞에서만 체면 차렸던 거야?!)"

"(우리가 사이좋은 남매라는 가면을 쓰고 있듯이, 두 분도 믿음직한 부모님이란 가면을 쓰고 있는 것 같네.)"

"(요즘은 고등학생도 저렇게 바보 커플처럼 굴지는 않을 걸?! 저 두 사람, 올해로—.)"

"(그만해. 말하지 마. 구역질이 심해질 거야.)"

"(……어쩌지?)"

"(……못 본 걸로 할까?)"

"(……그래. 그럼 그렇게—.)"

이야기가 정리되려던 바로 그때였다.

우리 뒤편에서 거실문이 활짝 열렸다.

우리는 머뭇거리며 돌아봤다.

유니 씨의, 나이에 비해 앳된 얼굴에, 환한 미소가 맺혀 있었다.

"둘 다…… 본 거니?"

못 본 것으로 한다.

그러기로 했지만, 우리 둘 다 고개를 돌리고 말았다.

거북한 공기가 주위를 가득 채운, 바로 그때였다.

유니 씨의 동안이, 구겨졌다.

"미…… 미안해애애~~~~~!!"

유니 씨는 손으로 얼굴을 감싸며 엉엉 울기 시작했다.

부모가 진심으로 울기 시작하자, 자식인 우리는 망연자실할 수밖에 없었다.

"어, 어엿한 엄마가, 되려고, 나, 힘냈는데…… 우에에에~~~엥!! 미안해~~~!! 나 같은 아줌마가, 나잇값도 못 하고, ……우에에에에에에~~~엥!!"

나잇값도 못 하는 건 지금도 마찬가지다.

부모가 진심 오열 또한, 부모의 꽁냥꽁냥 못지않게, 자식을 질리게 만든다. 새로운 발견이었다.

아무튼 이 상황에서 벗어나고 싶은 나머지, 나와 유메는 일어나서 유니 씨를 달랬다.

"괘, 괜찮아요! 울 일은 아닌걸요! 젊은 거니까 좋다고 생각해요!"

"맞아, 엄마! 『나잇값도 못 하는』게 아니라 『젊은』 거야! 좋은 거라고 생각해! 응!"

"……정말……?"

너무 울어서 부은 눈으로 저렇게 물으니, 나와 유메는 필사적으로 고개를 끄덕일 수밖에 없었다.

"그래…… 『젊은』 거구나…… 확실히, 젊다는 말은 자주 들어……."

"그렇지?! 그렇지?!"

"그럼, 우리가 너희 앞에서 꽁냥대도…… 괜찮겠어?"

우리는 고개를 돌렸다.

"우에에에에에에엥~~!! 미네~!! 애들이 괜히 마음쓰게 했어~~~!!"

유니 씨는 거실로 뛰어들어가더니, 울면서 아버지에게 안겼다. 아버지는 엄청 거북한 표정을 지으면서도, 엉엉 우는 유니 씨의 등을 쓰다듬어주며 달랬다.

옛날부터, 자식은 부모의 등을 보며 자란다고 했다.

이제부터 우리가 어떻게 될지는 모르겠지만, 일단 저렇게는 되고 싶지 않단 생각을 했다.

……이런 모습을 보고도 역시 부모님이 헤어질 것 같다는 생각이 들지 않았다. 대체 우리와 뭐가 다른 걸까.

전 연인은 경쟁한다
"바보 취급하지 말란 말이야아아앗!!"

이제 와서는 젊은 날의 치기라고 말할 수밖에 없겠지만, 중학교 2학년 때부터 중학교 3학년 때까지 나에게는 소위 남친이라 부르는 존재가 있었다.

이 남자는 무뚝뚝하고 외모를 전혀 꾸미지 않을 뿐만 아니라, 운동치라는 삼중고를 안고 있는 불쌍한 녀석이었지만, 어떻게 된 건지 머리 하나는 좋았다.

수업 시간에 졸거나 몰래 책을 읽어대는데도 시험 점수는 우수하기에, 존재감이 없는데도 불량소년처럼 교사들에게 주목을 받고 있었다.

한편 나도 머리가 나쁜 편은 아니라고 생각하지만, 연인 사이였던 1년 반 동안 단 한 번도 시험 점수로 그에게 이긴 적이 없다.

특기 과목인 수학에서는 항상 내가 몇 점 앞섰지만 다른 과목, 특히 현대 국어에서는 그의 발치에도 미치지 못했다.

지금의 나라면 혀를 깨물고 싶은 사실이다. 하지만 당시의 나는 그냥 실실거렸다. 답안 제출 후에 서로의 점수를 비교해보고, 졌다는 걸 알면 『와아, 대단해』 하며 룸살롱 아가씨처럼 그 남자를 치켜세웠다.

물론 당시의 나한테는 능숙하게 빈말을 하는 스킬이 없었던 만큼, 무시무시하게도 그건 전부 본심이었다. 분하지 않았던 건지 물어보고 싶다. 너한테는 자존심도 없는 거냐. 아마 없을 거예요. 연애 감정에 머리가 잠식당한 폐인 상태였거든요.

그런 내 패배자 근성은 고등학교 입시에서 처음으로 완전 승리를 거둘 때까지 낫지 않았지만, 한 번, 딱 한 번, 비굴하고 음침한 아야이 유메가 기를 쓰며 지지 않으려 한 적이 있다.

중학교 2학년, 1학기 기말 고사— 즉, 여름방학 직전.

내가, 우리가, 『만나기 전』의 일이다.

학생의 본분은 공부다. 친구와 수다를 떠는 것도, 남친과 꽁냥거리는 것도 아니다. 공부야말로 학교란 시설의 존재의의다. 그러니, 만약, 학교에 친구가 한 명도 없더라도, 공부만을 하기 위해 학교에 가면 될 뿐이다. 불만 있어?

나는, 모범생이였다.

공부만을 보람 삼아 등교하는 학생이었다. 아니, 공부 말고는 할 것이 없었다.

그런 내가 가장 자신 있어 하는 과목은 수학이었다.

그렇게 된 계기는 추리소설에 나온 이과 캐릭터가 멋졌기 때문일 뿐이지만, 일단 수학 시험에서는 누구에게도 진 적이 없다. ―그것이 나의, 학교란 장소에서의, 유일한 긍지였다.

하지만 중학교 2학년, 1학기 중간고사.

나는 처음으로, 수학 시험에서 패배를 경험했다.

같은 반인, 이리도 미즈토란 남자애에게 진 것이다.

이리도 미즈토는 나와 마찬가지로 친구가 없는 타입의 남자애였다. 상대방도 나에게 동족 의식을 품고 있는 건지, 내가 난처할 때면 자주 도와줬다. 그래서 당시의 나는 그에게 진심으로 감사하고 있었지만, 그것과 이건 별개의 이야기다.

자신 있는 과목으로, 그것도 자신과 같은 타입의 상대에게 진 것은 내 소소한 자존심이 용납하지 않았다.

다음에야말로 이기겠다.

어쩌면 그것은 내가 태어나서 처음으로 품은 경쟁심일지도 모른다.

그리고 1학기 기말고사― 나는 수면 시간까지 줄여가며 평소보다 더 공부했다.

1점도 놓치지 않도록. 계산 실수를 한 번도 하지 않도록.

그 모든 것은, 이리도 미즈토에게 이기기 위해서.

그리하여― 우리 반에서 가장 뛰어난 점수를 땄다.

그것은 이리도 미즈토에게 이겼다는 의미다.

교사에게 칭찬을 받으며 답안을 받은 후, 나는 은근슬쩍 이리도 미즈토가 어쩌고 있는지 살폈다.

어때. 내가 이겼어. 수학으로는 웬만하면 지지 않아.

그런 의지가 담긴 시선은—.

—무미건조한 그의 표정에 튕겨 나가고 말았다.

이리도는 나를 향한 교사의 칭찬에는 관심 없는지, 지루하다는 듯이 창밖을 쳐다보고 있을 뿐이었다.

열기가 식는 느낌이 들었다.

……무슨 착각을 한 걸까. 같은 타입이니까. 마찬가지로 반 안에 녹아들지 못하고 있으니까. 겨우 그것만으로 마음이 통할 거란 착각에 빠져 있었다. 내가 그를 신경 쓰듯, 그도 나를 신경 쓴다고 여겼다. 애초에 그는 내가 수학을 잘한다는 것도 모르는 것이다. 하지만, 나는, 대체 뭘 기대하며…….

허무해졌다.

—결국, 나 혼자만의, 설레발에 불과했어.

그리고 여름방학이 되자, 나는 불쑥 도서실을 향했다.

그리고 그곳에서, 『만남』을 가졌다.

—너도, 추리소설을 좋아해?

이리도가 책장 상단에 있는 책을 뽑아주며 그렇게 물은 순간, 나는 사실 딱히 놀라지 않았다.

그가 항상 자기 자리에서 책을 읽고 있는 것을 알고, 그중에 추리소설도 포함되어 있다는 것을 안다. —나한테는, 놀랄 만한 정보가 아니었다.

그러니, 그 남자는 착각하고 있을지도 모르지만…….

나와 그에게 이어진 신의 함정은, 그렇게 말을 건 것이 아니다.

그다음에 중얼거린, 분명 나에게 들려줄 생각도 없었을 혼잣말이야말로, 신이 우리를 빠뜨린 함정의 정체다.

—……그래서 네 수학 점수가 좋았던 거구나.

그 중얼거림이, 내 가슴 깊숙이 박혔다.

그의 내면에서 추리소설과 수학이 어떻게 이어지는 건지는 모른다.

추리소설의 캐릭터를 동경하게 된 경위를, 단 한 권의 책을 보고 추측했을 리가 없다.

그래도, 그래도, 내 귀는, 똑똑히 들었다.

그의 중얼거림에 미세하게 어려 있는, 분한 감정을— 포착한 것이다.

—아아.

나 혼자만의 설레발이 아니었다.

신경 쓰지 않는 척을 했을 뿐…… 나를, 신경 쓰고 있었다.

차분한 척, 침착한 척하지만, 실은 나보다 더 지는 것을 싫어하고, 고집이 센—.

……하아. 이 남자, 일부러 이러는 거 아냐?

뭐가 이렇게 어중간한 거야. 분하면 티 나게 분통을 터뜨리면 되잖아. 숨길 거면 완벽하게 숨기란 말이야. 왜 은근슬찍, 본심을 어렴풋이 드러내는 건데?

네가 그러니까, 나는 착각을 하고 말았다.

나만 너를 보고 있으며, 너만 나를 봐준다는— 착각에 빠져들었다.

일부러 이러는 거면 빌어먹을 난봉꾼이고, 일부러가 아니라면 천연 난봉꾼이다.

왜냐하면—.

—방금 그 한 마디에, 평생에 딱 한 번뿐인, 첫사랑에 빠지고 말았으니까.

◆

긴장감이 감도는 정적 속에서 샤프가 노트 위를 달리는 소리만이 감돌았다.

더욱 집중할 수 있도록, 칸막이가 양옆에 세워져 있는 자습실. 평소에는 사람이 그다지 많지 않은 이 방은, 이 시기만 되면 항상 자리가 꽉 찬다.

중간고사가 코앞까지 다가온 것이다.

어쩌면 평범한 고등학교에서는 시험 기간이라 부활동이 중단되더라도 만세~ 놀 시간이 생겼어~ 하고 학생들이 생각할지도 모르지만, 이 고등학교는 다르다.

여기는 진학고인 것이다.

나처럼 『남친과 같은 고등학교에 가고 싶지 않아서』라는 어처구니없는 이유로 입학한 바보를 제외하면, 대부분 공부에 목숨 건 사람들이다. 그들에게 정기 시험은 패권을 쥐기 위한 전장이며, 결코 벼락치기 밤샘으로 대충 넘어갈 수 있는 게 아니다.

나 또한 마찬가지다.

아니…… 어쩌면 나야말로 누구보다도 절실하게, 중간고사 1등의 자리를 갈구하고 있을지도 모른다.

하교 시간이 되자, 다른 학생들이 돌아갈 준비를 했다.

나도 돌아갈까 싶어서 샤프를 필통에 넣고 있을 때, 등 뒤에서 목소리가 들려왔다.

"유메, 돌아가자~♪"

뒤를 돌아보니, 아카츠키 양을 비롯한 같은 반 친구 세 명이 가방을 들고 서있었다.

평소에는 다들 공부 이야기를 거의 안 하지만, 시험 전이라 그런지 학교에 남아서 공부를 하는 게 당연해졌다. 다들 평소에는 숨기고 있지만, 우리 반에는 입시 성적 상위 학생이 모여 있기에 다들 성실한 편이다. 그 남자를 제외하고 말이다.

서둘러 돌아갈 준비를 마친 후, 아카츠키 양 일행과 함께 자습실을 나섰다.

복도를 걷고, 신발을 갈아 신은 후, 교문을 나서면서, 우리는 담소를 나눴다. 공부에 찌들어 있는 시험 기간에는 이런 하교 때가 바로 얼마 안 되는 활력소 중 하나였다. 하지만 다들 공부에 바빠서 동영상이나 SNS를 볼 짬이 없기 때문에(나는 스마트폰을 완전히 봉인했다), 자연스럽게 시험을 화제로 삼게 됐다.

"아~ 나는 이번에 자신 없어~. 낙제점 받으면 어쩌지~."

"이리도는 역시 1등을 노릴 거야?"

"……뭐, 기왕이면 말이야."

나는 긴장감을 억누르며 답했다.

"멋지네~. 나는 평균 점수 돌파만 하면 좋겠어."

"목표가 너무 낮은 거 아냐?! 1등을 노려~ 기왕이면!"

"에이~. 전교 1등은 이리도의 지정석인걸~."

나는 남들에게 맞춰주듯 웃으면서도, 표정이 굳는 것을 느꼈다.

그렇다— 전교 1등은 내 지정석이다.

학년 수석인 수재. 그것이 이리도 유메니까.

"…………."

아카츠키 양이 나를 힐끔 쳐다본 것 같은 느낌이 들었다.

하지만 곧 분위기를 바꾸려는 듯이 손뼉을 쳤다.

"그것보다, 시험 끝나고 나서 뭘 할지 생각해보자! 그러면 더 의욕이 나지 않겠어~?"

"오! 좋은 생각이야~!"

"오~ 어디 놀러 가자~."

훈훈한 분위기에 잠기듯, 나는 맞장구를 쳤다.

"다녀왔습니다~."

다른 애들과 헤어진 후, 자택의 문을 열고 들어간 나는 다시 마음을 다잡았다.

빨리 옷을 갈아입고 공부를 해야…….

그 전에 커피라도 준비하는 편이 좋겠다고 생각한 나는 거실로 향했다.

그러자, 의붓동생이 소파에 드러누워서 책을 읽고 있는 모습이 보인다.

……어?

나는 눈을 의심했다.

지금, 시험 기간이지……? 이 남자, 독서나 하고 자빠져 있는 거야?! 내, 내가 얼마나 참고 있는데……!!

"……너, 공부 안 해도 돼?"

내가 약간 낮은 목소리로 묻자, 미즈토는 책에서 눈을 떼지 않으며 대답했다.

"얼추 끝났어. 이제 당일까지 잊지만 않으면 돼."

끝났어? 시험공부에, 끝난다는 개념이 있는 거야?

여, 열받아……!

이 남자는 옛날부터 이랬다. 천재라고나 할까, 시험공부에 전혀 시간을 할애하지 않았다. 조금이라도 더 공부하려고 필사적인 나와는 정반대 타입이다. 정말 밉살스러워!

나는 한껏 쏘아보며 말했다.

"……그러니까 나한테 진 거야."

"방금 뭐라고 했어?"

"별말 안 했거든?"

이 남자와 이야기를 더 나눠봤자 의욕만 떨어질 것이다.

커피는 나중에 끓이자고 생각한 내가 돌아섰을 때였다.

"요즘, 신경 쓰이는 게 있어."

미즈토가 뜬금없이 그렇게 말하자, 나는 눈을 가늘게 떴다.

"……뭔데? 신작 소설이야?"

"전교 1등."

미즈토는 소파 위에서 몸을 일으키더니, 나를 쳐다보며 심술궂게 웃었다.

"그 자리는 어떤 감촉이려나?"

……그래. 이래서 밉살스럽다는 거야.

내 시선과 미즈토의 시선이 정면에서 맞부딪쳤다.

"유감이지만, 전교 1등은 내 지정석이야."

"그럼 다음 탑승 때 예약하면 되겠네."

흥, 하고 코웃음을 친 나는 고개를 돌렸다.

"……그게 가능할지 시험해보는 게 어때? 부질없는 짓이겠지만 말이야."

이번에야말로 돌아선 나는 거실을 나섰다.

……진짜 배짱 좋다니깐.

나한테 대놓고 도전한 사람은 네가 처음이야.

나는 최대한 시간을 내서 공부에 집중했다.

아침에 일찍 일어나서 등교 전에 공부했다. 학교에서도 쉬는 시간을 활용했고, 방과 후에는 자습실과 도서실을 이용했다. 하교 시간이 되어 귀가하면, 방에 틀어박혀서 책상 앞에 앉았다. 유혹을 끊기 위해, 책장에 꽂혀 있던 책을 전부 종이 상자에 담아서 창고에 봉인해뒀다.

저녁 식사와 목욕을 마친 후에도 책상 앞에 앉았다. 졸음이 몰려와서 집중력을 유지할 수 없게 되면, 어쩔 수 없이 침대에 들어갔다. 그런 하루하루가 이어졌다.

"—유메! 젓가락!"

"……아."

엄마의 목소리를 듣고, 나는 떨어뜨릴 뻔한 젓가락을 고쳐 쥐었다.

저녁 식사 자리였다.

밥을 먹으면서 존 것 같았다. —큰일 날 뻔했다. 정신 빠짝 차려야겠다.

미네아키 아저씨가 약간 걱정하는 듯한 표정을 지었다.

"……공부에 무척 열중하고 있는 것 같구나. 공부도 중요하지만, 무리하는 바람에 시험 때 실력을 발휘하지 못하면 본말전도란다, 유메 양."

"아, 괜찮아요. 무리하지 않는 범위 안에서 노력하고 있으니까요."

"그럼 괜찮지만……."

나는 얼버무리며 미소를 지었다.

무리 같은 건, 당연히 하고 있다.

나는 원래 전교 1등을 할 그릇이 아니다. 그런데도 그 자리를 차지하기 위해선, 다소 무리를 할 수밖에 없는 것이 자명한 이치다.

맞은편에 앉은 미즈토가 감정이 묻어나지 않는 눈동자로 나를 쳐다보고 있었다.

저녁 식사를 마친 후, 졸음을 쫓아낼 겸 바로 목욕했다. 드라이기로 머리카락을 대충 말린 후, 잠옷을 입고 탈의실을 나섰다. 자, 이제부터 야간 공부 타임이다.

하품을 곱씹으며 계단을 향해 걸음을 옮겼다.

그곳에서는 미즈토가 마치 나를 기다리듯 앉아있었다.

"무척 피곤해 보이네."

무슨 생각을 하는지 알 수 없는 눈길로, 그는 내 눈을 지그시 응시했다.

지금은 대답할 기력도 아까웠다.

시선을 마주하지 않으며, 계단에 걸터앉아 있는 미즈토의 옆을 지나가려 했다. 바로 그때였다.

미즈토가 몸을 일으키더니, 나를 막아섰다.

"그렇게 전교 1등의 자리가 중요한 거야?"

바로 앞에서 자신을 응시하고 있는 그 눈을, 나는 똑바로 바라볼 수 없었다.

자기 자신을 꾸밀 힘. 천적에게 맞설 힘. 그것조차도, 지금은 공부에 쏟아야 하니까…….

"……중요해……."

그래서, 얼버무리지도 않았다.

가슴 속에서 소용돌이치는 초조함이, 위기감이, 그대로 입 밖으로 흘러나왔다.

"전교 1등을 했으니, 지금의 내가 존재하는걸……."

성격을 바꿨다.

사교성을 익혔다.

그래도, 한계는 있다.

결국은 벼락치기에 지나지 않는 것이다. 태어날 때부터 심약하고 말주변이 없으며 내성적인 인간이, 다소 의식을 바꾼다고 해서 바로 처세술의 대가가 될 수 있을 리가 없다.

그래서, 부가가치가 필요했다.

조금 매사에 서툴러도, 조금 말주변이 없어도 용서되는, 그런 부분을 메워주고도 남을, 부가가치가 필요했다.

우등생 캐릭터.

진학고에서 가장 효과를 발휘하는 부가가치가 말이다.

"너는, 모를 거야……. 남 같은 건, 주변 같은 건, 개의치 않으며 살아가는…… 고고한 척이나 하는, 너 같은 애는……."

피곤한 탓인지, 입에 담을 필요가 없는 말을 한 듯한 느낌이 들었다.

하지만, 후회에 쏟을 에너지조차도 나는 지금 아까웠다.

나는 미즈토의 옆을 지나치며, 계단을 올라갔다.

공부를, 해야만 하니까…….

"……그건, 그래."

희미한 중얼거림이, 등 너머에서 들려온 듯한 느낌이 들었다.

그리고 드디어, 중간고사 첫째 날이 찾아왔다.

"필통은 가방에 넣도록~."

뒤집힌 문제용지 앞에서, 나는 기억해둔 내용을 몇 번이나 중얼거렸다.

첫날, 1교시, 현대국어.

나도 독서가를 자처하는 만큼, 자신 없는 과목은 아니다. 오히려 자신 있는 부류에 들어간다. 하지만— 이 과목에는,

매우 성가신 상대가 있다.

나는 뒷자리에 의식을 집중했다.

그곳에는, 내 의붓동생이 앉아있다.

그가 자신 있는 과목은 현대국어다.

전국 모의고사에서도 두 자릿수 순위—인 것은 딱히 공부하지 않던 중학생 시절의 이야기이며, 지옥의 수험 공부를 거친 지금이라면 한 자릿수 순위도 충분히 노려볼 수 있을 것이다.

이 남자의 현대국어 해답은 출제자의 마음을 읽은 게 아닌가 싶을 정도로 정확했다. —게다가 정기 시험의 그리 넓지 않은 출제 범위에서라면, 만점은 거의 확실했다.

이 남자를 제치고 종합 1위가 되기 위해선, 현대국어에서 최대한 뒤처지지 않는 것이 중요하다.

1점도, 허투루 놓칠 수 없다…….

"—그럼, 시작하세요."

교사의 목소리에 맞춰, 수십 명의 학생이 종이를 뒤집었다.

"……으음……!"

그날 밤. 문제용지에 메모한 답으로 자가 채점을 해본 나는 분한 마음에 인상을 찡그렸다.

첫날 과목은 전부 90점을 웃돌았다.

하지만 현대국어는 94점— 만약 미즈토가 100점을 받았다면, 6점 정도 뒤지고 있는 것이 된다.

이런 간단한 한자를 헷갈려서, 2점이나 놓치다니……! 평균 90점대가 기본인 싸움에서, 6점이나 뒤처진 것은 매우 컸다…….

……그것도, 그 남자가 100점을 받았다는 가정 하에서의 이야기지만 말이다.

"…………."

나는 발소리를 숨기며, 방을 나섰다.

1층 거실을 몰래 훔쳐보았다.

미즈토가 소파에 앉아서 책을 읽고 있었다.

즉…… 저 남자의 방에는, 지금 아무도 없다…….

저 남자도 문제용지에 자가 채점용 답안을 메모해뒀을지도 모른다. 그것을 본다면, 진짜로 만점을 받았는지 확인할 수 있을 것이다…….

……양심에 찔리기는 하지만, 딱히 비겁한 짓은 아니지? 저 남자의 점수를 알든 말든 내 점수에는 변함이 없는걸.

하지만 만약 들킨다면, 저 성질머리 더러운 남자가 트집을 잡을 게 뻔하니까…… 몰래, 이 틈에 확인해보자.

2층으로 돌아간 나는 미즈토의 방문을 조용히 연 후, 손잡이를 돌린 채 살며시 닫았다.

불을 켰다. 대량의 책이 어지러이 놓인 방이 모습을 드러냈다.

저 남자가 학교에 갈 때 매는 가방이 침대 위에 내던져져 있었다.

나는 몇 번이나 뒤를 돌아보며 그 남자가 돌아오지 않나 확인한 후, 그 가방을 향해 손을 뻗었다.

가방을 열자, 흰색 종이가 눈에 들어왔다.

이것이다.

대충 집어넣은 몇 장의 문제용지. 아니나 다를까, 답안 같은 것이 적혀 있었다.

나는 아주 약간 긴장하며, 그것을 꺼내 봤다.

……중요한 것은 현대국어다. 진짜로 100점일까, 아닐까…….

눈을 한번 꾹 감으며 마음속으로 각오를 다진 후, 현대국어의 문제용지를 봤다.

메모해둔 답안을, 가지고 온 내 답안과 비교해봤다.

……밉살스러울 정도로 정확했다. 내가 틀린 부분도, 지우개질한 흔적도 없이 간단히 맞췄다.

한 문제도 틀리지 않은 가운데, 나는 마지막 문제를 살폈다.

그것은 10점짜리 주관식 문제다. 시간 배분을 잘못하면 답을 적을 시간이 없기에, 그대로 1할이나 되는 점수를 날리게 만드는 악랄한 문제다.

부분 점수를 놓쳤을 가능성은 있지만, 나는 일단 맞췄다. 저 남자가 시간 배분을 실수했을 리가 없으니, 역시 100점인 걸까— 납득하는 심정으로 문제용지의 왼쪽 가장자리를 본 나는…….

"……어?"

잘못 본 줄 알았다.

—답안이, 없다.

마지막 문제만, 답이 적혀 있지 않았다.

자가 채점을 할 필요도 없어서 메모하지 않은 걸까……? 그럴 리 없다. 지우개로 지운 흔적이 있다. 적은 후에 지운 것이다. 왜……?

대충 지운 탓에, 문장이 어렴풋이 보였다. 나는 눈에 힘을 주며, 그 문장을 읽었다.

정답이다.

정답인 답안을, 지웠다.

……틀렸다고 착각해서 지운 걸까? 그래서, 새로운 답안을 적을 시간이 없어서……? 말도 안 된다! 내가 맞출 수 있는 문제를, 그 녀석이 틀릴 리가 없다!

그렇다면.

이건.

"…………일부, 러…………?"

일부러 지웠다.

일부러 빈칸으로 만들었다.

이 부자연스러운 지우개질을 보니, 그렇게 생각할 수밖에 없었다…….

어느새, 문제용지를 쥔 손이 부들부들 떨리고 있었다.

머릿속이 뜨거운 무언가로 가득 차는 느낌이 들었다.

—……중요해…….

—전교 1등을 했으니, 지금의 내가 존재하는걸…….

내가…… 그런 말을…… 해서?

"……으, 으으으으……! 으으으으으윽……!!"

눈곱만큼도, 기쁘지 않다.

정신을 차리고 보니, 급히 방을 뛰쳐나간 나는 쿵쾅거리며 계단을 뛰어 내려갔다.

거실문을 난잡하게 열어젖히자, 소파에 앉아있는 그 남자가 깜짝 놀란 표정으로 돌아보았다.

"뭐, 뭐야. 시끄럽—."

"바보 취급하지 마아아아아앗!!"

움켜쥐고 있던 문제용지를 집어던졌다.

그것을 받아서 확인한 미즈토는 미간을 살짝 찌푸렸다.

난처해하는 기색을, 나는 분명히, 느꼈다.

"1등을 양보하려는 거야……?! 그러면 내가 기뻐할 줄 알았어?! 헛소리하지 마!! 그렇게 자신만만하게 도발했으면서!! 제대로 붙으면 내가 질 거란 소리야?! 바보 취급하지 마아앗!!!!"

"저, 저기…… 이게 무슨 소리야?! 유메?!"

목욕 중인 엄마의 목소리가 들려왔다. 하지만 상관없다. 나는 소파에 앉은 미즈토에게 성큼성큼 다가갔다.

"희생정신을 발휘한 자기 자신이 멋지다고 생각해?! 하나도 멋지지 않거든?! 나를 바보 취급할 뿐인 거잖아!! 무시하는 거잖아!! 나는, 이딴 걸, 전혀 바라지 않아아아아—!!!!"

"스톱! 뭐가 어떻게 된 건지 모르겠지만 스토오옵!!"

확 때려주려고 오른손을 들자, 뒤편에서 누군가가 내 손을 움켜잡았다.

엄마가 등 뒤에서 나를 꼼짝 못 하게 잡았다. 나는 버둥거렸지만, 떨쳐낼 수 없었다.

"왜 그러니?! 무슨 일이 있었던 거야?! 이 엄마한테 설명해보렴! 미, 미즈토 군, 이게 대체—."

"—는데……."

"어?"

미즈토가 소파에서 일어났다.

문제용지를 구기더니, 무시무시한 눈길로 노려보았다.

"전교 1등을 못 하면 곤란하다며……. 네가 그렇게 말했잖아. 그래서 양보해주자고 생각한 거라고!! 그게 뭐가 잘못됐는데!!"

"어, 어어~?! 미즈토 군까지……?! 미, 미네아키 씨~!! 여기 좀 와봐~!!"

엄마가 다급히 거실을 뛰쳐나가자, 미즈토는 내 어깨를 세게 움켜쥐었다.

"나는 1등 따위 못해도 아무 상관 없어! 네 말이 맞아! 주위에서 나를 어떻게 보든 저어어어어언혀 신경 안 쓰거든!! 그래서 양보한 거야! 그게 이상해?! 내 말에 이상한 구석이 있냐고!!"

"……으, 으으으……!!"

없다.

이상한 구석은 전혀 없다.

이해관계를 퍼즐처럼 일치시킨, 지극히 합리적인 판단이다.

하지만.

하지만.

"……이상해……."

시야가 이상해졌다.

약아빠진 짓이라는 걸 알지만, 머릿속에서, 가슴 속에서, 휘몰아치는 감정이 말이 아니라 이슬이 되어 눈에서 흘러나왔다.

"이런 건…… 이리도 답지, 않은걸……."

그때, 분한 감정을 드러냈던—.

그때, 지기 싫어하는 편을 어렴풋이 보여줬던—.

—마음이 통하는 것처럼 느껴졌던, 이리도 미즈토가 아니다.

"…………왜, 네가……."

짜증이 섞인 투로 무슨 말을 하려다 삼킨 미즈토는 땅이 꺼지게 한숨을 내쉬었다.

그리고, 평소보다 몇 배는 거친 발걸음으로 내 옆을 지나갔다.

아무 말도 없었다.

그저 등 뒤에서 거실문이 열리는 소리와, 거칠게 계단을 올라가는 소리가 들렸다.

쾅!! 하며, 격하게 문이 닫히는 소리가 2층에서 들려왔다.

그 후, 나도 바닥을 쳐다보며 거실을 나섰다.

"……유, 유메? 괜찮아……?"

"무슨 일이니……? 너희가 다투고 말이야……."

엄마와 미네아키 아저씨가 걱정스러운 듯이 말을 걸어왔지만, 나는 제대로 답하지 못했다.

나는 아무 말 없이 계단을 올라온 후, 자기 방으로 향했다.

그러자 실이 끊어진 것처럼 몸에서 힘이 빠지면서, 침대에 쓰러졌다.

……나는 이제 와서 뭘 기대한 걸까.

나만 그 남자와 마음이 통하고 있다고, 서로를 이해하고 있다 여겼다. 그게 망상에 불과하다는 것을, 사이가 소원했던 반년 동안 깨달았으면서 말이다.

이 남자만은, 대등하고, 솔직하며, 있는 그대로의 모습을 나에게 보여줄 거라고— 그렇게 생각하는 것 자체가 이상한

데 말이다.

—결국, 나 혼자만, 설레발을 쳤을 뿐이다.

"……뭐, 됐어."

이걸로, 라이벌이 한 명 줄었다.

그뿐이다.

그게 전부다.

기뻐해 마땅한 일이다.

전교 1등의 자리를 지킨다.

그러지 못한다면, 나는 내가 아니게 된다.

나라면 당연히 해낼 거라고, 다들 생각하고 있으니까.

시험 이틀째.

어젯밤에는 그대로 잠들어버린 탓에, 공부를 하지 못했다.

하지만, 나는 지금까지 꾸준히 공부를 해왔다. 수면 부족이 해소되면서 오히려 컨디션이 좋아졌다.

아침 식사 자리에서는 한 마디도 하지 않았다.

담담히 토스트를 먹는 나와 미즈토를, 엄마와 미네아키 아저씨가 걱정스러운 눈길로 쳐다보았다. 그래도 어제 그런 일이 있었으니 벌써 친한 척을 할 수는 없다.

"……잘 먹었습니다."

서둘러 식사를 마치고 뒷정리를 한 나는 평소보다 일찍

현관으로 향했다.

최대의 적은 스스로 탈락했다.

그리고, 오늘은 가장 자신 있는 과목인 수학 시험을 친다.

평소 실력을 발휘한다면, 충분히 전교 1등이 될 수 있다—.

현관에서 신발을 신었다.

『다녀오겠습니다』 하고 말하려던 바로 그때, 느닷없이 다른 이의 목소리가 들려왔다.

"—나다움, 같은 걸 정할 권리는 너한테 없어."

심장이 크게 뛰었다.

뒤를 돌아보았다.

교복을 입은 미즈토가, 졸린 듯한 눈길로 나를 쳐다보았다.

"마찬가지로— **너다움 또한, 다른 누군가가 정할 수 있는 게 아니라고.**"

그 짜증 섞인 목소리에, 심장이 또 뛰었다.

마음을 읽힌 듯한 느낌이 들었다.

내 마음이, 벌거숭이가 된 것만 같았다.

나는 바로 반박하지 못했다. 그러는 사이, 성큼성큼 걸어온 미즈토가 내 옆에서 신발을 신었다.

미즈토는 나를 흘겨보더니, 현관문의 손잡이를 움켜쥐었다.

나는 그 순간, 그제야 눈치챘다.

미즈토의 눈 밑에, 희미하게 다크서클이 생겨 있었다.

"—끝내주겠어, **의붓동생**. 너의 그 무모한 고교 데뷔를 말이지."

일방적으로 그렇게 말한 후, 미즈토는 현관문 너머로 사라졌다.

남겨진 나는 뭐가 어떻게 된 건지 알 수가 없었다.

딱 하나, 확실하게 말할 수 있는 거라면…….

"……**누나라고 했잖아, 의붓동생.**"

너 따위에겐, 나다움을 정할 권리 같은 건, 없다.

교사가 게시판에 커다란 종이를 붙였다.

정기 시험의 종합 순위는 상위 50명까지 공개된다. 1학년이 약 이백 명 정도 되니, 상위 25퍼센트까지다. 그러니 종이에 이름이 실리는 것 자체는 그렇게 어려운 일이 아니며, 발표 장소인 게시판 주위에는 학생들로 붐비고 있었다.

나는 그런 인파의 가장 앞줄에 서 있었다.

내가 이곳에 오자, 사람들이 길을 비켜줬다. 가장 먼저 순위를 확인한 인간이라고, **다들** 인식하고 있다는 증거다.

가장 큰 장애물이었던 미즈토가 일부러 문제를 틀렸으니, 전교 1등은 따 놓은 당상이다. 그렇게 자부할 수 있는 점수를 자가 채점으로 확인했다. 이제 나 자신도 눈치 못 챈 부주의한 실수만 없다면—.

종이를 붙인 교사가 게시판 앞에서 비키자, 드디어 순위가 공개됐다.

그 순간— 주위의 학생들이 술렁거렸다.

그리고 나는, 기뻐하려다 말았다.

『1위』의 옆에, 내 이름이 있었다.

……**바로, 절반만 말이다.**

『1위』 옆에 적혀 있는 건, 내 **성 뿐**이었다.

『1위 이리도 미즈토 777점』

『2위 이리도 유메　774점』

게시판에 붙은 종이에는, 그렇게 적혀 있었다.

몇 번을 다시 봐도, 변함이 없었다.

져…… 졌, 어?

현대국어에서의 점수 차를…… 다른 교과목으로, 뒤집은 거야……?!

"말도 안 돼."

"이리도 남매의 원투 피니시냐……."

"엄청나게 경쟁하네. 장난 아닌걸."

"이리도 양, 벌써 2등으로 밀려났구나……."

주위의 목소리가 불가사의하게도 귀에 들어오지 않았다.

그것보다 나는, 그 남자를 찾았다.

오른쪽을 보고, 왼쪽을 봤을 때— 슬그머니 이 자리에서 멀어지는 이의 등이 눈에 들어왔다.

"미, 미안해! 좀 지나갈게!"

인파를 헤치며, 사라지려 하는 남자의 뒤를 쫓았다.

어깨를 잡고 돌려세웠다.

미즈토의 눈이 나를 향했다.

그의 입가에는 점점 심술궂은 미소가 어렸다.

"어이구, 전교 2등님 아니십니까. 기분은 어떠신지요."

그 밉살스러운 말에, 지금만큼은 어울려주지 않기로 했다.

나는 치밀어오르는 의문을 그 뻔뻔한 얼굴에 퍼부었다.

"어째서야……! 그런 핸디캡을 뒤집으려면, 엄청나게 공부를 해야 했을 텐데……. 그것도 하룻밤 안에……! 그런 건—."

"나답지 않다, 는 거야?"

내가 입을 다물자, 미즈토는 더욱 빈정거리듯 웃었다.

"처음에 말했지? 신경 쓰였거든."

"……뭐?"

"하지만, 괜한 짓을 했어. —전교 1등이란 자리는 영 감촉이 별로야."

…………아.

설마.

이 남자는.

"네가 부럽네— **2등이, 훨씬 어깨가 가벼워.**"

그 말을 남긴 후, 전교 1등이란 직함을 짊어진 의붓동생이

돌아섰다.

"그럼 가볼게. ……혹시 되찾고 싶다면 기말고사 때 힘내라고, **우등생**."

명확한 빈정거림과 야유가 담긴, 『우등생』.

하지만— 그 말이 빈정거리는 것처럼 들린다는, 그 사실 자체가…….

내 입장이 이미 바뀌었다는 것을, 의미했다.

"—이리도 양, 아쉽게 됐네~!"

갑자기 어깨를 잡힌 나는 깜짝 놀라며 뒤돌아봤다.

"그 점수로 1등이 못 된다면 어쩔 수 없어! 이리도가 너무 강적인 거야!"

키가 크고 숏컷이 참 멋진 사카미즈 마키 양이, 나보다 더 분한 표정으로 그렇게 말했다.

"위에는 더 위가 있는 거데이. 내는 쫓아가지도 못하긋다."

보브컷에 등이 살짝 굽은 편인 카나이 나스카 양이 자다 일어난 고양이 같은 목소리로 그렇게 말했다.

"헛소리 마, 45위! 나보다 시험 잘 봤으면서 말이야!"

"아, 그런 기가? 안 보인다 했데이. 공부 봐줘서 고맙습니데이."

"이익~! 사람 열받게 하네, THE 교토인!"

어…… 어라……? 어라……?

내 주위에서 예전처럼 시시덕거리는 클래스메이트들을 본

나는 머릿속이 혼란스러워졌다.
상상했던 것과, 너무 달랐다.
두려워했던 것과, 너무 달랐다.
—전교 1등을 놓치면…… 어떻게, 되더라?
전혀, 변함이 없었다.
나를 향한 말도, 표정도…… 전교 1등을 놓쳤지만, 변함이 없다.
아아— 아아, 그렇구나.
나, 였어.
누구보다 나를, 전교 1등이란 직함(캐릭터)에 집착하게 만든 건…… 바로 나, 였던 거야.
—너다움또한, 다른 누군가가 정할 수 있는 게 아니라고.
시험 이틀째 아침에 본, 그의 눈 밑에 어렴풋이 존재하던 다크서클…….
그건, 분명.
저걸 위해.
이걸 위해.
"……아……."
나는 고개를 숙인 채, 손으로 얼굴을 감쌌다.
주위에 있는 이들이 당황한 표정으로 내 등을 문질러줬다.
"아아~. 울지 마, 이리도 양!"
"2등도 대단하데이! 응, 진심이다 아이가!"

아냐.

우는 게 아냐.

분한 게 아냐.

나만이— 아니었어.

혼자만의 설레발이, 아니었어.

……어떻게, 아는 거야?

왜, 통하는 거야?

착각이라고 생각했는데. 망상이라고 생각했는데. 왜 이제 와서, 이제 와서, 이런 식으로……!

—이런 사람은, 너뿐이잖아.

커뮤니케이션 장애에, 말주변이 없고, 벼락치기로 쌓은 사교성밖에 없는 나를, 이렇게, 이렇게, 초능력자처럼 헤아려 주는 괴짜는, 너밖에 없단 말이야.

이러다간, 나—.

—너 없이는 못 살게 될지도 모른단 말이야.

저기.

어떻게 책임져줄 거냔 말이야.

정말…….

◆

중간고사가 끝나자, 교내에도 이완된 분위기가 되돌아왔다.

방과 후, 도서실에 향하던 미즈토는 옆에 있는 나를 힐끔 쳐다보았다.

"……왜 네가 따라오는 건데?"

"문제될 건 없잖아. 시험이 끝나서 독서 봉인을 풀었으니까, 책이 필요해."

"……흐음, 그래?"

물론, 거짓말이다.

실은…… 저기, 사과가 하고 싶어서, 타이밍을 살피고 있을 뿐이다.

미즈토가 일부러 시험에서 문제를 틀렸다는 것을 안 나는 일방적으로 화를 냈다. 어영부영 해결되고 넘어간 것 같지만, 사실 나와 미즈토는 아직 서로에게 사과하지 않았다. ―그렇다면 먼저 사과하는 쪽이 어엿해 보이지 않을까?

함께 행동하다 보면 그럴 기회가 생길 것이다. 그런 생각을 하고 있을 뿐, 딱히 같이 있고 싶은 건 아니다.

"……어, 이리도 남매야."

"뭐? 전교 1등과 2등을 한?"

"흐음~. 쟤들이……."

시험 결과가 발표된 후, 우리가 같이 있으면 예전보다 더 주목을 받게 됐다.

나는 익숙하지만, 미즈토는 꽤 거북해하는 것 같았다. 꼴 좋다. 이게 바로 나한테서 1등을 빼앗은 대가다(시험에서 진 게 나름 분하기는 했다).

도서실에 도착하자, 미즈토는 안쪽에 있는 책장을 손가락으로 가리켰다.

"미스터리는 저쪽에 있어."

"흐음. 저쪽 구석에는 뭐가 있는데?"

"저쪽에 있는 건 라이트노벨이야. 좀 옛날 작품들이긴 하지만 꽤 괜찮은 것들이 갖춰져 있지. ……드디어 흥미가 생긴 거야?"

"무슨 소리를 하는 거야. 라이트노벨은 미스터리가 아니거든?"

"너, 후지미 미스터리 문고의 팬한테 살해당해도 난 몰라."

미스터리 책장으로 향하는 나와 헤어진 미즈토는 입구에서 대각선 방향에 있는 라이트노벨 책장으로 향했다. 요즘 들어 라이트노벨을 읽는 턴에 들어선 것 같았다.

나는 책장에 꽂힌 책의 옆 표지를 왼쪽 위부터 오른쪽 아래 방향으로 훑었다. 흐음~. 진짜로 괜찮은 책이 갖춰져 있다. 좀 더 일찍 와볼 걸 그랬다.

읽은 적 없는 타이틀을 발견하고 뽑아 든 나는 책장 모퉁이에서 얼굴을 내밀어서, 미즈토가 향했던 도서실 구석 쪽을 쳐다보았다.

……그 남자가 책을 고르는 사이, 그 옆을 지나치며 슬며시 사과를 하고 그대로 도서실을 나서는 건 어떨까?

저 남자도 일전에 자기가 하고 싶은 말만 나한테 다 하고 휙 가버렸으니까, 사과를 그런 느낌으로 해도 되지 않을까.

묘안일지도 모른다. 좋아, 그걸로 가자.

책을 손에 쥔 채, 나는 미즈토가 라이트노벨 코너라고 말했던 책장으로 다가갔다. 이 책장 너머에 미즈토가 있을 것이다. 그렇게 생각하면서 걸음을 내디…….

"—어이쿠."

"—우왓!"

낮은 비명이, 책장 너머에서 들려왔다.

그 뒤를 이어, 책이 바닥에 떨어지는 소리가 들렸다.

미즈토가 「미안해」 하고 낮은 목소리로 사과했다.

……미즈토가, 누군가와 부딪친 걸까?

왠지, 가슴이 술렁거렸다.

이게 대체 뭘까.

마치, 옛날에, **비슷한 일**을 본 적이 있는 듯한—.

나는 약간 다급하게 책장 너머를 훔쳐보았다.

바닥에는 표지가 화려한 문고 서적이 떨어져 있었다. 그것을 여자애가 허둥지둥 줍고 있었다.

수수한 분위기의, 여자애였다.

한순간, 예전에— 수족관 데이트 직전 즈음에 미즈토와 같이 있던 여자애라고 생각했다. 하지만, 곧 아니라는 사실을 깨달았다.

머리카락은 양 갈래머리가 아니라 쇼트 보브였고, 빗지 않은 건지 곳곳이 삐죽삐죽 튀어나와 있었다. 키도 그때 그 여자애보다 15센티미터는 커 보이니, 아카츠키 양이 본다면 부러워할 거라는 생각이 들었다.

무엇보다 내가 보자마자 『다르다』고 생각한 건, 품에 안고 있는 책 여러 권을 파묻히게 만드는 저 가슴 때문이다.

……크, 크네…….

학교 지정 스웨터 위로도 확연히 드러나는, 압도적인 존재감이었다. 아카츠키 양은 내 가슴을 자주 눈엣가시처럼 여기지만, 저 가슴에 비하면 나는 글래머 축에도 들지 못할 것이다. F……? 어쩌면 G일지도…….

라이트노벨의 표지에서나 봤을 법한 저 엄청난 가슴을 접한 내가 본능적으로 두려움을 느끼고 있을 때, 미즈토가 바닥에 떨어진 책을 한 권 주워들었다.

"……앗……."

여자애가 살짝 겁먹은 듯한 목소리를 내더니, 미즈토를 힐끔 올려다보자마자 다시 고개를 숙였다.

부끄러운 것이리라. 뭐, 그럴 만도 해. 자기 취향이 남한테 알려지는 건, 왠지 부끄러운 일이니까—.

"—이 시리즈……."

어, 하고 여자애가 말하며 고개를 들었다.

어, 하고 나도 말하며 미즈토를 쳐다보았다.

아무런 타산이나 계산 없이.

그저 취향을 같은 사람을 발견한 오타쿠의 얼굴로.

이리도 미즈토는 말했다.

"너도, 좋아하는 거야?"

—이리하여, 나는 목격하고 말았다.

신의 함정이, **나 말고 다른 사람에게** 발동하는, 순간을……

스즈미야 하루히의 소실
카도카와 하루키의
초음속의 비밀

전 여친은 질투하지 않는다
"미즈토와 친하게 지내줘서 고마워."

친구란 뭘까.

입을 열자마자 친구가 없는 녀석 같은 질문을 던지기는 했는데, 솔직히 말해 나는 친구를 만든 경험이 전무하다 해도 과언이 아니다. —초등학교, 중학교에서 주위와의 교류에 흥미를 느끼지 못한 나는 살아가는 데 있어 필요 최소한의 『지인』만 만들었다고 생각한다.

고등학교에 들어와서 어울리게 된 카와나미 코구레 또한 동지, 동료, 혹은 피해자 모임 같은 측면이 강하며, 그 녀석은 나를 친구라고 하지만, 나는 솔직히 그런 느낌이 들지 않았다.

그럼, 친구란 뭘까.

어떻게 하면 친구가 될 수 있을까?

"흐음. 친구의 정의(定義)에 관한 이야기군요, 미즈토 씨. 그건 불초, 히가시라 이사나가 자신 있어 하는 몇 안 되는 테마 중 하나죠."

도서실 창가 공조 시설 위에서 다리를 끌어안으며 앉은 여자애, 히가시라 이사나는 말했다.

"인간관계의 그러데이션 안에서, 친구 판정의 라인을 어디쯤 긋느냐는 이야기죠? 이름을 알고 있으면 친구인지, 이야기를 나눈 적 있으면 친구인지, LINE ID를 교환하면 친구인지— 흥미로운 테마네요! 미주알고주알 논의를 나눠보죠!"

"이 테마를 가지고 이렇게 흥분한 녀석을 나는 태어나서 처음 봤어, 히가시라. 그리고 『미주알고주알』은 이럴 때 쓰는 말이 맞는 거야?"

"한번 생각해보세요. 친구를 정의하는 라인을 어디에 설정하느냐에 따라서, 오늘 아침에 저한테 제출물의 진척 상황을 확인했던 당번 학생도 친구라고 할 수 있을지도 모르거든요?"

"친구 라인의 자의적 운용을 즉시 관둬."

"친한 애가 괴롭힘의 표적이 됐을 때도 거리낌 없이 『저딴 애는 내 친구 아냐』 하고 말할 수 있죠. 오오. 이건 혁명이네요!"

"너 같은 녀석한테는 친구가 안 생길 거라고!"

친구의 정의에 대해 모르는 나도 확실하게 단언할 수 있는 유일한 사실을 가르쳐주자, 히가시나는 표정 변화가 희박한 얼굴을 끌어안고 있는 무릎 위에 얹었다.

"그건 모순이란 거예요, 미즈토 씨. 크레타인의 패러독스[#3]란 걸 아나요?"

"알아. 참고로 악마의 증명과 헴펠의 까마귀[#4]도 안다고."

#3 크레타인의 패러독스 에피메니데스의 역설로 알려진 내용. 『모든 크레타인은 거짓말쟁이다』라는 에피메니데스의 주장에, 이 주장을 한 그조차 크레타인이기에 논리적으로 모순이 발생함.
#4 악마의 증명, 헴펠의 까마귀 검증과 관련된 유명한 논리적 모순을 다룬 이론들이다.

"히이익, 제 논리학 관련 지식을 전부 못 써먹게 됐네요."

"라이트노벨로 배운 지식으로 나를 찍어 누를 생각 마. 그건 그렇고, 거짓말쟁이를 자처하는 거짓말쟁이의 이야기가 뭐 어쨌다고?"

"저한테 친구가 생기지 않는다고 말할 거라면, 지금 즐겁게 이야기를 나누고 있는 미즈토 씨는 대체 뭔가요?"

히가시라는 고개를 갸웃거리면서 옆에 있는 나를 쳐다보았다.

"바로 그 이야기를 할 참이었는데 말이야. 나한테 너는, 너한테 나는 대체 뭐라고 생각해?"

"저는 친구라고 생각하는데요? 만약 미즈토 씨가 괴롭힘을 당한다면, 같이 괴롭힘을 당해줄 거라고 생각해요."

"그럴 땐 도와달라고. 진짜 믿음직하지 못한 녀석이라니까."

"그렇지도 않아요~."

얼굴 근육을 움직이는 것 대신 온몸을 좌우로 흔들어대는 히가시라를 보면서, 나는 생각했다.

내가 괴롭힘을 당해도 생판 남인 척하지 않는다— 오히려 고통을 나누려 하는 이 녀석은, 절친이라고 할 수 있지 않을까?

—자.

슬슬 설명이 필요한 타이밍일지도 모른다.

느닷없이 튀어나와서 나와 즐겁게 수다를 떠는 이 여자는 대체 어디 사는 누구일까.

뭐, 솔직히 말해 이제 와서 설명할 필요는 없을 것이다. 방금 히가시라가 말한 대로이니 말이다.

히가시라 이사나는, 내 친구다.

단.

내 인생에서, 가장 의기투합을 할 수 있는, 친구다.

나는 평생 그녀 이상의 친구를 만나지 못할 게 틀림없다.

그녀 또한 마찬가지일 거라고, 한치의 주저도 없이 단언할 수 있을 정도로 말이다.

◆ 미즈토 ◆

나는 원래 도서실에 빈번히 드나들었지만, 최근 들어서는 완전히 단골이 됐다.

수업이 끝나고 교실을 나선 나는 마치 물 흐르듯이 도서실을 향해 걸음을 옮겼다.

방과 후의 도서실은 항상 인기척이 없다.

오늘도 독서 공간에는 사람 한 명 없으며, 카운터에서는 안경을 쓴 도서 위원이 조용히 책을 읽고 있었다. 시험 기간의 만원사례가 거짓말처럼 느껴질 정도로 사람이 없었다.

하지만, 사람이 없어 보이는 건 어디까지나 입구에서 봤을 때의 이야기다.

나는 입구에서 대각선, 창가에 있는 책장에 의해 만들어진 사각지대의 구석으로 이동했다.

도서실 창가에는 건물과 일체화하는 형태로 설치된 공조설비가 있다. 마치 선반처럼 벽에서 튀어나와 있는 그 시설 위에는 여자애 한 명이 무릎을 끌어안은 자세로 앉아있었다.

맨발인 그 여자애의 양말은 바닥에 둔 학교 지정 로퍼에 동그랗게 말린 채로 들어 있었다. 공조설비 가장자리에 발꿈치를 둔 채, 새하얀 발가락을 꼼지락거리고 있었다. 치마를 입고 저런 자세로 앉으면 속옷이 보일지도 모르지만, 익숙한 건지 발로 치맛자락을 누르고 있었다.

고양이처럼 등을 굽혀서 자기 무릎에 턱을 얹은 채, 멍한 눈길로 보고 있는 건 한 권의 문고본이었다. 『스즈미야 하루히의 소실』— 카도카와 스니커 문고판이다.

"히가시라. 오늘은 하루히의 날이구나."

나는 말을 걸면서 그 맨발 무릎 안기 자세의 여자애— 히가시라 이사나의 옆에 엉덩이만 살짝 걸쳤다. 원래 좌석용으로 만들어진 게 아닌 공조설비에 히가시라처럼 모든 체중을 맡기는 게, 왠지 주저됐기 때문이다.

"아니에요, 미즈토 씨. 오늘은 나가토[#5]의 날이에요."

히가시라는 페이지를 넘기면서 말했다.

"조그마한 체구의 안경 소녀에게 사랑받고 싶은 기분이에

#5 나가토 카도카와 스니커 문고의 라이트노벨 『스즈미야 하루히』 시리즈에 등장하는 『나가토 유키』. 『스즈미야 하루히의 소실』은 나가토 유키가 스토리의 중심이 되는 에피소드이다.

요. 『소실』의 나가토는 몇 번을 읽어도 최고로 귀엽다니까요. 이런 여친이 생겼으면 좋겠어요."

"그럼 네가 안경을 쓰면 될 거 아냐."

"하아……. 정말, 미즈토 씨는 뭘 모른다니까요. 그건 여친을 만들고 싶어 하는 사람한테 『3D 모델을 만들어서 직접 미소녀가 되지 그래?』 하고 말하는 거나 마찬가지거든요?"

"그걸로 만족할 사람이 의외로 많을 것 같은데……."

"정말 통탄할 일이네요. 미즈토 씨는 갸륵하고 조그마하며 안경마저 쓴 여친을 가지고 싶단 생각을 해본 적 없나요? 인간성이 의심스러워요."

"의심하지 마. 너는 안경 여친을 원하지 않는 인간을 사이코패스로 여기는 거냐?"

"그래요."

"그렇구나……."

그렇다고 한다.

조그마하고 안경을 썼다는 말에 나는 미나미 양의 변장 모드를 떠올렸지만, 갸륵하다는 조건이 붙자 다른 사람의 얼굴이 생각났다.

……뭐, 그런 존재를 원한 적이 없다고 말한다면 거짓말이 되겠는걸. 아무래도 사이코패스 취급은 면할 수 있을 것 같다.

"그것보다 미즈토 씨는 캐릭터 모에에 관한 이야기를 안 하네요. 부끄러워할 필요 없거든요? 저한테만 솔직히 말해

주세요. 첫사랑은 아스나[#6] 맞죠?"

"부끄러워하는 건 아니고, 아스나를 진심으로 사랑한 적도 없어."

"어? 미사카 미코토[#7]? 아하, 그쪽인 건가요……."

"왜 그렇게까지 라노벨 캐릭터를 내 첫사랑으로 만들려고 하는 건데!"

평범하게 현실의 인간이었다고!

이제 와서 말할 필요도 없으리라고 생각하지만, 히가시라 이사나는 라이트노벨을 읽는다.

여자애치고는 드문 편—인지는 모르겠지만, 적어도 나는 이 녀석만큼 라이트노벨을 즐겨 읽는 여자를 지금까지 본 적이 없다.

매달 백 권 넘게 출판되는 라이트노벨 중에서 1할 정도는 읽는다! 고 호언장담한 그녀는(학생의 주머니 사정으로는 매달 열 권 정도가 예산적으로 한계다) 뿌리 깊은 남독파인 나와 매우 궁합이 좋았다.

배틀, 러브코미디, SF에 미스터리— 라이트노벨은 다양한 장르가 뒤죽박죽으로 섞여 있는 만큼, 한 장르에 국한되지 않는 타입인 내 이야기에도 잘 따라왔다.

예를 들자면, 내가 러브크래프트 작품의 이야기를 하면

#6 아스나 전격문고의 간판 라이트노벨 중 하나인 『소드 아트 온라인』 시리즈의 메인 히로인.
#7 미사카 미코토 전격문고의 간판 라이트노벨 중 하나인 『어떤 마술의 금서목록』 시리즈의 히로인. 특히 인기가 높아서 미사카 미코토를 메인으로 하는 『어떤 마술의 초전자포』 시리즈까지 구성되었다.

『기어와라! 냐루코 양』[#8]의 이야기로 답했고, 다자이 오사무의 이야기를 하면 『역시 내 청춘 러브코메디는 잘못됐다.』[#9]의 이야기로 답했다.

본격 미스터리의 이야기만 할 수 있는 어디 사는 누군가와는 천지 차이였다.

히가시라와 이 도서실에서 만난 지 며칠밖에 안 됐지만, 취향이 맞는 독서 동지가 없었던 우리는 매일 방과 후에 만나서 함께 책을 보거나 스마트폰으로 잡담을 나누는 사이가 됐다.

그렇게 친해졌는데 히가시라가 왜 존댓말을 쓰냐면—.

『그야 존댓말을 써야만 하는 사람과 반말을 써도 되는 사람이 따로 있으면 까다롭잖아요. 그렇다면 누구에게나 기본적으로 존댓말로 이야기를 하면 편하지 않겠어요?』

—라고 했다.

까다로울 정도로 이야기 상대가 많지도 않으면서, 효율주의를 추구하는 것 같았다. 그 말을 듣고 『아하, 그런 방법이 있구나』 하며 납득한 나도 나지만 말이다.

만나면 이야기를 나누지만, 나와 히가시라는 기본적으로 아무 말 없이 책을 읽으며 시간을 보낸다.

#8 기어와라! 냐루코 양 GA문고의 유명 라이트노벨. 등장인물들의 캐릭터 설정이 러브크래프트가 만든 크툴루 신화를 기반으로 한다.

#9 역시 내 청춘 러브코메디는 잘못됐다. 가가가 문고의 간판 라이트노벨. 작중에 『인간 실격』 등 다자이 오사무의 작품이 직접 언급되며 등장인물의 심리를 묘사한다.

원래 도서실에서는 잡담이 금지되어 있다. 구석이라 해도 자중할 필요가 있다.

때때로 『오』 하고 탄성이 나오는 문장이나 일러스트를 발견하고 공유할 때도 있지만, 기본적으로는 독서가— 아니, 오타쿠 두 명이 나란히 앉아있을 뿐이다.

그러는 사이, 하교 시간이 다가왔다.

"……아, 벌써 시간이 이렇게 됐네요."

히가시라는 창가 공조설비 위에 앉은 채, 바닥에 놓인 양말과 신발을 향해 영차 하며 손을 뻗었다. 하지만…….

"……안 닿네요. 하아. 제 가슴이 조금만 작았어도……."

"자기 현시 욕구 좀 줄여."

무릎이 반쯤 파묻힐 정도로 커다란 히가시라의 가슴은 자칭 페미니스트가 트집을 잡고 싶을 정도로 훌륭했다. 그것 말고는 자랑할 게 없어서 그런지, 히가시라는 자신의 풍만한 가슴을 툭하면 자랑했다.

"미즈토 씨, 신발과 양말 좀 신겨 주세요."

"오늘도 말이야?"

"윤허하노라~ 예요."

"맛 들인 거냐……."

히가시라가 재촉하듯 맨발을 꼬물거리자, 나는 그녀에게 양말과 신발을 신겨줬다. 마치 갓난아기를 돌보는 것 같지만, 히가시라는 집사에게 시중을 받는 것 같아서 기분이 좋은 것 같았다.

"그럼 돌아가죠~."

"그래."

히가시라는 내 옆에 서더니, 함께 도서실을 나섰다.

도중까지는 통학로가 같기에, 거기까지 같이 가곤 했다.

우리는 출입구로 이어지는 복도를 걸으면서 잡담을 이어갔다.

"왜 저희는 한쪽 눈을 감춘 글래머 미소녀에게 끌리고 마는 걸까요? 이건 DNA의 시큐리티 홀인 걸까요?"

"멋대로 나까지 포함시키지 마. 나는 한쪽 눈을 감춘 글래머 미소녀에게 환장하진 않았다고."

"에이, 농담하지 마세요."

"그만해. 이 한쪽 눈 감춘 글래머 여자야."

자진 신고에 따르면 경이로운 G컵인 히가시라는 걸음을 옮기면서 앞 머리카락으로 한쪽 눈을 가렸다. 이 여자, 한치의 주저도 없이 자기 몸매를 가지고 나를 놀려댄다.

그런 식으로 별것 아닌 이야기를 나누며 출입구로 향할 때였다.

"""……아."""

낯익은 두 사람이 우리를 보고 입을 열었다.

흑발 롱헤어의 우등생인 척하는 여자와 포니테일 헤어스타일의 소형 동물인 척하는 여자애였다.

이리도 유메와 미나미 아카츠키였다.

"이리도잖아~! 지금 하교하는 길이야~?"

미나미 양이 환한 목소리로 그렇게 말하더니, 가벼운 발걸음으로 쪼르르 다가왔다.

"도서실에 틀어박혀 있었던 거야? ……어, 이 애는……?"

미나미 양이 시선을 보내자, 히가시라는 그대로 내 등 뒤에 숨었다.

"야, 양지 사람이에요……! 양지 사람이 나타났다고요, 미즈토 씨……!"

마치 천적을 본 다람쥐 같은 반응이다. 체격이 작은 편이 아닌데도(160센티미터는 될 것이다), 미나미 양보다 훨씬 조그마해 보였다.

나도 음지 사람이기에 그녀의 심정을 모르는 건 아니다. 내 교복 등 부분을 꼭 움켜쥔 히가시라를 그대로 둔 채, 나는 미나미 양에게 말했다.

"히가시라 이사나라고 해. 최근에 알게 됐는데, 마음이 잘 맞더라고. 반은…… 3반이었지?"

"아, 네…… 1학년 3반이에요……."

"뭐, 보다시피 낯가림이 심하니까, 거리 조절을 신경 써줘."

"……최근에 알게 됐는데, 마음이 잘 맞아? 흐음……."

미나미 양이 내 등 뒤를 쳐다보자, 히가시라는 그녀의 눈길에서 벗어나려는 듯이 내 측면으로 이동했다. 이런 태도는 너무 실례 아닐까?

"이리도가 그런 소리를 다 하다니, 참 신기하네. 사이가 엄청 좋나 봐?"

"그럴지도 몰라."

"유메한테는 이미 소개했어?"

"그 녀석한테는 아직—."

멀찍이서 이쪽을 쳐다보는 유메를 향해 고개를 돌리자…….

"…………흐으으으으으~~~~음…………."

유메는 눈을 가늘게 뜨더니, 검은 머리카락을 휘날리며 뒤돌아섰다.

"……빨리 가자, 아카츠키 양. 교문이 닫힐 거야."

"어. 아~ 그것도 그래! 그럼 이리도, 내일 봐!"

미나미 양은 유메를 향해 또 쪼르르 걸어가더니, 함께 사라졌다.

그 뒷모습이 멀어진 후에야, 히가시라는 내 뒤편에서 얼굴을 빼꼼 내밀었다.

"……미즈토 씨는 저 그림의 떡 타입의 미인과 아는 사이에요?"

"내 동생이야."

"동생 분?"

"의붓동생이지."

"의붓동생?!"

왜 의붓이란 단어에 더 격렬한 리액션을 보이는 거냐고.

"어버버버…… 주인공…… 라이트노벨의 주인공이 여기 있어요……."

"그런 생각을 한 적이 없다고는 말하면 거짓말이 될 테니 부정하기 어렵네……."

만약 전 여친이기도 하다고 말하면, 대체 어떤 반응을 보일까.

히가시라는 거친 콧김을 뿜으면서 얼굴을 쑥 내밀었다.

"부디 자세한 이야기를 들려줬으면 해요. 의붓이라고는 해도 동생이니까, 역시 브라콤인가요?"

"비틀린 가치관을 상식처럼 강요하지 마. 여동생과 브라콤은 이퀄이 아냐."

"그런가요?"

"브라콤은 전설 속의 생물이야. 위키피디아에도 그렇게 적혀 있어."

"그런가요?!"

스마트폰으로 검색해보기 시작한 히가시라를 방치해둔 채, 나는 신발을 갈아신었다.

"그런 말 없는데요?!"

"『출처 요구』, 『독자 연구?』, 『어디서?』, 『누구로?』 같은 태그가 붙은 바람에 삭제됐어."

"편집자의 망상이잖아요!"

◆ 유메 ◆

의붓동생에게 여자 사람 친구가 생겼다.

뭐, 나와는 상관없는 일이다. 아, 그런가요, 하고 넘어갈 일이다. 하지만 나한테 있어서는 하늘과 땅이 뒤집힌 거나 다름없는 일인 것이다.

그것도 그럴게, 다른 사람도 아니고 그 남자거든?

음침하고, 심술궂으며, 말수가 적은 데다, 이치만 따져대는, 주위에 방어벽을 쳐둔 것 같은 그 남자에게, 여자 사람 친구?

그것도…….

—야, 양지 사람이에요……! 양지 사람이 나타났다고요, 미즈토 씨……!

이름으로 그를 불렀어!

말도 안 돼! 나조차도, 아카츠키 양을 이름으로 부르게 되는데 일주일은 걸렸는데! ……나조차도, 사귈 때는 그 남자를 이름으로 부르지 못했는데……!

이제까지, 생각도 못 했다.

그 남자와 친해질 수 있는 여자애가 나타날 줄은— 생각도 못 했다.

그 녀석은 분명, 평생 누구와도 친해지는 일 없이— 사랑

같은 걸 해보지도 않으며, 살아갈 거라고, 멋대로, 마음 한 편으로, 생각하고 있었다…….

"—아아, 정말!"

나는 영문 모를 심정으로, 방에서 내 베개를 때렸다.

뭐 때문에 기분이 나쁜 걸까. 뭐 때문에 짜증이 난 걸까.

이래서야— 마치, 질투하고 있는 것만 같다.

괜한 소리를 해서 다퉜던— 우리가 헤어지는 직접적인 원인이 된, 그때 같다.

싫은 기억을 떠올린 나는 베개에 얼굴을 묻었다.

그런 건…… 그런 건, 이제 사양하고 싶다.

이대로 있다간 나는 또 괜한 짓을 하고 만다. 질리지도 않고, 학습 능력도 없는 것처럼…….

나는 이제, 중학생 때와는 다르다.

사소한 일을 계속 신경 쓰는, 심약한 주제에 쓸데없이 고집이 세서 괜한 짓을 벌여 전부 망쳐버리고 마는, 아야이 유메는 이제 없다.

그러니…….

"—스읍…… 하아—."

나는 고개를 들고, 심호흡을 했다.

요즘 들어 당연한 듯이 가슴 속을 채우고 있는 과거의 나를 토해낸 후, 세심하게 짜 맞춘 지금의 자신을 바꿔 넣었다.

머리가 식으며 명확해졌다. 스마트폰의 용량을 비운 것처럼 머리가 잘 돌아갔고, 방금까지 응어리져 있던 마음에 수학 문제를 푼 것처럼 답을 줬다.

질투는, 하지 않는다.

왜냐하면 나는 이제 그 남자의 연인이 아니며, 그저 의붓 남매에 지나지 않는 것이다.

Q.E.D— 증명 종료.

"……좋아."

엘러리 퀸 빰치는 논리 구축을 마친 나는 침대에서 몸을 일으켰다.

교복을 벗고 실내복으로 갈아입었다. 흐트러진 머리카락에 빗질을 했으며, 책상 위를 쳐다보았다. 시험을 끝내고 봉인을 푼 소설이, 벌써 몇 권이나 쌓여 있었다.

나는 그중 한 권을 손에 쥐었다.

해외 미스터리 소설의 번역본이며, 작가의 이름은 S.S. 반 다인이다.

반 다인의 20법칙 제3항—『불필요한 러브 로맨스를 더해서 지적인 이야기의 전개를 혼란시켜서는 안 된다』.

◆ 미즈토 ◆

"오늘도 도서실에 가는 거야?"

"……그럴 생각이야."

"흐음. 잘 가."

방과 후가 되자마자 말을 걸어온 유메는 딱 잘라 그렇게 말한 후, 미나미 양을 비롯한 친구들과 함께 교실을 나섰다.

나는 그 뒷모습을 잠시 바라본 후, 눈을 약간 가늘게 떴다.

이…… 위화감은 대체 뭘까.

날카로운 가시가 사라졌다고나 할까, 담백해졌다고나 할까…….

저 여자와 대화를 나눴는데— 왜, 짜증이 나지 않는 거지?

"어라? 이리도, 왜 그래? 이리도 양을 왜 그렇게 쳐다— 아니, 노려보는 건데?"

카와나미는 한순간 히죽거려졌지만, 내 얼굴을 들여다보자마자 그 웃음기를 지웠다.

그런 질문은 내가 아니라 저 여자에게 해줬으면 한다.

……뭐, 됐어. 남매가 되고 벌써 두 달이나 지났잖아— 나도, 저 여자도 적응이라는 걸 하기 시작한 거야.

"잘 있어, 카와나미. 나는 도서실에 들렀다 갈 거야."

"그래. 요즘 매일 가는 것 같던데, 도서실이 그렇게 재미있는 거야?"

"네 방에 버금갈 정도거든."

"내 방은 테마파크처럼 말하지 말라고~!"

흑역사를 테마로 한 파크라고 친다면, 그렇게 다르지도 않을 것이다.

카와나미에게 대충 그렇게 말한 후, 나는 도서실로 이어지는 복도를 익숙한 발걸음으로 걸었다.

도서실 구석, 라이트노벨 책장 앞에 가보니 히가시라 이사나가 창가 공조설비에 앉아있었다.

"이사나는 항상 나보다 빨리 오네."

"당연하죠. 교실에는 제가 있을 곳이 없거든요."

"참 안 됐는걸. 어쩔 수 없이 오늘도 어울려줄게."

"헤헷~♪"

히가시라는 기쁜 듯이 온몸을 좌우로 흔들었다. 표정에 변화가 없는 건, 감정의 기복이 옅기 때문이 아니라 얼굴 근육이 단련되지 않았기 때문 같았다.

나는 히가시라의 옆에 앉은 후, 눈앞의 책장에 꽂힌 책의 옆 표지를 보면서 평소처럼 그녀와 잡담을 시작했다.

책 이야기에서 근황 보고로 넘어갈 즈음, 나는 자연스럽게 유메에게서 느낀 위화감을 떠올렸다.

"……의붓동생이 요즘 이상해."

"어제 본, 그분 말이죠? 어떤 식으로 이상한데요?"

"퉁명해졌다—는 건 좀 아닌 것 같아. 나를 대하는 태도는 평소보다 부드러워……. 왠지 이야기를 나눠도 짜증이 안 나거든. 이야기를 중간에 끊지도 않고, 무슨 이야기를 해도 스무스하게 진행돼."

"그게 대체 왜 문제인 건지, 저는 도통 모르겠는데요."

"……듣고 보니 그러네."

그러고 보니, 마치 상의를 하는 것 같네……. 내가 타인과 상의를 하는 건, 미나미 양의 일로 카와나미와 상의했던 것 이후로 처음 아닐까? 이 일은 그 사건만큼 심각하다고는 생각하지 않지만 말이다.

"뭐, 솔직히 말해 저한테 인간관계에 관해 이야기해봤자, 맞장구치는 거 말고는 해줄 수 있는 게 없지만요."

"미안해. 내가 잔인한 짓을 했어……."

"그렇게 나와도 엄청 섭섭하거든요?!"

히가시라는 어깨로 치며 자기가 화났다는 것을 드러냈다. 내가 그 어깨를 밀어내자, 히가시라는 아예 체중을 실었다. 이봐. 그 자세가 편해서 그런 거지?

"그것보다, 저와 상의하지 말고 직접 물어보면 되지 않나요? 왜 그러지 않는 건데요?"

"…………. 듣고 보니 그러네."

"또 그 말을 하네요. 혹시 미즈토 씨는 의외로 멍청한 거 아니에요?"

"뭐, 인마. 그럼 네 중간고사 순위를 말해봐."

"……제, 제 특기 분야는 학교에서 평가되지 않는 항목이거든요……. —으윽~?!"

진학고교의 열등생의 관자놀이를 엄지로 마구마구 압박하면서, 나는 잠시 생각에 잠겼다.

……그래. 히가시라의 말대로, 직접 물어보면 돼. 그럴 기회가 없다면 모르겠지만, 빌어먹게도 그 여자와 나는 한 지붕 아래에서 살고 있잖아.

거기까지 생각이 미치지 않은 건, 대체 어째서일까.

이야기하고 싶지 않아서? 사이가 나빠서?

그렇다면 내버려 두면 된다. 현재 그 여자는 예전보다 더 태도가 원만하니 말이다.

이성적으로 생각하자면 그편이 낫다. 논리적으로 보자면, 이런 위화감은 무시해버리면 된다—.

"……자기 내면의 올바름에 따르면 되지 않을까요."

눈가에 이슬이 맺힌 히가시라가 불쑥 그렇게 말했다.

"자기 내면의 올바름?"

"아, 저기, 그게, 저 같은 애의 조언에 따르면 일이 더 성가셔질 거라고 생각해요! 죄송한데, 그냥 잊어주세—."

"아냐, 말해줘. 네 말에 따를지 말지는, 내가 직접 정하겠어."

나는 히가시라의 관자놀이에서 손가락을 뗀 후, 그녀의 얼굴을 응시했다. 히가시라는 「아우」 하고 신음을 흘리며 잠시 시선이 흔들린 후, 나를 힐끔힐끔 쳐다보며 입을 열었다.

"……자신의 내면에 기준 같은 것이 있지 않나요? 세상이 이러이러했으면 좋겠다, 이러는 것이 정답이다, 같은 기준 말이에요."

"응."

"그것이 위협받았을 때, 저는 임전 태세에 들어가요. 자기 영역을 침범당한 동물처럼……. 그래서 분위기 파악을 못 한다는 말을—."

"분위기."

히가시라의 이야기는 탈선하려 했지만, 나는 그 말을 듣고 납득했다.

"분위기…… 그래, 분위기야. 나는 그 여자를 상대로, 분위기를 파악하고 있었던 거야."

"미즈토 씨?"

"고마워, 히가시라— 매우 참고가 됐어."

그리고, 하고 나는 이어 말하면서 히가시라의 눈을 응시했다.

"분위기를 파악하는 건 중요하지만 나와 있을 때는 그러지 않아도 돼, 히가시라."

"어어?"

"적재적소야. 내가 파악하는 편이 여러모로 빠르거든."

친한 사이일수록 예의를 지켜야 한다.

친구 사이라면 다소 분위기 파악을 해줄 필요가 있겠지만, 가족을 상대로— 그 여자를 상대로 분위기 파악을 하려고 하는 건, 나답지 않다.

"……고…… 고마, 워요……."

히가시라는 당황한 듯이 시선이 흔들리더니, 가녀린 목소리로 그렇게 말했다.

◆ 유메 ◆

"혹시 동생한테 애인이 생긴기가?"

점심시간. 6월치고는 날씨가 맑았기에 교정의 벤치에서 도시락을 먹고 있을 때, 항상 졸린 듯한 표정인 나스카 양이 가벼운 말투로 그렇게 물었다.

그 순간, 젓가락질을 멈춘 것은 내가 아니라 마키 양이었다. 키가 큰 마키 양이 나스카 양을 향해 몸을 쑥 내밀더니…….

"어엇? 그게 무슨 소리야?! 이리도 동생한테 여친?! 자세하게 이야기해봐!"

"너무 캐묻지 말그라……. 어제, 방과 후에 여자애와 같이 하교하는 모습을 봤데이. 얌전~해 보이는 느낌의, 동생한테 어울리는 애여서 여친인가 하고 생각한 기다."

"아, 히가시라 양 말이구나. 나, 만나본 적 있어."

아카츠키 양이 매점에서 사 온 우유를 빨대로 빨면서 이야기에 끼어들었다.

"본인은 친구라고 말했지만, 실제로는 어떤지는 모르겠어. 반이 다른데 매일 만나는 것 같거든. 수상해~."

"어떤 애야? 어떤 애야? 귀여워?"

"시원찮아 보이는 인상이긴 한데, 잘 꾸며주면 빛날 것 같

아. 그리고 가슴이 빌어먹게 커."

"미나미, 솔직히 말해 니는 남의 가슴을 너무 쳐다본데이."

"부러우니 어쩔 수 없잖아! 나도 어깨가 결려 보고 싶어! 이 가벼운 어깨 좀 보란 말이야!"

아카츠키 양이 어깨를 빙글빙글 돌리자, 마키 양이 깔깔 웃으며 손뼉을 쳤다.

옆에 있는 나스카 양이 영양 보급 젤리를 입에서 떼더니, 나를 쳐다보았다.

"실제로는 어떻 사이고? 여친 맞는 기가?"

나는 그 말을 듣고도 젓가락질을 멈추지 않았다.

"글쎄? 잘은 모르겠지만, 맞지 않을까?"

"흐~음."

나스카 양은 흥미가 없다는 듯이, 또 젤리를 먹기 시작했다.

잘 대처했다고 생각한다.

얼마 전의 나라면 미심쩍은 태도를 보였을 것이다. —하지만 지금은 냉정하게 중립적인 대꾸를 했다.

만점이다. 만난 지 얼마 안 된 의붓남매로서 말이다.

점심시간이 끝나고, 오후 수업이 끝나자, 방과 후가 됐다. 결국 어느 부에도 들어가지 않은 나는 아카츠키 양과 함께 하교했다.

마키 양은 농구부, 나스카 양은 경기 카루타 부에 들어갔기 때문에 하교는 따로 할 때가 많았다.

마키 양은 이미지대로지만, 효율적 에너지 활용을 지향하는 나스카 양이 부활동을 하는 건 의외였다. 그녀의 말에 따르면 『최소한의 움직임으로 카루타를 따는 방법을 모색하는 게 성미에 맞다』고 한다.

거꾸로 아카츠키 양이 어느 부에도 들어가지 않은 건 의외였다. 운동부에서 제발 모셔가려고 했는데, 전부 거절한 것이다.

그녀 말로는 『유메와 함께 하교하는 게 훨씬 중요해!』란다. 거창한 겉치레를 늘어놓았지만, 실은 운동을 잘하기는 해도 좋아하지는 않는 것이리라.

"유메는 요즘 차분해 보여."

폴짝 뛰어서 한 걸음 앞으로 나선 아카츠키 양이 나를 돌아보았다.

"전에는 좀 더 딱딱한 느낌이지만, 지금은 여유가 느껴져."

"그래? 그럼 새로운 생활에 익숙해진 걸지도 몰라. 알다시피, 꽤 힘들었거든."

"아~. 그렇구나~."

옅은 구름이 드리워져서 어중간하게 어둑어둑한 하늘을 올려다보며, 아카츠키 양은 걸음을 옮겼다.

"나는 지금의 유메가 좋아."

"뭐?"

"왜냐하면, 좀 언니 같거든. 나는 외동이라서 언니를 가지고 싶었어!"

……언니? 내가?

나는 입가에 옅은 미소를 머금었다. ……그래. 내가 그렇게 보이는 거구나.

기뻤다. 조금은 성장한 것이 실감났다.

"고마워, 아카츠키 양. 저기…… 무슨 일 있으면, 부담가지지 말고 나한테 말해."

내가 언니다운 말을 입에 담자, 아카츠키 양의 표정이 점점 환해지더니…….

"와아~! 유메 언니, 사랑해~!"

"꺄앗?!"

아카츠키 양이 내 품에 뛰어들자, 나는 허둥지둥 그녀를 안아줬다.

다리가 지면에서 떨어진 아카츠키 양이 내 볼에 자신의 볼을 비볐다.

"에헤헤~. 유메 언니는 체취가 참 좋네……♥"

"잠깐…… 너, 너무 거침없는 거 아냐?!"

나는 예상보다 더 과격한 아카츠키 양을 떼어냈다. 그러자 아카츠키 양이 푸웁 하고 웃음을 터뜨렸고, 나 또한 덩달아 웃었다.

아아…… 기분이 참 좋다.

그 남자에 관한 걸로 고민하거나 옳다거나 부끄러워하지

않아도 되니, 정말 개운하다!

2년 전에 내가 걸려들었던 신의 함정에서, 겨우 빠져나온 느낌이 들었다. 나는 자유다. 이제 그 남자가 무슨 짓을 하든 평정심을 유지할 자신이 있다. 꼴좋다!

나는 아카츠키 양과 헤어진 후, 가벼운 발걸음으로 현관을 향했다.

어제까지는 이 집에 들어서기 위해서는 마음의 준비가 필요했다. 하지만 지금의 나는 그럴 필요가 없다. 그 남자가 한 지붕 아래에 있더라도, 그는 어디까지나 의붓남매에 지나지 않는 것이다.

가족이란 것은 편안한 상대이며, 긴장할 상대가 아니다.

두 달이나 걸려서 겨우 그 사실을 깨달았다. 우선 가족으로서 히가시라 양에 대해 캐물어 보자. 만약 진짜로 사귀는 거라면, 어디까지나 의붓누나로서 흥미를 느낄 수밖에 없—.

"어서 와."

현관에서, 내 이상형이 현실에 구현된 듯한 남자가 기다리고 있었다.

"……어."

단정한 머리카락. 계산된 패션. 호리호리하고 늘씬한 몸과, 지적인 안경.

"…………어, 어."

그것은, 일전의 데이트에서 봤던, 멋을 낸 이리도 미즈토.

"어어어어어어어어어어어어어어어어어어어~~~~~~?!?!?!?!"

느닷없이 행복으로 가득 찬 시야에 마음이 따라가지 못하고 있을 때, 미즈토(미남)가 신발을 대충 신고 성큼성큼 다가왔다.

아, 안 돼, 안 돼. 무리야, 무리. 다가오지 마. 그 옷차림으로 다가오는 건 진짜로 위험하단 말이야~!!

가늘고 섬세한 다섯 손가락이 달린 손이 뻗어오자, 나는 그대로 굳어버렸다.

오른 손목을 잡혔다. 그대로 끌려갔다. 앞쪽으로 몸이 휘청했다. 미즈토의 얼굴이 다가왔다. 어, 뭐야? 무슨 일이 일어나고 있는 거지? 내가, 뭘 당한 거야? 뭘 하려는 건데?! 여기는 현관이거든……?!

자연스럽게…….

미즈토의 손가락이 내 손목을 감쌌다.

그것은, 마치― 맥을 재는 것만 같았다.

……아니, 재는 것만 같은 게 아니라…….

"사람의 맥박은 보통 1초에 한 번 뛰지. ……지금의 너는 거의 곱절의 속도로 뛰고 있어."

옅은 미소를 머금은 미즈토가 코앞에서 그렇게 말했다.

"자, 의붓동생. 평범한 의붓남매는 평소와 다른 옷을 입었을 뿐인 가족을 보고, 이렇게 맥박이 빨리 뛸 거라고 생각해?"

"……아……!"

이건…… 어머니의 날에, 내가 써먹었던 방법이다!

다, 당했다……! 내가 『불수의근에 관해서는 불문으로 한다는 룰은 없다』 같은 소리를 한 바람에……!

나는 다급하게 머리를 굴리면서, 이 상황을 모면할 방법을 생각했다.

"조…… 좀 놀랐을 뿐이야! 놀랐을 때도 맥박은 빠르게 뛰잖아?"

"놀랐을 뿐? 흐음……."

미즈토는 그렇게 말하더니, 안경 너머로 나를 지그시 응시했다.

나는 어찌 된 건지 눈을 피할 수가 없었다. 아아아아아, 눈썹 길어, 입술 얇아, 콧날이 날카로워……!

"…………약."

"약?"

"…………약았어어어어…………!!"

무리였다.

나는 얼굴을 감싸며 몸을 웅크릴 수밖에 없었다. 너무 멋지단 말이야. 의붓남매가 어쩌고 같은 건 상관없단 말이야. 취향이니까 어쩔 수 없단 말이야!

“……저기. 다음부터 룰을 변경하지 않을래?”

“어떻게?”

“『불수의근에 관해서는 불문으로 한다』.”

“좋아. 어디까지나 다음부터 말이지.”

다짐을 받듯 그렇게 말한 후, 미즈토는 나한테서 떨어졌다.

“자, 동생이여. 내가 이런 짓을 한 이유는 바로, 너한테 할 말이 있기 때문이야.”

“……뭔데……?”

얼굴을 보지 않기 위해 내가 고개를 돌리자, 미즈토는 단호한 목소리로 힘차게 말했다.

“나는, 지금의 네가, 마음에 안 들어!”

“……뭐?”

무심코 그를 똑바로 바라보자, 미즈토는 약간 발끈한 듯한 표정을 지으며 팔짱을 꼈다.

“쓸데없이 차분하고, 이해심이 넘치는 듯한 태도를 보이기는……. 지금의 너와 이야기를 나눠봤자 전혀 화가 나지 않아. 빈정거림이나 야유 같은 걸 입에 담지도 않는 데다, 이상한 걸로 트집을 잡지도 않잖아. 그런 면들이 전부 마음에 안 들어!”

“어…… 어어어어……?”

하나같이 좋은 일이라고 생각하는데……?

내가 혼란에 빠지자, 미즈토는 검지로 나를 가리켰다.

"심경에 변화가 생겼다면, 우선 나랑 상의하란 말이야."

두근, 하며 가슴이 뛰었다.

"동생은 오빠에게 의지해야 마땅하다고, 최근에 읽은 책에 적혀 있었거든."

퉁명한 어조로 내뱉은 그 말에, 독기가 빠진 나는 허탈하게 웃었다.

"어차피 라노벨에서 본 거지? 브라콤인 여동생이 많이 나오는 작품 말이야."

"그래. 마치 너 같았어."

……아아, 그렇구나.

지금의 나는, 여동생이야.

그것도— 브라콤 그 자체인 여동생.

"그럼…… 어쩔 수 없네."

이상하게도 저항할 생각은 들지 않았다. 어찌 된 건지 내가 마음속에 품고 있는 것을 솔직하게 털어놓자는 생각이 들었다.

하지만…….

"……그 전에, 조건이 하나 있어."

"뭐? 동생 주제에 건방……."

"옷 갈아입어."

나는 고개를 돌리며, 미즈토한테서 눈을 뗐다.

"…………네가 그러고 있으면, 차분하게 이야기를 못 해…………."

"이제 됐어?"

"그래. 들어와."

미즈토가 옷을 갈아입을 때까지 기다린 후, 나는 그의 방에 들어섰다.

책장에 다 들어가지 않은 책이 곳곳에 잡다하게 쌓여 있는, 미즈토의 인생에 물들어 있는 듯한 방이다. 그렇게 본다면 이 남자는 16년이나 되는 시간을 책 속에서 지냈다고 할 수 있으리라.

하지만— 내 눈에, 화려한 일러스트가 그려진 책이 들어왔다. ……나는 모르는 책이다. 하지만, 히가시라 양은 아는 책이다.

가슴을 깊숙이 찌르는 감촉을 이제는 무시할 수 없다.

미즈토는 침대 가장자리에 걸터앉아 있었다. 이제 와서 그의 옆에 앉을 마음은 들지 않았다. 그래서 공부 책상의 의자에 앉았다. 침대 쪽은 바라보지 않고, 청소가 되지 않은 책상 위를 응시했다. ……나중에 청소해줄까.

"……저기……."

그렇게 입을 연 나는 한순간 망설인 후, 덧붙여 말했다.

"……오빠."

"그래, 동생아."

지금의 나는 동생이다. 지금의 그는 오빠다.

그러니, 이런 상의를, 이런 억지를, 얼마든지 부려도 된다.

"나— 히가시라 양을, 질투해."

너무나도 자연스럽게, 입에서 말이 흘러나왔다.

"…………."

미즈토는 아무 말 없이 내 말에 귀를 기울였다.

"나는 결국 끝까지 성으로 불렀는데, 그 애는 금방 이름으로…… 그렇게 생각했더니 말이지? 뭔가 석연치 않은 거야."

"…………."

"하지만, 질투를 하는 것도 옳지 않은 것 같아서……."

그래서, 관뒀다.

그러니, 매우 편해졌다. 개운해졌다.

하지만. 그건, 아마도…….

"……저기, 뭐 좀 물어봐도 돼?"

"뭘 말이야?"

"이야기를 나눠도 화가 나지 않고, 빈정거리지도 않으며, 야유도 안 하는— 그런 나의, 어디가 마음에 안 든 거야?"

"몰라. ……뭐, 굳이 따지자면……."

볼륨을 한 칸 낮춘 듯한 목소리가, 이슬방울처럼 방울져 떨어졌다.

"……잘은 모르겠지만, 전부 없었던 일처럼 여기는 게 싫었던 걸지도 몰라."

아아…… 응.

너는, 나와 다르게…… 종잡을 수 없는 마음을 말로 표현하는 게, 참 능숙하네.

편해졌던 건, 개운해졌던 건, 어찌 보면 끊고, 버리고, 떠났기 때문일지도 모른다.

소중하게 여긴 것을 전부 버리고 얻은, 일시적인 쾌감에 지나지 않는다.

아마도, 분명, ……머지않아, 그것은 후회로 바뀌었으리라.

그 전에, 같은 것을 공유하고 있는 네가 눈치채줬다.

"저기, 오빠?"

농담 투로 그렇게 말해 부끄러움을 얼버무리며, 나는 물었다.

"설령, 사귀는 사이가 아니라도, 단순한 남매일지라도, ……질투 정도는 해도 되지?"

"아니, 오빠의 여자 사람 친구한테 질투하는 여동생은 좀 징그럽다고 생각하거든?"

"뭐어?!"

뜻밖의 반응을 접하고 당황한 내가 쳐다보자, 미즈토는 상냥한 쓴웃음을 머금었다.

"걱정하지 마. 네가 징그러운 애라는 건 2년 전부터 알고 있거든."

나는 입을 열었지만, 결국 아무 말도 하지 않으며 그대로 입을 다물었다.

고개를 돌리면서 다시 책상을 쳐다본 나는 그제야, 작은 목소리로 말했다.

"……오빠, 징그러워."

"어. 방금이 가장 여동생 같았어."

◆ 미즈토 ◆

『여동생은 오빠를 매도하는 존재』라는 잘못된 지식을 알게 된 의붓동생에게, 온갖 독설이란 독설을 다 들은 다음 날.

방과 후, 평소처럼 도서실에 간 나는 상담 상대가 되어준 히가시라에서 이 일의 자초지종을 보고했다.

물론 나와 유메의 예전 관계에 관해서는 얼버무리면서 말이다.

히가시라는 연신 고개를 끄덕이며 이야기를 끝까지 들은 후…….

"……그럼, 그 이야기로 어느 상에 응모할 건가요?"

"자작 소설이 아냐."

"맙소사."

히가시라는 입을 손으로 가리며 아연실색했다. 표정이 옅은 만큼, 동작 하나하나가 참 과장스러운 녀석이었다.

"브라콤 의붓 여동생…… 전설 속의 생물이 아니었던 거군요……."

"뭐, 위키피디아에도 실려 있지 않지만 말이야……."

"왠지 감동적이에요……. 오래도록 행복하길 빌게요……."

"……고마워."

이 일의 발단인 애한테 이렇게 축하를 받으니, 왠지 김이 새는 느낌이다.

"그건 그렇고, 저를 질투한 건가요……. 살다 보니 참 이상한 일도 다 있네요……."

"과학으로 설명할 수 없는 현상에 마주친 것처럼 말하지마. 그 녀석은 나를 무시하는 것뿐이야. 나 같은 녀석을 상대해주는 건 자기뿐이라고 생각하니까, 네가 갑자기 나타난 바람에 놀란 거겠지. 진짜 무례한 녀석이라니깐."

"그렇군요. 저도 미즈토 씨에게 느닷없이 다른 친구가 생긴다면, 분명 질투할 거예요."

응? 그러고 보니 이 녀석은 카와나미를 모르지?

……뭐, 됐어. 그 녀석은 멋대로 내 친구를 자처할 뿐이잖아.

그러고 보니 그 여자는 카와나미와 내가 알고 지내게 됐을 때도 내 의자를 걷어찼지. 그때는 그걸로 끝이었는데, 히가시라 때는 반응이 너무 과격한 거 아냐?

자기는 사귀던 시절에 쭉 성으로 불렀는데— 그 말은 이해가 되긴 하지만, 그렇게 치면 너도 미나미 양에게 이름으로 불리고 있잖아. 납득이 안 돼……. 카와나미와 히가시라의 어디가 다른 거지?

그 후, 평소처럼 책을 읽으며 시간을 보낸 우리는 최종 하교 시각을 알리는 안내 방송을 듣고 교문으로 향했다.

그곳에서 우리는 매복한 자에게 기습을 당했다.

"아, 왔네! 이제야 왔어, 유메."

"……………………."

교문 근처에서 여자애 두 명이 우리를 기다리고 있었던 것이다.

말할 필요도 없겠지만, 그 두 사람은 미나미 아카츠키와 이리도 유메였다.

히가시라는 천적과 마주친 다람쥐처럼 움찔하더니, 내 등 뒤에 숨었다.

"야호~! 이리도와…… 히가시라 양? 맞지? 기다리고 있었어!"

미나미 양이 손을 흔들며 다가오자, 나는 고개를 갸웃거렸다.

"기다렸어? 우리를? 왜?"

"글쎄? 나는 몰라. 하교하면서 근처에서 놀고 있는데, 유메가 너희를 마중하러 가자고 하지 뭐야."

미나미 양의 포니테일 너머로 교문 기둥에 기대서있는 유메가 보이자, 그 녀석은 내 눈을 힐끔 쳐다본 후에 우리에게 다가왔다.

긴 흑발을 흔들며 다가온 유메는 환한 미소를 지으며 말을 건넸다.

내— 가 아니라…….

내 등 뒤에 숨어있는, 히가시라에게 말이다.

"만나서 반가워, 히가시라 양."

내 등 뒤를 들여다보듯 쳐다보며, 유메는 힘찬 목소리로 말했다.

"**미즈토**와 친하게 지내줘서 고마워. 나는 의붓누나인 이리도 유메야. 잘 부탁해."

쩌적, 하는 소리를 내며 공기가 얼어붙었다.

평소의 팔방미인 같은 모습이 싹 사라진 유메는 환한 미소의 이면에 명백한 적의를 담고 있었다.

이 여자, 히가시라가 나를 이름으로 부르는 게 그렇게 마음에 안 드는 거냐……! 진짜 지뢰녀란 말의 살아있는 본보기구나! 2년 전으로 시간 이동을 해서 역사를 뜯어고치고 싶을 정도야!

내가 전율을 금치 못하며 얼어붙어 있자, 미나미 양이 스마트폰 화면을 몰래 나에게 보여줬다. 메모장 앱에는 아래와 같은 문장이 적혀 있었다.

〈인마, 무슨 짓을 한 거야〉

나는 화면에 손가락을 대고 대답을 적었다.

〈비밀〉

퍼억! 하며 스마트폰이 내 복부에 꽂혔다. 이, 이 크레이지 여자는 나와 결혼할 생각이 진짜로 있는 걸까……!

우리가 그러는 사이, 유메는 히가시라를 향해 손을 뻗으며 악수를 청했다. 누가 저 손을 잡겠냐고. 으스러뜨리려는 기개가 넘쳐흐르고 있잖아.

나와 미나미 양 사이에서 긴장이 흘렀다.

히가시라는 눈을 끔뻑인 후, 경계하듯 유메의 얼굴과 손을 번갈아 쳐다보았다. 타인과의 교류 자체가 적은 히가시라라면, 이 적의에 겁을 먹고—.

"아, 네. 잘 부탁해요."

—평범하게 악수를 했다.

내가, 미나미 양이, 그리고 유메가 눈을 동그랗게 떴다.

묘한 분위기에 사로잡힌 우리를 히가시라가 이상하다는 듯이 둘러보았다.

"어, 저, 저기, 제가, 이상한 짓을 했나요……? 죄, 죄송해요, 죄송해요……! 저는 옛날부터 분위기 파악을 못 한다는 말을 자주 들었거든요……!"

"……저기~ 히가시라 양? 사소한 질문을 하나 해도 돼?"

히가시라가 미안해하고 있을 때, 미나미 양이 말을 골라가면서 물었다.

"히가시라 양한테, 이리도는 어떤 존재야?"

"네? 취향이 맞는 친구인데요."

그 즉답에 가장 크게 반응한 이는 유메였다.

"……아…… 어, 흐음…… 그래…… 그렇, 구나……."

그 말에 도움이 필요한 것처럼 시선이 흔들리던 유메는 악수를 하고 있던 손을 내려다보며 얼굴을 붉히더니…….

"저, 저기, 미안해! 다시 한 번 잘 부탁할게!"

"어, 아, 네……?"

고개를 갸웃거리는 히가시라의 손을 양손으로 꼭 움켜쥐었다.

……오호라. 히가시라에게 과잉 반응을 한 이유를 이제야 알겠어.

내가 납득하고 있을 때, 미나미 양은 나를 쳐다보며 아니꼽기 그지없는 조소를 흘렸다.

"(완전 가망 없네. 웃겨라~.)"

뭐가 그렇게 웃긴 걸까. 나를 꼬실 건지, 나와 적대할 건지 태도를 확실히 해주면 좋겠다. 그리고 방금 말만 들으면, 내가 히가시라를 노리고 있는 것만 같았다.

"저, 저기, 미즈토 씨…… 이게 대체 어떤 상황인지, 설명해주지 않겠어요……? 제, 제 커뮤니케이션 능력으로는 한계라서……."

"어쩔 수 없지……."

"어, 어어?! 설명할 거야?! 저기, 잠깐……!"

나는 낯빛이 확 변하며 당황한 의붓동생을 손가락으로 가리켰다.

"히가시라, 저 여자가 말이지……. 네가 나한테 마음이 있다고 착각했어."

"우~왓~!! —우읍!"

시끄러워. 닥쳐. 나는 가방을 유메의 얼굴에 확 던져버렸다.

"나는 딱 잘라서 친구일 뿐이라고 설명했는데, 눈곱만큼도 믿어주지 않더라고. 그래서 방금, 너한테 내 소유권을 주장하려고 한 거야. 너와 마찬가지로, 나를 이름으로 부르면서 말이지."

"이리도, 잔혹해……."

미나미 양이 질린 듯한 표정을 지었지만, 히가시라는 우리에 대해 잘 알지 못하는 만큼 확실하게 설명을 해줘야 한다.

유메는 귀까지 벌게진 채 그 자리에서 무너지듯 몸을 웅크렸다. 흥. 유세 떠는 것 같은 비겁한 짓을 하니까 이렇게 되는 거다. 그것도 전혀 안 먹힌 것 같지만 말이다.

히가시라는 영문을 모르겠다는 듯이 고개를 좌우로 갸웃거리더니, 내 말을 곱씹으려 했다.

"제가, 미즈토 씨를……? 어어……?"

"그, 그럴 만도 하거든?! 매일 같이 하교하고! 보통은 누구라도 그렇게 생각할 거야!"

“나도 한마디 거들어야겠어! 누구라도 그렇게 생각할 거야! 나도 그렇게 생각했어!”

미나미 양이 유메를 편들자, 히가시라는 「으음」 하고 신음을 흘리며 난처한 표정을 지었다.

“미즈토 씨. 제가 이렇게 남자로 태어나기를 열망한 건 태어나서 두 번째예요. 참고로 첫 번째는 생리 때예요. 사타구니에서 피가 나지 않는 몸으로 전생하고 싶어요…….”

“……이봐, 들었지? 좋아하는 남자한테 이런 발언을 하는 여자애가 이 세상에 있을 것 같아?”

“…………………….”

“…………………….”

유메와 미나미 양은 아무 말 없이 서로를 쳐다본 후, 굳은 표정으로 생각에 잠긴 끝에— 두 사람 다 동시에, 히가시라를 향해 고개를 숙였다.

““말도 안 되는 오해를 해서 죄송합니다.””

“어라? 사과를 받았는데 마음의 거리는 더 멀어진 느낌이 드네요. 미, 미즈토 씨! 저 두 사람이 저한테 질린 것 같지 않아요?! 네?!”

“질린 것 맞고, 나도 너한테 질렸어.”

“어어어어어어어~~~~~!! 잘못했어요오오오~~~~~!! 버리지 말아주세요~~~~~~!!”

히가시라가 엉엉 울면서 안겨들자, 나는 그녀의 머리를 쓰다듬어주면서 달랬다. 히가시라는 나 말고는 친구가 없어서, 의외로 의존심이 강했다. 왠지 대형견이 나를 따르는 것 같아서 마음이 훈훈해졌다.

쓰다듬어주는 나와 쓰다듬어지는 히가시라를, 유메와 미나미 양은 당혹스러운 듯한 눈길로 쳐다보고 있었다.

"……유메, 인간관계는 참 어렵네."

"……이건 어려워도 너무 어렵다고 생각해."

◆ 유메 ◆

"미즈토 씨, 미즈토 씨. 플로라와 비앙카 중에서는 누구를 더 좋아해요?"

"드퀘5 맞지? 그 게임을 해보지 않았는데 말이야……."

"간단하게 설명해줄게요. 플로라는 주인공과 결혼하지 않을 경우, 소꿉친구 남자애와 결혼해요. 한편, 비앙카는 삭막한 시골에서 평생 독신으로 살아가요."

"……그럼 플로라로 할래."

"왜요! 비앙카가 괜찮잖아요! 엄청 부담스러운 여자라고요!"

"너무 부담스러운 여자라서 싫은 거야!"

사이좋게 이야기를 나누며 걷는 미즈토와 히가시라 양을, 나는 뒤편에서 쳐다봤다.

확실히 히가시라 양의 아까 발언은 좋아하는 남자가 아니라 친구 앞에서나 할 만한 소리였다. 그것도 농성 친구 말이다. 나라면 같은 여자 앞에서도 그런 상스러운 말은 못하겠지만— 여고에서는 그런 말을 아무렇지 않게 하는 분위기라고 소문으로 들었다.

항상 저런 느낌이라면, 미즈토가 히가시라 양을 이성으로 의식하지 않는 것도 이해가 됐다……. 히가시라 양의 분위기는 중학생 시절의 나를 방불케 해서 딱 그런 느낌이라고 여겼지만, 설마 저런 캐릭터일 줄은 몰랐다.

……그렇다고는 해도…….

"저 두 사람, 정말 사이가 좋네. 만난 지 며칠밖에 안 된 사이라는 게 믿기지 않아~."

옆에서 걷는 아카츠키 양이 내 마음을 대변했다.

"저런데도 의심하지 말라는 건 솔직히 무리 아냐? 유메도 그렇게 생각하지?"

"응, 맞아……."

나 말고 다른 사람도 의심하고 남을 상황이다. 결단코 내가 이미 헤어진 남친에게 미련이 넘쳐서 독점욕을 품고 있는 게 아니며, 저 두 사람을 보면 누구나 그런 생각을 할 것이다.

어깨가 닿을락 말락 할 정도로 붙어서 걸으며 끊임없이 이야기를 나누고 있었고, 때때로 즐거운 듯이 함께 웃었다.

사귀던 시절의 나와 저 남자도, 저렇게까지 친밀하지는 않았으리라…….

"아깝네. 히가시라 양한테 마음이 있다면, 협력해줄 생각이었는데……."

"어? 협력?"

"응. 히가시라 양은 소극적인 것 같잖아? 저대로 있다간 정말 친구로 끝날지도 몰라. 게다가…… 나로서도 그편이 여러모로 나을 것 같거든."

아카츠키 양은 심술궂은 미소를 지으면서 나를 쳐다보았다.

"게다가 유메 양도 협력해준다면 천군만마일 거야! 남매니까, 공략정보도 잘 알 거잖아?"

"……그야 뭐……."

나보다 이리도 미즈토의 공략정보를 아는 인간이 이 세상에 있을 것 같지는 않지만 말이다.

"그것도, 본인에게 그럴 마음이 있을 때의 이야기지?"

"맞아~. 아쉽네~. 진짜로 잘 어울린다고 생각하는데……."

……잘 어울린다.

나는 앞장서서 걷고 있는 두 사람의 뒷모습을 쳐다보았다.

아아— 나는 진심으로 생각했다.

저 두 사람이 연인 사이라면, 정말 멋진 일이리라.

"아, 저는, 이만 가볼게요……."

히가시라 양이 건널목 앞에서 멈춰 섰다.

"아, 그래. 그럼 내일 봐."

"네. ……아, 그리고……."

히가시라 양은 우리를 힐끔 쳐다보았다. 하지만 아무 말 없이, 우물쭈물하기만 했다.

우리가 고개를 갸웃거리자— 미즈토가 그녀의 등을 가볍게 두드려줬다.

"……으, 으음……."

그 손길에 떠밀린 것처럼, 히가시라 양은 우리를 향해 깊이 고개를 숙였다.

"……아…… 안녕히, 가세요……!"

약간 갈라진 목소리로 그렇게 말하고 고개를 들더니, 안심한 것처럼 한숨을 내쉬었다.

"마, 말했어요……."

"참 잘했어요."

미즈토는 웃음기 섞인 목소리로 그렇게 말했다.

히가시라 양은 그런 그의 얼굴을 쳐다보더니…….

"……에헤헤♥"

배시시, 웃었다.

이제까지 표정에 변화가 전혀 없던 히가시라 양이.

석양에 물든 것처럼— 얼굴을 슬며시 붉히면서…….

"……어?"

"……어어어?"

이봐.

이봐, 방금 그거.

"그럼, 미즈토 씨도 안녕히 가세요! 오늘 추천해준 작품, 다 읽으면 LINE 보낼게요!"

"그래. 새벽 두 시까지는 깨어있을 거야."

"라져예요!"

마침 바로 그 순간에 신호가 파란색으로 바뀌었기에, 히가시라 양은 통통거리는 발걸음으로 건널목을 건너갔다.

그녀의 등이 도로를 달리는 자동차 너머로 사라지자…….

아카츠키 양이, 평소보다 낮은 목소리로 중얼거렸다.

"……유메, 아까 말했지?"

"응?"

"만약 본인에게 그럴 마음이 있을 때, 라고 말이야."

"뭐……?! 딱히 약속은—."

"이리도~! 히가시라 양의 LINE ID 좀 가르쳐줘~!!"

"약속은 안 했거드으으으으은?!"

히가시라 이사나는 사랑을 모른다

이미 알고 있겠지만, 인간과 인간이 연인 관계가 되기 위해서는 꼭 경유해야만 하는 통과 의례가 있다.

그렇다. 바로 고백이다.

나와 그 남자의 경우, 내가 그것을 실행했다. 한쪽은 고백을 안 해도 된다는 건 불공평하지 않아? 하고 지금의 나는 생각하지만, 그 남자가 사랑 고백 같은 것을 할 리 없으니 결국 내가 고백하는 것 말고는 방법이 없었던 것이리라.

나는 러브레터로 고백했다.

얼굴을 마주하고 고백을 할 용기가 없어서 그렇게 된 것이지만, 작성한 타이밍이 좋지 않았다. 여름방학 때는 매일 같이 만났지만, 2학기가 시작되면 이 관계가 끝날지도 모른다 — 그런 생각에 초조해진 결과, 한밤중에 편지지를 펼친 것이 바로 여름방학 마지막 날의 바로 전날이었다.

완성된 문장은 심야 특유의 텐션이 가득 담겨 있었다. 게다가 지칠 대로 지친 나머지 그대로 잠들어버려서, 가장 중요한 준비를 하지 못했다.

마음의 준비를 말이다.

보통 러브레터는 신발장에 넣어두는 것이 정석이다. 그래서 나 또한 편지를 쓸 때만 해도 그럴 작정이었다. 하지만 겁쟁이에 얼간이인 걸로 정평이 나 있는 중학생 시절의 나를 기다리고 있었던 것은 예상대로의 결과였다.

실행에 옮기려는 순간, 겁먹었다.

역시 좀 더 생각해보자며, 움츠러들었다.

그러는 사이…….

—안녕, 아야이.

—아, 안녕…… 이리도…….

본인이 나타나서, 내 눈앞에서 신발을 갈아신고 말았다.

항상 만나던 도서실로 함께 향하면서, 내 마음속은 초조함에 휩싸였다. 어떻게 하지. 내일 할까. 하지만 내일은 개학식이다. 오늘을 놓치면 두 번 다시 타이밍이……!!

더 빨리 결의할 걸 그랬다— 그런 것은 의미 없는 가정이며, 어차피 나 같은 얼간이는 궁지에 몰릴 때까지 각오를 다지지 못할 것이다. 그 탓에 현실의 나는 최후의 순간, 잘 가라는 말을 하며 헤어지기 직전에서야 그 말을 꺼냈다.

—이, 이리도……! 이, 이걸! ……읽어……줘…….

다시 말하겠지만, 내가 러브레터 같은 시대착오적인 물건을 준비한 것은 얼굴을 마주한 채로 고백을 할 용기가 없었기 때문이다.

그런데, 어쩌다 이런 상황이 된 걸까.

한밤중의 텐션으로 쓴 러브레터를 눈앞에서 읽게 하다니, 대체 어떤 성적 취향을 지녀야 그딴 짓을 벌이는 걸까.

저 남자가 아무 말 없이 러브레터를 읽는 사이, 내 머릿속은 후회로 가득 찼다. 극도의 자기혐오 탓에 구역질이 났고, 배까지 아팠다. 금방이라도 모든 내장이 내 온몸의 구멍에서 뿜어져 나올 것만 같은 시간이었다.

이윽고, 그는 편지를 다 읽은 후…….

바닥을 내려다보며 떨고 있는 나에게, 이런 식으로 말하기 시작했다.

—아마 너는, 내 인생에서 가장 친해진 사람일 거라고 생각해.

그 예상 밖의 말을 듣고, 나는 머뭇머뭇 고개를 들었다.

—이렇게 매일 이야기를 나눈 사람은, 아버지를 제외하면 너뿐이야. 이렇게 내 곁에서 웃어준 사람도, 아버지를 제외하면 너뿐이야.

혹시, 하고 이 시점에서 생각했다.

희망찬 미래를 기대했다.

……하지만 곧, 그 생각을 머릿속에서 지웠다.

이제까지의 인생에서, 몇 번이나, 몇 번이나, 몇 번이나 기대가 실망으로 끝났던가. 뜻대로 된 적이 없었다. 실패만 거듭할 뿐이었다. 아마 내가 한 일 중에서 어엿한 결과로 이어진 것은 단 한 번도 없으리라.

그래서, 이번에도 그럴 거라고 근거도 없이 포기했고…….

그 직후, 이리도가 말했다.

—나 같은 애를 좋아해 줘서 고마워. ……나야말로, 잘 부탁해.

어.

어?

어?!

바로 이해하지 못했다. 잘못 들은 거라고 의심했다. 몇 번이나 되새긴 끝에 잘못 들은 게 아니라는 것을 깨달았지만, 이번에는 꿈일지도 모른단 생각에 사로잡혔다.

고개를 들어보니, 좋아하는 사람이 한 번도 본 적 없는 표정을 짓고 있었다. 평소와 다르게 부드럽고, 어딘가 멋쩍은 듯하며, 그러면서도 진지하게 나를 응시하고 있었다.

혹시, 하며 다시 아까와 같은 생각에 빠졌다.

그런 내 마음을 읽은 것처럼, 이리도는 결정적인 한 마디를 고했다.

—내 여친이 되어줘, 아야이.

그리고, 나는 울었다.

무서웠던 것도 아니다. 슬펐던 것도 아니다. 소설을 읽고 있었던 것도 아니다.

그것은…… 태어나서 처음 흘리는, 기쁨의 눈물이었다.

—중학교 2학년 때의 여름.

나에게, 소위 남친이라 부르는 존재가 생기고 말았다.

이제 와서는 젊은 날의 치기라고 말할 수밖에 없겠지만 말이다.

◆

『네 비밀을 알고 있어. 소문나는 게 싫으면, 방과 후에 아래 장소로 혼자 와.』

다음 날 아침, 나는 협박장 같은 편지를 히가시라 양의 신발장에 집어넣었다. 보안에 철저한 내 의붓동생은 우리에게 히가시라 양의 LINE ID를 알려주지 않았다. 올바른 판단이라고 생각한다.

방과 후가 되자, 나와 아카츠키 양은 편지에 써뒀던 패밀리 레스토랑에 가서 드링크바를 주문했다. 일전의 외박 때도 왔던 가게다.

"정말 괜찮을까……."

나는 잔에 홍차를 따르면서 입구 쪽을 힐끔 쳐다보았다.

"괜찮아, 괜찮아~. 히가시라 양이라면 울상을 지으며 여기로 올걸?"

"그래서 불안하단 말이야."

괜찮아, 괜찮아~ 하고 되풀이해서 말한 아카츠키 양은 멜론 소다 버튼을 눌렀다. 사람을 협박해놓고, 어째서 이렇게 태연자약한 걸까. 나는 아카츠키 양의 그런 부분이 약간 미심쩍었다.

그렇게 드링크바를 이용하며 노닥거리고 있을 때, 드디어 기다리던 사람이 모습을 드러냈다.

쇼트 보브 헤어스타일에 가슴이 커다란 여자애가 등을 살짝 굽힌 채, 우물쭈물하면서 안으로 들어왔다. 가게 안을 둘러보는 그녀에게, 패밀리 레스토랑 직원이 다가갔다.

"한 분이신가요~?"

"어…… 저기, ……으음……."

바로 그때 아카츠키 양이 벌떡 일어서더니 히가시라 양에게 다가가서 어깨를 가볍게 두드렸다.

"기다리고 있었어! 이쪽이야, 이쪽!"

"어엇?"

당혹스러운 듯이 눈을 껌뻑이는 히가시라 양을 아카츠키 양이 끌고 왔다.

히가시라 양은 영문을 모르겠다는 표정을 짓고 있었지만, 4인석에 앉아있는 나를 보더니 「아」 하고 탄성을 질렀다.

"브라콤 의붓동생 분……."

"엄청 이의를 제기하고 싶어지는 발언이네!"

"그것보다 내 얼굴은 까먹은 거야?!"

"히익……! 죄송해요, 죄송해요……!"

내 일생일대의 빈정거림이 담긴 자기소개가 전혀 먹히지 않았다는 사실에 충격을 받았다. 아카츠키 양 또한 누구에게나 호감을 주는 캐릭터인 만큼, 어제 만났던 사람이 자기를 기억하지 못한다는 사실에 충격을 받은 것 같았다.

뭐, 중학생 시절의 경험으로 추측해보자면, 사람의 눈을 보며 이야기를 하지 않아서 우리의 얼굴을 아예 보지 않은 것이리라…….

아카츠키 양은 히가시라 양을 맞은편에 앉히더니, 자기가 마시던 멜론 소다를 들고 내 옆으로 이동했다.

우리 둘이서 히가시라 양 한 명과 대치하고 있는 느낌이었다.

"……저, 저기……."

불쌍하게도 겁을 먹은 듯한 히가시라 양이 우리를 힐끔힐끔 쳐다보았다. 도저히 이야기를 나눌 상황이 아니었기에, 나는 가능한 한 상냥한 어조로 이렇게 말했다.

"미안해, 히가시라 양. 그 편지를 아카츠키 양의 장난이니까, 너무 무서워하지 마."

"자…… 장난, 이라고요……? 공갈 협박이, 아니고요……?"

"아냐! 그렇게 의심되면 내가 드링크바 쏠게!"

일방적으로 불러낸 만큼, 그러는 게 당연할 것이다.

내 옆에 앉아있는 아카츠키 양이 「으음」 하고 신음을 흘리며 입술을 삐죽 내밀었다.

"장난으로 치부하는 건 좀 너무하잖아, 유메. 나도, 유메도 알고 있거든? 히가시라 양의 비밀을, 말이지……."

아카츠키 양이 의미심장한 웃음을 흘렸다. 박진감이 넘쳤다. 너무 박진감이 넘쳐서, 히가시라 양이 부들부들 떨기 시작했다. 하아, 정말!

일단 음료라도 마시며 진정할 생각으로, 셋이서 드링크바로 향했다.

"히가시라 양은 드링크바를 이용할 줄 알아?"

"아, 음, 네……. 엄마가 저녁 만드는 게 귀찮을 때면, 패밀리 레스토랑에서 먹거든요."

……의외로 프리덤한 어머니네. 우리 엄마는 요리하는 걸 즐겨서 그럴 기회가 없었다.

자리로 돌아가자, 히가시라 양은 오렌지 주스를 벌컥벌컥 들이켰다. 목이 마른 것 같았다.

히가시라 양이 주스를 다 마실 때까지 기다린 후, 아카츠키 양이 다시 운을 뗐다.

"히가시라 양. 우리가 아는 히가시라 양의 비밀이, 뭘 것 같아?"

"어……? 제 비밀, 이라고요……?"

아까보다 차분한 느낌으로, 히가시라 양은 고개를 갸웃거렸다.

"으음. ……아. 혹시, 제 모 루트로 얇은 음란서적을 입수

한 걸……?!"

"아냐. 남자애 같은 비밀이네."

"어어……? 그럼, 혹시 중학생 때 시험 방송만 해보고 바로 지웠던, 제 버츄얼 라이버 채널을 발견한 거예요……?!"

"우와! 믿기지 않는 데뷔 경력이네! 그게 더 충격적인 비밀이잖아!"

"아, 아닌가요?! 그럼 제 입으로 실토해버린 거잖아요오오……!!"

히가시라 양은 얼굴을 붉히며 테이블에 넙죽 엎드렸다. 귀엽지만 보고 있기 힘든 모습이었다.

그런 그녀에게, 아카츠키 양은 체념한 투로 말했다.

"이리도에 관한 거야."

"어어?"

히가시라 양이 고개를 들었다.

"미즈토 씨에 관한 것……이라고요?"

"그래. 히가시라 양, 이리도를 좋아하지?"

"네? 아, 네. 좋아하는데요."

"어라?"

너무 순순히 긍정하자, 아카츠키 양이 당황했다.

뭔가 이야기의 핀트가 어긋나고 있는 것 같았다. 그렇게 생각한 나는 히가시라 양에게 말했다.

"히가시라 양…… 방금 아카츠키 양이 말한 『좋아한다』는

LIKE가 아니라 LOVE 쪽인데…… 그걸 알고 있는 거야?"

"어? 러브……? 러브코미디의 러브요?"

이 애, 그 영어 단어를 라이트노벨의 장르명으로만 알고 있는 걸까.

히가시라 양은 영문을 모르겠다는 표정을 짓더니, 왼쪽으로 꾸벅, 오른쪽으로 꾸벅하고 고개를 갸웃거렸다.

"제가…… 미즈토 씨를…… 좋아한다고요? 으음…… 죄송하지만, 착각한 것 아니에요……?"

"아냐. 착각하고 있는 건 너야! 유메, 그걸 보여줘!"

아카츠키 양이 손가락을 튕겼다. 나는 미리 이야기해뒀던 것처럼 스마트폰을 꺼냈지만, 내키지 않는 표정을 지었다.

"……진짜로 보여줄 거야?"

"안 보여줄 거면 뭐 때문에 찍은 거야?"

"…………그건, 그렇지만……."

나는 스마트폰을 조작해서, 아카츠키 양의 지시에 따라 어젯밤에 찍어둔 어떤 사진을 화면에 띄웠다.

이 사진을 찍기 위해, 나는 어마어마한 위험을 감수해야만 했다. 그 성과를 함부로 남에게 보여준다는 것에, 나는 약간의 거부감을 느꼈다.

하지만, 그것도 어쩔 수 없는 일이다. 히가시라 양에게 보여주지 않는다면, 나는 그저 취미 삼아 이 사진을 찍은 게 되니까…….

"에잇~!"

"앗!"

내가 머뭇거리자, 아카츠키 양이 스마트폰을 슬쩍 빼앗아 갔다. 아, 손재주가 정말 끝내주네……!

"자, 히가시라 양? 이 사진을 보고도 같은 소리를 할 수 있을까?"

"하아. 그게 뭔지는 모르겠지만, 저와 미즈토 씨는 그저 친구 사이—."

"—짜잔~! 잠자는 이리도의 사진이 되겠습니다~!"

"?!?!?!?!?!"

스마트폰 화면을 보여준 순간, 히가시라 양은 얼어붙은 것처럼 굳어버리며 숨을 삼켰다.

그리고 내 스마트폰에 표시된 미즈토의 얼굴을 뚫어지게 쳐다보고 있었다. 어젯밤에 내가 몰래 미즈토의 방에 숨어 들어가서 찍은 것이다. 그 남자가 너무 늦게 잠드는 탓에 찍느라 고생했다.

"……귀…… 귀…… 귀……!"

"오~. 이리도의 잠든 모습은 참 귀엽네. 안 그래, 히가시라 양?"

"(끄덕끄덕끄덕!)"

히가시라 양은 엄청난 기세로 고개를 끄덕였다.

그 모습을 본 아카츠키 양은 히죽 웃었고, 나는 눈을 가늘게 떴다.

"—헉?!"

우리의 반응을 보고 자신의 실수를 눈치챈 듯한 히가시라 양은 입가를 손으로 가리더니, 그 시선에서 눈을 뗐다.

"……이, 이런 것에는, 딱히 흥미 없어요. 미, 미즈토 씨는 친구니까요! 그, 그런, 불순한 눈길로는 결단코……!"

"참고로 이건 동영상의 일부입니다."

"——윽?!"

"오리지널에는 숨소리도 수록되어 있죠! ……그렇지? 유메?"

"…………아카츠키 양이 동영상을 찍으라고 했잖아…………."

내 취향은 아니다! 나는 지시에 따랐을 뿐이다!

"순순히 인정한다면 숨소리 동영상을 증정해줄게~. 그걸 들으며 잠들면, 실질적 동침이나 다름없지 않으려나~?"

"으으으으으……! 으그그그그그그극……!!"

히가시라 양은 다시 테이블에 엎드리더니, 몸 내부를 누군가에게 공격당한 것처럼 신음을 흘리기 시작했다.

…………저걸 들으며 잠들면, 실질적 동침.

헉?! 내가 무슨 생각을 하는 거지?! 그 영상은 이미 볼일 없어졌으니 지울 거야! 어제 그렇게 하기로 결심했잖아!

"고집 참 세네. 왜 그렇게까지 인정하지 않는 건데?"

아카츠키 양은 괴로워하는 히가시라 양을 내려다보며 가볍게 탄식했다.

"그렇게 마음이 잘 맞고 자기한테 상냥한 남자라면, 좋아하게 되는 게 자연스럽지 않아? 우리는 딱히 비난하려는 게 아니거든? 유메도 브라콤이기는 하지만 『어딜 감히 내 동생한테 꼬리를 쳐』 하고 직접적으로 말하지는 않을 거야."

"간접적으로 말할 생각 없거든?! 브라콤도 아니거든?!"

"네, 그러시군요~."

아카츠키 양이 대충 넘어가려고 했다. 석연치 않아!

바로 그때, 테이블에 엎드려 있던 히가시라 양한테서 작은 목소리가 흘러나왔다.

"…………걸까……요……?"

"뭐?"

아카츠키 양이 되묻자, 느릿느릿 몸을 일으킨 히가시라 양이 우리를 힐끔힐끔 올려다보며 머뭇머뭇 물었다.

"……저…… 미즈토 씨를…… 진짜로, 좋아하는 걸까요……?"

""뭐?""

"히익!"

내숭 그 자체인 발언을 들은 우리가 무심코 한 목소리로 위협하자, 히가시라 양은 겁먹은 소형 동물처럼 몸을 웅크렸다.

그 모습을 본 아카츠키 양은 어안이 벙벙한 듯한 표정을 지었다.

"어……? 반응을 보니, 레알 같네? 방금 그 말, 진심인 거야?"

"제, 제가 왜 거짓말을 하겠어요……! 저는, 진짜로, 모른다고요……! 그런 경험, 이제까지, 한번도 한 적 없어요…….”

“뭐어어엇?! 첫사랑?! 이 나이에?!”

“……으으으…….”

히가시라 양은 긴 앞 머리카락을 움켜쥐듯 얼굴을 가리더니, 고개를 푹 숙였다.

그 풋풋한 모습을 본 나는 좀 미안해졌다.

“……아, 아카츠키 양, 어쩌지? 나, 왠지 온몸이 간지러워.”

“……유메도 그래? 나도 지금 똑같은 증상을 겪고 있어.”

첫사랑…… 아아, 그리우면서도 지긋지긋한 단어…….

게다가『좋아하는지 잘 모르겠다』라니, 좀 봐줬으면 한다. 내 흑역사를 보고 있는 기분이다. 고함을 지르고 싶다. 고함을 지르며 이 자리에서 도망치고 싶다. 나도 과거에는 저렇게 부끄러운 생물이었던 건가.

“……그래. 예를 들어 이런 상상을 해봐.”

아카츠키 양이 내키지 않는 느낌으로 말했다.

“즐겁게 수다를 떨고 있을 때, 이리도에게 갑자기 포옹을 당했습니다.”

“히익?!”

“그리고 귓가에서 낮은 목소리로 이렇게 속삭입니다—『……미안한데, 잠시만 친구를 관둬도 돼?』”

“히이익?!”

“흐으윽……?!”

“당황한 너한테, 이리도가 다짜고짜 입술을— 어라, 왜 유메까지 테이블에 엎드리는 거야?”

아, 아무것도 아냐. 뇌가 오작동을 일으켰어. 아카츠키 양의 성대모사가, 그렇고 그런 짓을 할 때의 그 남자의 분위기와 너무 흡사해서……!

“뭐, 아무튼 말이야.”

아카츠키 양은 스마트폰으로 히가시라 양의 얼굴을 재빨리 촬영했다.

그리고 그 화면을, 히가시라 양에게 보여줬다.

“이런 표정을 지어놓고, 좋아하지 않는다고 말하는 건 무리 아냐?”

그 화면에는 얼굴을 새빨갛게 붉히고, 눈가가 촉촉이 젖었으며, 흐트러지려는 입가를 꾹 다물고 있는, 여자애가 담겨 있을 것이다.

히가시라 양은 그 화면을 보더니, 부들부들 떨기 시작했다.

“……이게…… 저, 라고요……?!”

“그래.”

“완전 암컷이잖아요!”

“그래. 너는 암컷이야.”

으으으…… 하고 신음을 흘린 히가시라 양이 아까와 다른 의미에서 얼굴을 붉히더니, 또 패밀리 레스토랑의 테이블에 이마를 댔다.

"친구라 말하며 다가가서, 발정 난 암컷 같은 눈길로 미즈토 씨를 훑어보고 있었던 거군요……. 음마예요……. 음마의 소행이에요……."

"이 정도로 음마라면, 이 세상 모든 여성은 마왕이나 다름없다고 생각하는데……."

나는 그런 옹호 발언을 입에 담았지만, 아무래도 들리지 않은 것 같았다. 태어나서 처음으로 자각한 연애 감정을 처리하느라 바쁜 것 같았다. 우와아, 새콤달콤해. 구역질이 날 것 같아.

"하아, 드디어 본론에 들어갈 수 있겠어."

그렇게 말한 아카츠키 양은 탄산이 꽤 빠진 멜론 소다를 전부 들이키더니, 「꺼억~」 하고 트림을 했다. 조신하지 못하네.

"본론…… 저기, 또 뭔가가 있나요……?"

히가시라 양이 불안한 표정을 지으며 고개를 들자, 아카츠키 양이 빙긋 웃었다.

"히가시라 양. 네가 이리도와 사귈 수 있도록, 나와 유메가 협력해줄게!"

"네엣……?!"

눈을 끔뻑이는 히가시라 양 앞에서, 아카츠키 양은 자신만만하게 가슴을 펴며 그렇게 말했다. 나와 유메가— 라고?

"저기, 아카츠키 양……. 이제 와서 이런 말을 하는 건 좀 그렇지만, 나는 아직 협력하겠다고 약속하지는……."

"어~? 유메가 도와주면, 이리도가 뭘 좋아하는지도 속속들이 알 수 있는데~. 히가시라 양도 유메가 도와주면 마음이 든든할 것 같지 않아?"

"어, 어어……? 저는, 저기……."

"내 입으로 이런 소리를 하는 것도 좀 그렇지만, 나는 그런 쪽 상담을 꽤 받는 편이거든! 마음 푹 놔도 돼!"

확실히 아카츠키 양은 원래 그런 쪽 상담을 많이 받는 타입이다— 말끝에서 연애 경험이 있는 듯한 뉘앙스도 느껴졌다. 때때로 친구의 제안을 거절할 때가 있는데, 남자가 있어서 저러는 거라고 다들 수군거렸다.

"히가시라 양, 어때~? 나와 유메, 이렇게 믿음직한 포진은 흔치 않을걸? 이리도 정도는 순식간에 함락시킬 수 있어, 순식간에!"

그러니까, 나는 아직 협력하겠다고 말하지 않았거든?

……하지만, 딱히 거절할 이유도 없다. 이 상황에서 거절한다면, 브라콤 취급을 면치 못한다. 아니, 하지만…….

그렇게 머릿속으로 생각하고 있을 때였다.

"……아, 저기, 그런 건 괜찮아요……."

마치 빗물이 방울져 떨어지는 듯한 목소리로, 히가시라 양이 말했다.

"미즈토 씨를 친구로서 좋아하는 건 사실이고……. 지금처럼 수다를 떨기만 해도, 매우 행복하니까요……. 그리고 저 같은 애가 무리해봤자 좋은 꼴 볼 리가 없거든요! 부질없는 노력이랄까…… 모처럼 신경을 써주셨는데, 이런 말을 해서 죄송하지만…….”

말을 이어갈수록 목소리가 잦아들었고, 그 모습 또한 점점 작아졌다.

……어딘가에서 본 적이 있는 광경이었다.

스스로에게 자신이 없고, 뭘 하든 소용없다고 생각하며, 그 어떤 행동도 하지 않으려 한다. 아무것도 하지 않는 것이 최선이며, 이론 무장이라고도 할 수 없는 변명에 사로잡혀, 만족스럽지도 않은 현재를 지키려 한다—.

—그렇다. 그 모습은 중학생 시절의 나 자신 같았다.

“도전하기도 전에 도망치지 마.”

정신을 차리고 보니, 나는 날카로운 어조로 그렇게 말했다.

히가시라 양과 아카츠키 양이 놀란 표정으로 나를 쳐다봤지만, 입에서 흘러나오는 말을 멈출 수가 없었다.

“포기할 거라면 할 수 있는 데까지 해보고 포기해. 실은 되고 싶은 거 아냐? 그 녀석의 여친이 되고 싶지? 평범한 친구끼리는 할 수 없는 일을 하고 싶지 않아?”

자리에서 엉덩이를 떼며 몸을 내민 나는 히가시라 양의 얼굴을 들어 올렸다.

“여친이 되면 할 수 있어! 매일 손을 잡고 등하교할 수 있고, 헤어질 때 키스도 할 수 있는 데다, 잠들기 전에 전화로

별것 아닌 수다를 나눌 수도 있단 말이야! 데이트도 할 수 있고, 크리스마스에는 선물을 받을 수 있을 뿐만 아니라, 감기에 걸리면 간병도 해줘! 어때?! 이게 전부 당연한 일이 되는 거야! 여친이 된다면 말이지!"

히가시라 양의 눈동자에, 상상이 소용돌이치고 있는 것이 느껴졌다.

만약 그럴 수 있다면, 얼마나 기쁠까.

만약 그렇게 된다면, 얼마나 행복할까.

가정하고, 상상하고, 시뮬레이션하고, 자신의 행복에 대해 재고하고 또 재고하며 확인한 끝에…….

"―그런데도, 여친이 되지 않더라도 괜찮다고 생각해?"

눈동자가, 흔들렸다.

그것만으로도 대답으로서는 충분했다.

하지만, 히가시라 양은 고개를 숙이면서 교복 치마를 꾹 움켜쥐더니―.

"…………되고, 싶어요…………!"

갈라진 목소리로, 자신의 마음을 쥐어 짜냈다.

"꼬, 꽁냥꽁냥하고 싶어요……. 좋아한다고 말해줬으면 해요……! 미즈토 씨와…… 친구끼리는 하지 않는 일을, 해보고, 싶어요……!"

다시, 고개를 든 순간…….

히가시라 양의 눈은 체념이 아니라, 강한 열의 같은 것으로 가득 채워져 있었다.

"어떻게 하면, 될 수 있나요……? 미즈토 씨의 여친이, 어떻게 하면 될 수 있을까요?!"

히가시라 양은 자리에서 엉덩이를 들며 몸을 쑥 내밀더니, 내 손을 꼭 움켜잡으면서 이렇게 말했다.

"가르쳐주세요— 선생님!"

…………어라?

퍼뜩, 정신이 들었다.

무심코 울컥해서 부추기긴 했는데…….

……나, 이래도 괜찮은 거야?

"좋았어."

옆에 앉은 아카츠키 양이 주먹을 말아쥐며 그렇게 말했다.

〈이자나미: 미즈토 씨는 저를 여자 사람 친구로만 여겨요〉
—20:14

엉겁결에 히가시라 양의 연애 상담 상대가 되어주기로 한 날의 밤— 나는 방에서 『이리도 미즈토 공략 회의』라 칭해진 LINE 그룹을 보고 있었다.

앞으로의 일을 원활하게 진행하기 위해, 나, 아카츠키 양, 히가시라 양, 이렇게 셋이서 만든 것이다— 하지만 회의는 히가시라 양의 약한 소리로 시작됐다. 그것보다 이 애는 왜 일본 신화의 신을 등록명으로 쓰는 걸까?

〈이자나미: 지금 고백을 해봤자 절대 성공 못할 거예요. 무서워요〉-20:14

〈아카츠키☆: 에이, 그건 걱정하지 마. 남자는 여자를 무조건 의식하기 마련이거든. 특히 히가시라 양은 몸매가 끝내주잖아ㅎㅎ〉-20:15

〈이자나미: 가슴 하나는 자신있어요!〉-20:16

〈아카츠키☆: 되게 부럽네. 좀 나눠주라〉-20:16

아카츠키 양이 멜론 이모티콘을 올렸다.

〈이자나미: 제 가슴은 굳이 따지자면 수박이에요〉-20:17

〈Yume: 가슴에 대한 자부심 하나는 끝내주네. 낯가림은 어디 간 거야?〉-20:17

〈이자나미: 어깨도 엄청나게 결려요. 브래지어도 귀여운 게 없고요〉-20:18

〈아카츠키☆: 자학 타입 찌찌 자랑~!!! 용서 못 해!!!!〉-20:18

아카츠키 양이 부엌칼 이모티콘을 연속해서 올리자, 나는 후훗 하고 웃었다.

솔직히 히가시라 양의 가슴은 여자가 봐도 엄청나다고 생각한다. 두 번 쳐다볼 레벨이다. 남자라면 더 그럴 것이다.

저런 게 옆에 있어도, 진짜로 의식하지 않을 수 있을까……?

〈이자나미: 하지만, 제 가슴으로도, 미즈토 씨는 난공불락

이에요. 시선이 전혀 느껴지지 않아요. 안심&안전이에요〉-20:20

〈아카츠키☆: 레알~? 확실히 이리도는 여자에게 흥미 없어 보이는 이미지이긴 해. 유메 선생님, 그 점에 대해 어떻게 생각하시나요?〉-20:21

〈Yume: 선생님이라고 부르지 마〉-20:21

〈Yume: 숨기는 게 능숙할 뿐, 평범하다고 생각해〉-20:22

〈이자나미: 선생님은 미즈토 씨한테 음란한 시선을 받은 적 있나요?〉-20:23

"헉?!"

나는 침대 위에서 펄쩍 뛰었다.

이 애가 뭘 물어보는 거야?! 보통은 그런 걸 묻지 않거든?!

이 상황에서 내가 『있다』고 대답해도, 기분 나쁘지 않은 걸까…….

나는 신중하게 말을 골라가면서, 방금 느낀 의문을 문자로 표현했다.

〈Yume: 히가시라 양, 그런 건 신경쓰이지 않는 거야? 질투 안 해?〉-20:25

〈이자나미: 질투 같은 건 안 하는 타입 같아요〉-20:25

……부럽다.

나도 그런 성격이라면, 훨씬 편하게 교제할 수 있었을까…….

〈이자나미: 선생님은 미즈토 씨한테 음란한 시선을 받은

적 있나요?〉-20:26

복붙으로 같은 질문을 받았다. 대체 얼마나 궁금한 걸까.

나는 조금 머뭇거리기는 했지만, 이 사태를 초래한 장본인인 만큼 대답할 수밖에 없었다.

〈Yume: 뭐, 목욕 후에 마주친 적도 있긴 하거든〉-20:27

〈이자나미: 미즈토 씨의 성적 취향은 어떤가요?〉-20:27

〈Yume: 뭘 묻는 거야?! 그걸 내가 어떻게 알아!〉-20:28

아마 귀라고 생각한다. 키스를 하고 싶어할 때, 내 귀를 살짝 깨문다.

〈아카츠키☆: 본인의 증언만으로는 알기 어렵네~. 일단 관찰해보자〉-20:29

〈이자나미: 관찰? 한다고요?〉-20:29

〈아카츠키☆: 두 사람이 같이 있는 모습을 견학하는 거야. 어쩌면 이리도가 의식하고 있다는 걸 히가시라 양만 눈치채지 못한 걸수도 있거든〉-20:30

〈Yume: 첫수로는 무난할지도 몰라〉-20:30

나도 두 사람이 평소에 어떻게 시간을 보내는지 솔직히 신경 쓰이기는 했다— 아, 어디까지나 히가시라 양을 위해서 알려는 것뿐이다.

〈이자나미: 미즈토 씨가 몰래 제 찌찌를 응시하고 있다면 어떻게 하죠?〉-20:31

〈Yume: 찌찌별 사람이라는 별명을 붙여서 견제해줄게〉

–20:32

〈아카츠키☆: 그거 괜찮네! 나도 그래야지〉–20:32

〈이자나미: 그럼 저도 그럴게요〉–20:33

〈아카츠키☆: 아, 히가시라 양이 그랬다간 말짱 꽝이 될 거야〉–20:33

이리하여, 나와 아카츠키 양은 학교에 남아 공부하는 학생으로 위장하며 방과 후의 도서실에 잠입했다.

아카츠키 양은 항상 포니테일 스타일로 묶던 머리카락을 풀었고, 나는 낮은 위치의 트윈테일로 헤어스타일을 바꾼 후에 중학생 시절에 쓰던 안경을 썼다.

"어, 어, 어울려어어어~~~!! 안경 모드 유메 대박…… 초대박……."

아카츠키 양은 묘하게 흥분한 표정으로 사진을 찍어대기도 했지만, 지금은 진정한 것 같았다.

하아, 안경을 썼을 뿐인데 참 호들갑스럽다니깐. 시력 교정 도구를 착용한다고 갑자기 귀여워지거나 멋있어질 리가 없잖아. 게다가 그 모습을 스마트폰에 저장해두고 싶다니, 미안하지만 전혀 이해가 안 돼! 하나도 안 된단 말이야!

미즈토와 히가시라 양이 항상 자리하는 도서실 구석에 등을 보이는 위치에 우리는 자리했다.

그리고 스마트폰을 거치대에 세워서 테이블 위에 둔 후, 전면 카메라를 작동시켰다. 그러자 화면에는 우리의 어깨와 그 너머에 있는 미즈토와 히가시라 양이 비쳤다.

이렇게 하면 대상자를 직접 보지 않고 감시를 볼 수 있다. 게다가 확대도 가능한 것이다. 아카츠키 양의 아이디어였다.

"……저기, 아카츠키 양. 어째서 이런 스토킹 테크닉을 아는 건지 물어봐도 돼?"

"안~돼♪"

나는 깊은 어둠을 느끼며 물러났다. 아카츠키 양이 귀여운 척을 하면 왠지 섬뜩한 느낌이 들었다.

나는 스마트폰의 영상을 쳐다보았다.

미즈토가 창가 공조 설비에 엉덩이만 살짝 걸치고 있는 것과 달리, 히가시라 양은 신발과 양말까지 벗고 맨발로 두 무릎을 세우며 앉아있었다. 저래도 혼나지 않는 걸까. 원래 저렇게 앉으면 안 되는 곳이라고 생각하는데 말이다.

"(……히가시라 양, 무의식적으로 저러는 거면 대단하지 않아?)"

"(응? 뭐가?)"

아카츠키 양은 소곤소곤 말을 이었다.

"(여자의 맨발은 말이지? 남자들한테 약간 에로틱하게 받아들여지나 봐.)"

"(……아하. 양발이나 스타킹을 보여주는 것의 상위 버전이구나.)"

"(게다가 저 자세 좀 봐. 저렇게 높은 위치에서 저런 식으로 앉으면, 팬티가 드러나도 이상할 게 없잖아. 게다가 저 큰 가슴을 꾸욱~ 하고…….)"

"(아, 어쩌면 일부러 얹어둔 걸지도 몰라. 책을 읽으며 몸을 앞으로 숙이면, 가슴이 무거우니까—.)"

"(흐음. 그렇구나. 나, 저언혀 몰랐어.)"

얼굴도, 눈도, 목소리도, 전부 웃고 있지 않았다. 몸매를 엄청 신경 쓰나 보네…….

……그건 그렇고…….

전면 카메라에 비친 미즈토와 히가시라 양은 묵묵히 독서를 즐기고 있었다. 하지만 때때로 자기가 읽는 책을 손가락으로 가리키더니, 옆에 있는 상대에게 보여주며 함께 웃었다.

그 모습이 과거의 나와 저 남자를 연상케 했기에, 그리우면서도 부끄럽다고나 할까…….

사귀던 시절의 우리를 연상케 하는 것을 보면, 확실히 저것은 평범한 남녀 간의 거리가 아니다.

어깨가 닿을락 말락 하는 거리.

조금만 몸을 내밀면 키스도 할 수 있는 거리.

딱히 그런 사이가 아니더라도, 다소 의식하고도 남을 거리.

하지만.

하지만, 말이다.

“(이리도는 진짜로 안 쳐다보네. 저 가슴이 저렇게 가까운 곳에 있는데 안중에도 없어…….)”

“(……히가시라 양이 좀 안 되었다는 생각이 들어.)”

“(나조차도 쳐다보는데 말이야. 이야기를 나누면서도 계속 가슴만 쳐다봤어.)”

“(그건 너무 쳐다보는 거라고 생각해.)”

그래도 나쁜 일은 아니라고 생각한다.

여자 쪽은 안심할 수 있으니, 저렇게 내성적인 히가시라 양도 미즈토를 저렇게 따르는 것이다. 친구로서는 정말 멋진 일이라고 생각한다.

하지만 히가시라 양은 저 남자를 이성으로 보고 있다.

저렇게까지 의식되지 않으니— 저렇게까지 반응이 없으니 처량할 지경이었다.

만약 나와 사귀기 전의 저 남자가 저런 태도였다면, 나는 고백을 할 수 있었을까?

다소 의식하고 있다는 느낌을 받았기 때문에, 나 같은 겁쟁이도 각오를 다질 수 있었던 게 아닐까…….

“(진짜로 의식하지 않는 걸까?)”

아카츠키 양은 이해가 안 된다는 표정으로 그렇게 중얼거렸다.

“(저렇게 취미가 맞잖아? 게다가 가까이에서 보면 꽤 귀엽기도 하고, 몸매 또한 에로틱하기 그지없어. 내가 이리도라면 엄청나게 의식할 것 같아.)"

"(에로틱 같은 소리 하지 마. ……뭐, 그건 그래…….)"

상황만 본다면, 나 때와 거의 같다.

비슷한 만남.

비슷한 취미.

비슷한 장소.

그런데 나와는 사귀고, 히가시라 양은 친구 사이에 지나지 않는다는 건 앞뒤가 맞지 않는다.

……분명, 숨기고 있을 뿐이다.

나와 사귀면서 포커페이스가 능숙해졌을 뿐, 언젠가 본성을 드러낼 게 틀림없다.

그 순간을 놓치지 않기 위해, 우리는 감시를 이어갔다―.

―그리고 수십 분 후, 사건이 발생했다.

미즈토가 책을 덮으며 몸을 일으켰다. 다 읽은 것 같았다. 새로운 책을 찾으려는 건지, 눈앞에 있는 책장으로 이동했고…….

"(앗.)"

아카츠키 양이 낮은 목소리를 냈다.

"(왜 그래?)"

"(저기 좀 봐! 아카츠키 양의 치마……!)"

"(어? ―앗.)"

아카츠키 양의 말을 듣고, 처음으로 눈치챘다.

책장처럼 튀어나온 창가 공조 비 위에 맨발로 무릎을 세우며 앉아있는 히가시라 양— 그녀의 발이, 지금은 좌우로 살짝 벌어져 있어서…….

보였다.

연청색 팬티가, 완전히 말이다.

나는 허둥지둥 LINE으로 위기를 알리려 했지만, 이미 늦었다.

책장에서 새 책을 뽑아 든 미즈토가, 뒤를 돌아보았다.

당연히, 히가시라 양을 정면에서 보는 위치였으며…….

당연히, 방심 탓에 드러난 천이 눈에 들어왔기에…….

—미즈토의 시선이 그곳으로 향하는 것을, 나는 똑똑히 목격했다.

이, 이럴 줄 알았어!

아무리 태연한 척해도, 저 수수녀 취향이 히가시라 양 같은 끝내주는 사냥감을 가만히 둘 리가—.

"히가시라. 팬티 보여."

미즈토는 히가시라 양의 사타구니를 손가락으로 가리키더니, 표정 하나 바꾸지 않으며 그렇게 말했다.

"""(……어?)"""

우리는 경악했다.

무슨 일이 일어난 건지, 바로 이해하지 못했다.

히가시라 양도 마찬가지인지 「……어어?」 하고 얼빠진 소리를 내며 고개를 들었고, 미즈토의 손가락이 향하고 있는 곳을 쳐다보더니—.

"—으~~~~?!?!"

불이라도 난 것처럼 얼굴을 새빨갛게 붉힌 그녀는 허둥지둥 다리를 모으며 치마를 손으로 눌렀다.

히가시라 양은 치마를 움켜쥔 손을 쳐다보며, 떨리는 목소리로 중얼거렸다.

"……봐, 봤나, 요……?"

"응? 그래서 지적해준 거잖아."

미즈토는 영문을 모르겠다는 듯이 고개를 갸웃거리며 말했다.

이 남자, 인간미가 너무 없는 거 아냐?

"고…… 고마, 워요……."

귀까지 벌게진 히가시라 양이 겨우 그렇게 말하더니, 「잠시 화장실 좀……」 하고 말하며 신발을 신었다.

나와 아카츠키 양은 서로를 쳐다보며 고개를 끄덕인 후, 도서실에서 가장 가까운 곳에 있는 여자 화장실로 이동했다.

거기서 합류한 히가시라 양은 입을 우리를 보자마자 이렇게 물었다.

"……저, 여자애로 여겨지고 있는 것 같나요?"

""전혀 아냐.""

확신할 수 있다.

이리도 미즈토는 히가시라 이사나를, 마음이 맞는 친구로만 여기고 있다.

진심으로. 오해할 여지가 눈곱만큼도 없을 정도다.

……어째서일까?

상황은 예전의 그때와 완벽하게 일치했다.

"아하, 아하하하하……. 그렇죠……? 저 같은 음침한 오타쿠를 의식할 리가 없어요……. 아하하하하, 아하하하하하……."

"정신 바짝 차려! 확실히 지금은 가능성이 제로인 것 같지만, 포기하기엔 일러!"

"가능성…… 제로……."

"아카츠키 양, 스톱! 상처를 후벼파지 마!"

"앗……!"

히가시라 양이 비틀거리자, 우리는 허둥지둥 부축했다.

후후후후후후후후 하고 히가시라 양이 흘리는 웃음소리는 듣고 있기만 해도 저주에 걸릴 것만 같을 정도로 불길했다.

이렇게 충격을 받은 걸 보면…… 미즈토를 정말 좋아하는 것 같다.

"……저기, 히가시라 양."

그녀의 발에 다시 힘이 들어오자, 나는 머뭇거리며 물었다.

"아까 증명됐다시피, 그 남자는 섬세함이 제로인데…… 대체 어떤 부분을 좋아하게 된 거야?"

"아, 그걸 안 물어봤네! 나도 그게 묻고 싶었어!"

"어…… 어, 어떤 부분이냐고요……?"

히가시라 양은 허둥대듯 눈빛이 흔들리더니, 곧 불쑥 이렇게 말했다.

"……목소리, 일까요?"

""목소리.""

"기본적으로 퉁명한 사람이지만, 때때로 상냥하게 대해줄 때가 있어요. 그때의 평소보다 약간 부드러운 목소리를 들으면 왠지 마음이 푸근해지면서, 꺄아~ 하는 느낌이 든다고나 할까…… 에헤헤……♥"

부끄러운 듯이 볼을 붉히며 행복한 것처럼 배시시 웃는 히가시라 양을 보자, 나와 아카츠키 양은 동시에 휘청거렸다.

"누, 눈부셔……!!"

"첫사랑……! 첫사랑의 눈부심에 타죽을 것만 같아, 유메……!!"

이 순수함은 연애의 암흑면을 경험한 나에겐 독 그 자체야! 게다가 공감이 된다는 것도 문제야! 이해해! 그 녀석, 때때로 상냥한 목소리로 말한다니깐!

"이래서야 히가시라 양이 빨리 이리도와 커플이 되어서, 남친이 생긴다는 게 좋은 일만은 아니라는 걸 알려줄 수밖에 없겠어. 빨리 우리와 함께 남자들을 씹어대는 사이가 되자!"

"어, 네. 힘낼게요?"

"그쪽으로 힘내면 안 돼! 사랑에 꿈과 희망을 품어줘!"

너는 이쪽으로 오면 안 돼!

"뭐, 어쨌든 간에 우선 여자애로 의식하게 만드는 것부터 시작해야겠네. 이야~ 여자애의 팬티 노출을 당당히 지적하는 남자애가 이 세상에 존재할 줄은 몰랐다니깐."

"내 동생을 대신해 사과할게……."

"이리도는 의외로 여자한테 익숙한 것 같아. 유메 상대로 단련이 된 걸까?"

가슴이 뜨끔했다.

아니, 이것은 한집에서 산다는 의미에서 한 말이며, 옛날에 사귀었던 것을 가지고 한 말이 아닐 것이다.

나는 애매모호하게 고개를 끄덕였다.

"그…… 그럴지도 몰라."

"이렇게 되면 스킨십으로 공세를 펼칠 수밖에 없어."

아카츠키 양은 음흉한 표정을 지었다.

히가시라 양은 뒷걸음질을 쳤다.

"스, 스으키인십이라뇨……?"

"에이, 모르는 척하기는. 네가 자랑하는 그걸 써먹자는 거야!!"

"히익?!"

아카츠키 양이 손을 재빨리 뻗더니, 히가시라 양의 가슴을 움켜쥐며 마구 주물렀다. 우와아, 손가락이 파묻혔어…….

"이 지방 덩어리를 자연스럽게 갖다 대는 거야! 그러면 의식하고 있든 없든 전혀 상관없을걸?!"

"잠깐…… 그만……."

"……오. 오오? 오오오오…… 끝내줘……."

"히익?! 소, 손놀림이 음란— 흐읏!"

"아카츠키 양, 스톱! 더 하면 19금이야!"

나는 아카츠키 양을 등 뒤에서 잡고 히가시라 양에게서 떼어냈다.

아카츠키 양은 망연자실한 표정으로, 이미 가슴에서 떨어진 손을 꼼지락거렸다.

"유, 유메……. 찌찌는…… 이렇게 부드럽고…… 탄력적이며…… 형태가 변하는 것이구나……. 어라……? 그럼 내 흉부에 달린 건, 대체……?"

"오래 살고 싶다면, 더는 생각하지 마."

히가시라 양이 거친 숨을 내쉬면서 가슴을 손으로 감싸더니, 비틀거리며 세면대에 기대섰다.

"자, 자연스럽게 갖다 대라니……그, 그런 건 빗치들이나 하는 짓이잖아요……."

"여자는 남자를 유혹할 때, 누구나 빗치가 돼."

"적! 적 좀 양산하지 마!"

내가 허둥지둥 주위를 둘러보았다. 방금 그 말, 누가 들은 거 아냐?!

"갖다 대라고 했지만, 살짝 스치는 정도면 돼."

내가 걱정에 사로잡혀 있는 사이, 아카츠키 양은 손가락을 뻗어서 히가시라 양의 가슴에 닿을락 말락 하는 위치로 가져갔다. 그리고 애태우듯 손가락을 빙글빙글 돌렸다.

"어라? 방금 닿았어? 기분 탓일까? 정도가 베스트! 너무 노골적으로 했다간 상대방이 질려버릴 수도 있거든!"

"아카츠키 양……. 그건 어디서 얻은 노하우야?"

"내가 직접 체득한 거야! 나는 그런 짓을 당하면 흥분하거든! 그것도 그럴 것이, 소생은 여자지만 부드러운 찌찌와는 인연이 없으니 말이지요~!"

이제 이 지뢰는 그만 밟아야겠다.

아카츠키 양은 주먹을 치켜들었다.

"아무튼, 질보다 양! 차근차근 반복하다 보면, 그 기억이 이리도의 내면에 쌓여갈 거야! 찌찌에 닿은 기억을 잊을 수 있는 남자가 있을 리 없거든! 만진 것도 눈치 못 채는 자식은 있지만 말이야!!"

"하다못해 직접 지뢰를 밟지는 마!"

모처럼 신경을 써주려고 했는데! 이렇게 나오면 지뢰가 터지는 걸 피할 수 없잖아!

"—어이쿠."

아카츠키 양이 갑자기 스마트폰을 꺼내더니, 화면을 쳐다보며 인상을 찡그렸다.

"아차. 벌써 감을 잡았구나."

"왜 그래?"

"과격파 관음증 환자가 있거든. 주의를 다른 데로 돌려야겠네—."

나와 히가시라 양이 고개를 갸웃거리자, 아카츠키 양은 미안하다는 듯이 고개를 숙였다.

"그럼 다음은 이 방법으로 가자! 자세한 작전은 LINE으로 짜는 거야!"

그렇게 말하며 화장실을 뛰쳐나가는 아카츠키 양을, 우리는 아무 말 없이 쳐다보았다.

……과격파 관음증 환자?

"미."

"미?"

방과 후의 도서실, 히가시라 양은 이리도 미즈토의 옆에서 낯가림 심한 매미처럼 되어 있었다.

다른 날. 나와 아카츠키 양은 또 스마트폰의 전면 카메라로 두 사람을 훔쳐보고 있었다.

오늘의 취지는 단순했다. 일전에 아카츠키 양이 제안한 찌찌 스킨십 작전 — 맹세하건대 이 이름을 지은 사람은 내가 아니다 — 의 실행 첫째 날을 지켜보기 위해서다.

조마조마한 마음으로 우리가 지켜보는 가운데, 거동 수상

자처럼 시선이 흔들리던 히가시라 양은 결의를 다진 것처럼 미즈토에게 다가갔다.

"미…… 미즈토 씨. 여기 좀 봐요. 이 부분요."

그렇게 말한 히가시라 양은 손에 든 책을 미즈토에게 보여줬다. 미즈토는「어디 말이야?」하고 말하며 무방비하게 그 책을 들여다봤다. 이 순간이 바로 아카츠키 양이 전수한 함정이다.

말캉.

히가시라 양이 미즈토의 팔뚝에 은근슬쩍 가슴을 댔다.

"(……지, 진짜로 했어……!)"

나는 눈을 치켜떴다. 대단해. 진짜로 대단해. 나는 저런 짓 못 해. 목욕수건만 걸친 모습을 보여주는 게 한계야. 그것도 충분히 변태스럽지만 말이야.

아카츠키 양이「히히히」하고 웃었다.

"(히가시라 양, 참 열심이네. 사실 나는『지금 관계를 무너뜨리고 싶지 않아요……』같은 뻔한 소리를 늘어놓을 줄 알았어.)"

"(아카츠키 양이 부추겼잖아…….)"

"(뻔한 소리를 늘어놓으면 더 부추길 생각이었는데, 그럴 필요 없겠어.)"

확실히 저렇게 사이가 좋다면, 관계를 변화시키는 것에 대한 두려움을 느껴도 이상할 게 없다. 하지만 내가 부추긴 후로 히가시라 양은 자신감이 없는 듯한 모습을 보이긴 했어도, 차이면 친구로 지낼 수 없을 거라는 두려움을 겉으로 드러내지는 않았다.

나는 러브레터를 건넨 후로도 계속 두려움에 사로잡혀 있었는데 말이다. 의외로 간이 큰 걸지도 모른다.

"—히가시라."

미즈토가 차분한 목소리로 부르자, 히가시라 양은 움찔하며 어깨를 부르르 떨었다.

"네 가슴이 내 팔에 닿았어."

일전의 그 일 때문에 놀라지는 않았지만, 역시 이 남자는 인간미가 없는 게 아닐까? 왜 저렇게 당당히 지적하는 거야? 순정이라는 걸 갖추지 못한 거 아냐?

"(작전대로 해……!)"

아카츠키 양은 기도하는 심정으로 그렇게 말했다. 이 사태를 예상한 우리는 미리 히가시라 양에게 적절한 대처법을 알려줬다.

즉, 이 상황에서의 정답은—.

『아…… 죄, 죄송해요…….』

이거! 그리고 이어지는 얼굴 붉히기!

아카츠키 양은 내 제안을 듣더니 『나는 그런 여자와는 절대 친구가 못 되지만, 히가시라 양이라면 오히려 괜찮을지도 몰라』 라고 평가했다. 이미 친구가 됐거든?

우리는 히가시라 양의 혼신의 얼굴 붉히기를 기대하며, 다음 전개에 주목했다.

히가시라 양은 몸을 떼더니, 고개를 숙이며 미즈토를 슬며시 올려다보았다.

"""(오오……!!)"""

완벽한 반응! 이제 부끄러워하며 사과하기만 하면―.

"아……."

히가시라 양은 말했다.

"……일부러 댄 거예요."

"뭐?"

"""(뭐?)"""

미즈토와 우리가 같은 반응을 보였다. 히가시라 양이 무슨 소리를 하는 거지?

"보기와 달리 납작 가슴 파인 미즈토 씨에게, 글래머가 얼마나 좋은 건지 포교해줄까 해서요! 자, 마음껏 모성애를 느껴주세요!"

"하지 마~!"

히가시라 양이 미즈토의 등에 자신의 가슴을 댔다. 미즈토의 어깨에 커다란 가슴이 놓여 있지만, 그것은 친구끼리의 장난에 지나지 않았다―.

하지만.

"(히가시라 양…….)"

아카츠키 양이 어이없다는 표정을 지었다. 그럴 만도 했다. 왜냐하면—.

미즈토에게 절대 보이지 않을 위치인 등 뒤편에서…….

히가시라 양이, 울상을 지은 채 얼굴을 붉히고 있었던 것이다.

“(그 표정을 보여주란 말이야.)”

“친구끼리의 장난질로 넘어가면 어떻게 해~.”

또 도서실 근처의 여자 화장실로 불려온 히가시라 양은 우리 앞에서 고개를 푹 숙였다.

“무리예요……. 느닷없이 귀여운 여자애 같은 무브를 하라니…….”

“귀여운 여자애가 되어야만 남친이 생긴단 말이야~!!”

“지, 진정해. 히가시라 양의 심정도 이해하는걸……. 뭐랄까, 여자 취급을 안 받는 게 편하다고나 할까…….”

“그, 그래요! 바로 그거예요! 그편이 편하다고요!”

히가시라 양은 고개를 끄덕였다.

나도 옛날에는 그랬다. 여자애로 여겨지는 게 귀찮아서, 일부러 꾸미지 않았다. 히가시라 양은 크기를 이용한 농담으로 넘어가는 것을, 그녀 나름의 생존 전략으로 여기는 것 같았다.

"뭐, 그 심정이 이해 못 하는 건 아냐. 하지만 계속 도망만 치다간, 이리도가 너를 돌아봐 주는 건 꿈만 같은 일일걸? 하다못해 친구 같은 태도라도 어떻게 해야……."

"……그렇지만, 저와 미즈토 씨는 친구가 맞는걸요."

히가시라 양은 작은 목소리에 강렬한 거부감을 담으며, 단호하게 말했다.

"좋아하긴 하지만, 친구가 맞아요. 친구를 좋아하게 되면 안 되나요? 좋아하게 되면, 친구 사이를 관둬야 하나요……?"

히가시라 양은 고개를 숙인 채로 아카츠키 양의 눈을 똑바로 바라보며, 그렇게 말했다— 절대 양보할 수 없는 선을, 그녀는 주장하고 있었다.

연인 사이가 되고 싶지만, 친구 사이를 관두고 싶은 건 아니다. 억지처럼 들릴지도 모르는 주장이지만, 그 안에는 숨막힐 듯한 절실함이 어려 있었다.

우리와 히가시라 양의 사이에는 결정적인 차이점이 존재할지도 모른다.

히가시라 양은 어디까지나 미즈토와 더 친해지고 싶어서 연인이 되려고 하는 것이며, 이제까지와 다른 관계를 추구하고 있지 않다.

그녀에게 있어, 연인이란 친구의 연장선에 지나지 않는다.

그래서 히가시라 양은 연인이 되고 싶다는 이유로, 친구 관계를 희생시키자는 생각 자체를 하지 않는 것이다.

하지만, 나와 아카츠키 양은 다르다.

연인은 좀 더 특수한 관계라고 생각하고 있다. 여러 명이 존재하는 친구와 달리, 특별하고, 격이 다르며, 가치 있는 것으로 여긴다…….

"……응. 그렇구나…… 좋아, 알았어."

아카츠키 양은 이해한 것처럼 몇 번이나 고개를 끄덕이더니, 화해를 청하듯 미소 지었다.

"미안해, 히가시라 양. 태도를 바꾸라는 말은 이제 안 할게. 히가시라 양은 자연스럽게 행동하는 편이 좋을 것 같아."

"그, 그런가요……. 다행이에요……."

히가시라 양은 안도의 한숨을 내쉬었다. 자신의 의지를 주장하는 것에 익숙하지 않은 것이리라.

아카츠키 양은 빙긋 웃으면서…….

"하지만, 자신감이 부족한 건 문제야."

"어?"

"아까 여자 취급은 안 받는 게 편하다고 말했지? 내 생각에 그건 여자로서 자기 자신에게 자신감이 없기 때문 아닐까? 전부는 아니더라도 상당 부분을 차지한다고 생각해."

"윽…… 그, 그렇지는……."

"그럼 상상해봐. 자기가 만화의 히로인 같은 슈퍼 미소녀라면, 그 미모로 이리도를 유혹하지 않을 거야? 자기를 의식해서 얼굴을 붉힌 이리도를 보고 싶지 않아?"

"으으윽…… 보, 보고 싶어요……."

……보, 보고 싶어…….

"조금이라도 여자로서 자신감을 가지게 되면, 이리도를 보는 관점도 분명 변할 거라고 생각해. 그러니까—."

방긋방긋~ 하고 진심에서 우러난 환한 미소를 머금은 아카츠키 양이 말했다.

"이제부터 히가시라 양은, 변신을 좀 해줘야겠어요."

아카츠키 양은 히가시라 양을 움켜잡더니, 반강제적으로 자기 맨션으로 연행했다.

엘리베이터에서 내린 아카츠키 양은 「잠시만 기다려」 하고 말하며 나와 히가시라 양을 기다리게 한 후, 자기 집의 옆—카와나미 가의 문에 슬며시 귀를 댔다.

"……좋아. 지금은 없는 것 같네. 기회야. 두 사람 다 들어가자."

"그렇게 카와나미와 만나고 싶지 않은 거야……?"

"당연하잖아."

대체 두 사람 사이에 무슨 일이 있었던 걸까…… 신경 쓰이지 않는다면 거짓말이겠지만, 지금은 히가시라 양이 우선이다.

히가시라 양과 함께 아카츠키 양의 집에 들어갔다. 일전에 신세 졌을 때 이후로 처음 왔지만, 역시 부모님은 계시지 않았다.

아카츠키 양은 히가시라 양의 팔을 잡아끌며 자기 방에 들어가더니, 그녀를 화장대 앞에 앉혔다.

"어, 어. ……저기, 이제부터 뭐가 시작되는 거죠?"

"너의 변신 장면이야, 히가시라 양♪"

"벼, 변신 소녀물?! 코, 코스프레는 좀……."

"여자애는 누구나 매일 얼굴에 코스프레를 하고 외출해. 맨 얼굴로 돌아다니는 건 너뿐일걸? 보안 의식 제로의 정보 약자!"

"저, 정보 약자……."

히가시라 양은 그 말에 상처를 입은 것 같았다. 오타쿠에게 위력적인 독설 같았다.

얼이 나간 그녀의 머리카락을, 아카츠키 양이 익숙한 손길로 빗질해줬다.

"앗……! 호, 혹시 화장하는 거예요?! 저, 지금부터 화장을 당하는 건가요?!"

"이제야 눈치챘어? 여자로서의 자신감을 얻기 위해서는 일단 외모를 귀엽게 꾸미는 게 좋아. 화장에 들인 수고만큼 자신감을 획득하는 시스템이거든."

"시, 싫어요! 싫어요!! 화, 화장 같은 건 무리예요! 어울리지도 않고요!"

"화장에 어울리고 안 어울리고가 어디 있어. 괜찮아~. 히가시라 양은 본판이 좋은걸. 조금만 손봐주면 대만 아이돌처럼 될 거야."

"그럼 완전 딴판이 되는 거 아니에요?!"

"그래서 내가 아까 말했잖아? 변신 장면이라고 말이야."

"변신 소녀물의 변신 장면에서도 얼굴은 달라지지 않거든요?! 끄아앗~!!"

비명을 지르는 히가시라 양에게, 아카츠키 양이 재미있다는 듯이 화장을 시켜줬다. 톡톡, 슥슥, 꾹꾹, 슬슬. 완성 상태의 이미지가 머릿속에 처음부터 존재하는 건지, 손놀림에 한 치의 망설임도 없었다. 대단해…….

"유메는 평소에 어떤 식으로 해~? 거의 안 하지?"

완전히 견학 모드인 나에게, 아카츠키 양이 손을 놀리며 물었다.

"나는 그렇게 어려운 건 못하거든……. 눈썹을 가다듬고, 피부 관리 정도만 해. 화장보다는 머리카락을 다듬는 게 더 시간이 걸릴지도 몰라."

"하긴~. 길고 예쁘잖아. 엄청 성가실 것 같아~. 왜 그렇게 기른 거야?"

"그건……."

말을 고를 필요가 있었다. 사실대로 설명하려면 중학생 시절의 이야기부터 해야만 한다.

"……이미지 체인지, 일까. 예전과는 다른 내가 되고 싶었다, 고나 할까……."

"흐음. 그럼 다른 자신이 됐어?"

"글쎄……."

된 것 같은 느낌도 들고, 되지 못한 듯한 느낌도 들었다.

이렇게 아카츠키 양과 이야기를 나누고 있는 것 자체가, 중학생 시절의 나에게는 있을 수 없는 일이었다. 하지만, 그 남자가 얽히면…….

"대답을 망설일 정도로는 효과가 있었나 보네. 잘됐네, 히가시라 양. 바로 옆에 전례가 있어."

"……저 같은 건…… 다소, 얼굴에 가루나 물 좀 뿌린다고……."

"남의 화장품을 가루나 물 취급하는 건 좀 그렇지 않을까요. ……과연 이걸 보고도 그런 소리를 할 수 있으려나?"

고개를 숙인 히가시라 양의 얼굴을, 아카츠키 양은 손으로 잡고 들어 올렸다.

히가시라 양의 시선이 정면에 있는 거울로 향했다.

거기에 비친 자신의 얼굴을 바라보았다.

"……어……."

긴 앞 머리카락을 머리핀으로 고정해 아낌없이 드러낸 얼굴을 본 히가시라 양은 눈을 계속 깜빡였다. 그 커다란 눈동자는 동그랗고, 조그마한 코는 사랑스러웠으며, 입술은

윤기 있었다. 볼은 갓난아기처럼 둥그스름해서, 앳되면서도 여성적인 요염함을 자아내고 있었다.

"……미…… 미소녀가 있는데요……?"

떨리는 손가락으로 거울을 가리킨 히가시라 양이 우리를 돌아보았다.

그녀는 거울에 비친 모습만 보였다. 하지만 우리는 실물을 보고 있었다. 거울 속의 미소녀와 똑같은 실물을 말이다.

아카츠키 양은 히죽 웃으면서…….

"소개하겠습니다~! 이 미소녀는 히가시라 이사나 양이라고 합니다~! 사이좋게 지내주세요~."

"에, 에이, 말도 안 돼요! 하나도 비슷하지 않거든요?! 이 정도면 특수 분장이에요! 화, 화장 무서워……!"

부들부들 떠는 히가시라 양을 본 나는 그리움을 느끼며 말했다.

"아까부터 보고 있었지만, 아카츠키 양이 손댄 곳은 눈썹과 속눈썹 정도야. 전혀 다른 분위기로 꾸며주는 화장이라면, 이렇게 짧은 시간이 끝날 리가 없잖아."

"맞아. 가볍~게 파운데이션도 해줬지만 말이야. 하지만 기본적으로 원래 얼굴에서 크게 달라지지는 않았어, 히가시라 양."

히가시라 양은 믿기지 않는다는 듯이 거울 속의 자신을 뚫어지게 쳐다보고 있었다. ……뭐, 저러는 심정도 이해는 돼. 지금까지 거울을 제대로 쳐다본 적도 없을 테니 말이야.

"본판이 좋다고 말했지? 그래서 눈썹과 속눈썹을 다듬어 주고, 앞 머리카락을 올려서 얼굴이 잘 보이게 하는 걸로 충분! ……즉, 내가 히가시라 양에게 한 건—."

용기를 두려는 듯이 히가시라 양의 어깨에 손을 얹은 아카츠키 양이 말했다.

"—너의 원래 귀여움을 끌어내 줬을 뿐이거든? 너는 원래, 이만큼이나 귀여웠던 거야."

그러자 히가시라 양은 아, 하고 숨을 삼켰다.

"……제가…… 제가, 귀엽다고요……?"

이제까지, 생각도 못 했으리라. 자신이 귀여워질 수 있다는 가능성을…….

중학생 시절의 나도…… 그랬다.

"뭐, 직접 할 수 있게 되면 실감이 날 거야. 이 정도는 금방 할 수 있을 테니까, 가르쳐줄게. 화장 도구도 남는 걸 증정하겠어! 그럼 내일부터 이리도를 만날 때는 이렇게 꾸미도록 해."

"네엣?! 이, 이 모습을 보여주라고요?! 미즈토 씨에게?! 무, 무리예요! 무리무리무리!"

히가시라 양은 얼굴을 감추듯 몸을 웅크렸다. 아카츠키 양은 씨익 웃더니, 그녀의 귓가에 입을 대며—.

"—보여주고 싶지?"

그야말로 악마의 속삭임이었다.

그렇기에, 효과가 있었다.

히가시라 양은 고개를 약간 들더니, 손가락 사이의 틈으로 거울을 쳐다보았다. 거기에 비친 자기 자신을, 예전보다 귀여워진 자신을, 확인하고, 신음을 흘리더니, 입술을 꾹 모은 후—.

머뭇머뭇, 얼굴을 가리던 손을, 무릎 위에 올려놓았다.

그 모습을 본 아카츠키 양이 환한 미소를 짓더니, 히가시라 양을 꼭 끌어안았다.

"여어, 미소녀! 라노벨 히로인도 빰치겠네!"

"아뇨. 라노벨 히로인이 더 귀엽다고 생각해요."

"그 대답은 한치의 주저도 없네……."

아카츠키 양의 예상대로, 그날을 경계로 해서 히가시라 양의 의식이 달라졌다.

미즈토와 만날 때 한정으로 몸가짐을 단정하게 됐고, 여자력 레벨 1이었던 그녀가 2, 3, 4 하고 매일 성장하는 게 느껴졌다. 참고로 일반적인 여자력은 30 정도다.

물론, 히가시라 양의 눈이 다소 똑똑히 드러나봤자 그 벽창호는—.

"눈이 왜 그래? 밤샘이라도 했어?"

—이런 식이었다. 진짜 빌어먹을 남자라니깐. 히가시라 양이 저렇게 속눈썹을 가다듬느라 얼마나 고생했는지 알긴 해?

"저기, 저딴 녀석을 남친으로 만드는 건 포기하는 편이 좋지 않겠어?"

"동감이야."

"그, 그런 소리 마세요……. 제 몸을 걱정해줬을 뿐이에요……."

아아, 참 갸륵해라……. 저 남자는 왜 이 애의 마음을 눈치채주지 않는 걸까. 얼굴이라도 좀 붉히란 말이다. 조금은 허둥대. 점잔 빼지 말라고.

히가시라 양에게 감정이입을 하게 될수록, 둔감한 의붓동생을 향한 내 적의는 점점 부풀어 올랐다.

"……이봐, 적의에 찬 그 시선은 뭐야?"

"아무것도 아냐. 언젠가 따끔한 맛 좀 보라고 생각하는 것뿐이거든? 여자한테 칼침을 맞는다거나 말이야."

"…………."

미즈토는 새파랗게 질린 얼굴로 나와 거리를 벌렸다.

되게 호들갑이네. 나는 저녁 식사 때 쓸 당근을 부엌칼로 확 썰어버렸다.

그렇게, 일주일이 지났다.

6월도 중순에 드나들면서 장마 기간에 접어들기 시작한 즈음에는 우리와 히가시라 양의 노력이 서서히 성과를 보이기 시작했다.

"안녕하세요~ 미즈토 씨."

"아, 히가시라……."

도서실에 들어오기 전에 화장을 하게 된 히가시라 양은 예전과 반대로 미즈토를 기다리게 하고 있다. 「방과 후가 아니라 아침에 해」 하고 아카츠키 양이 말했지만, 본인은 「졸려서 싫어요~」 하고 말하며 양보하지 않았다. 히가시라 양은 미즈토 이외의 사람을 위해 화장을 할 이유를 찾지 못한 것이리라.

평소와 마찬가지로 히가시라 양은 신발과 양말을 벗더니, 미즈토의 옆에 앉았다. 스킨십 작전도 진행 중이기에, 어깨가 닿을 정도로 붙어 앉자—.

"…………."

미즈토는 엉덩이를 옆으로 빼며 거리를 벌렸다.

"……어?"

히가시라 양은 의아하다는 듯이 그의 얼굴을 올려다보더니, 벌어진 거리를 좁혔다.

스륵.

미즈토가 거리를 벌렸다.

스륵.

히가시라 양이 거리를 좁혔다.

스륵. 스륵. 스륵.

두 사람이 똑같은 짓을 반복하며 창가 공소설비 위를 계속 미끄러지듯 이동한 결과, 결국 미즈토는 창가로 몰리고 말았다.

"미즈토 씨, 왜 도망치는 거예요?"

"나는 개인 공간을 꽤 넓게 가지거든. 내 영역을 더 침범해봐. 지옥을 보게 될 거야."

"호오~. 어디 보여주시죠. 그 지옥이란 것— 쓰으으으으을?!"

훔쳐보고 있던 우리는 화들짝 놀랐다. 갑자기 미즈토가 히가시라 양의 머리카락을 헝클어뜨린 것이다. 마치 강아지를 씻기듯이 말이다.

모처럼 가다듬은 머리카락이 막 잠에서 깨어난 것처럼 엉망진창인 상태가 됐다.

"뭐, 뭐 하는 거예요~!"

"지옥을 보여준 거야. 머리카락 세팅을 연습할 기회가 생겼으니, 잘된 거 아냐?"

"어?"

""(어?!)""

히가시라 양도, 지켜보고 있던 우리도 눈을 치켜떴다.

혹시— 히가시라 양의 노력을 눈치챘던 거야?!

게다가, 아까 전의 저 남자답지 않은 행동— 멋쩍음을 숨기려고 한 게 분명해!

미즈토가 다시 독서를 시작한 가운데, 히가시라 양은 거동 수상자로 전락하고 말았다. 그녀는 한동안 의미도 없이 좌우를 둘러보더니…… 이윽고 앞 머리카락을 움켜쥐었다.

"이…… 이건 괴롭힘이에요. 괴롭힘이라고요……."

"그럴지도 모르겠네."

"그…… 그럼……."

히가시라 양은 자신의 가방을 뒤져서 빗을 꺼내더니…….

"같이…… 괴롭힘을 당해줄 거죠? 미즈토 씨."

그렇게 말하면서, 머뭇머뭇 미즈토에게 빗을 내밀었다.

그 이야기의 흐름을, 나와 아카츠키 양은 이해하지 못했다.

하지만 미즈토는 책에서 눈을 떼더니, 그 빗을 쳐다보며…….

"……어쩔 수 없지."

체념한 듯이 옅은 웃음을 흘린 후, 빗을 건네받으면서 히가시라 양을 돌려 앉혔다.

자기가 엉망으로 만든 머리카락을, 미즈토는 정성스럽게 빗질해줬다. 히가시라 양은 빗질을 받는 강아지 같은 표정으로, 기분 좋은 듯이 그에게 몸을 맡기고 있었다.

"(……저기, 유메.)"

아카츠키 양은 그 모습을 보며 말했다

"(이제 고백해도 괜찮을 것 같지 않아?)"

반론이 생각나지 않았다.

"무리예요."

다음날.

만나기로 약속한 패밀리 레스토랑에서, 히가시라 양은 세차게 고개를 저었다.

"아직 멀었어요. 무리예요. 벌써 고백을 하라니……!"

"에이, 괜찮아. 걱정하지 마."

"뭐가 괜찮다는 거예요! 절대 무리예요~! 무리무리무~리~!!"

테이블에 넙죽 엎드린 히가시라 양이 고개를 저어댔다. 마치 응석꾸러기 같지만, 심정은 이해한다.

"아카츠키 양. 역시 좀 더 시간을 들이는 편이 좋지 않을까? 마음의 준비도 해야 할 테고……."

"그, 그래요! 마음의 준비가 아직이라고요!"

"그런 건 지금 해."

"네엣?!"

"저기 말이야. 마음의 준비 같은 건 지금 바로 안 하면 평생 못 해! 미래의 자기 자신에게 과도한 기대를 걸지 마! 내일 하자고 생각하는 녀석은 바보 멍청이란 말이야!"

아카츠키 양은 멜론 소다를 벌컥 들이키더니…….

"고백이란 건 말이지? 미루면 미룰수록 하기 힘들어져. 관계가 정립되어 버린다고나 할까? 오랫동안 친구로만 여겨왔던 애와 갑자기 연인이 되라고 해도 곤란하잖아. 그러니 가능한 한 빨리 고백해버리는 편이 그나마 성공률이 높아."

초면에 고백하는 건 논외지만 말이야, 하고 아카츠키 양은 말했다.

왠지 이제까지 들었던 말 중에서 가장 무게감 있는 말이라는 느낌이 들었다.

그녀도 있었던 걸까. 오랫동안 이어져 온 관계를 바꾸고 싶다고 생각한 적이…….

"그런 점에서 볼 때, 히가시라 양은 아직 기회가 있어. 아직 만난 지 2, 3주밖에 안 됐잖아? 아직은 수정할 수 있어. 게다가…… 마음의 준비라는 건 시간을 들인다고 자연스럽게 되는 게 아니야. 지금 고백하지 않는다면 평생 고백하지 못한다고 생각하는 편이 나을 거야."

……만약 내가 첫 한 달, 중학교 2학년 여름방학에 고백하지 않았다고 생각해보니 아카츠키 양이 말이 옳다는 느낌이 들었다. ―아아, 나는 분명 고백 같은 거창한 짓을 평생 하지 못했으리라.

첫 한 달.

들떠 있을 때가 아니라면, 정신적으로 이상할 때가 아니라면, 고백 같은 걸 하자고 생각하지도 못했을 것이다.

연애라는 건 마음이 진정된 순간, 거품처럼 터져버리고 마니까.

"으…… 으으음……. 확실히 저한테는 러브코미디에서처럼 구질구질하게 고민을 다 한 후에 고백할 용기가, 없지만…….”

“그렇지~? 현실의 연애는 만화처럼 몇 년이나 이어지지 않아~.”

“……저기. 그럼 만약 사귀게 되더라도 금방 헤어질 거란 소리처럼 들리는데요.”

“그런 뜻 아냐~.”

“맞잖아요! ……서, 선생님! 그렇지 않죠?! 몇 년 동안 이어지는 연애도 있죠?!”

“……이, 있어.”

“눈빛이 흔들려!!”

실질적으로 1년도 버티지 못한 사람한테 묻지 마!

“뭐, 두 사람의 관계가 몇 달 동안 이어질지는 일단 제쳐두기로 하고…….”

“몇 달! 방금 몇 달이라고?! 몇 년이 아니라요!”

“내 생각에 승산은 꽤 있다고 생각해. 이리도가 거절할 이유가 없는걸. 히가시라 양은 귀엽고, 마음도 잘 맞는 데다, 이리도는 현재 솔로잖아. 충분히 해볼 만해!”

“그렇지는…….”

히가시라 양은 앞 머리카락을 잡아당기며 몸을 웅크렸다.

“……저는, 음침하고…… 성가실 뿐인…… 가슴만 큰 여자인데…….”

“이 짜식, 가슴에 대한 자신감 하나는 흔들림이 없네~.”

아카츠키 양은 싱글벙글 웃으면서 분노를 드러내더니…….

"유메는 어떻게 생각해? 히가시라 양한테 승산이 있다고 봐?"

나는 테이블 표면을 쳐다보며 다시 생각했다.

그 남자에 대한 것.

함께 보낸 시간.

나와 같이 있을 때의 표정.

했던 말. 행동.

"……그 남자는 여자를 스펙으로 평가하지 않아."

그리고, 히가시라 양과 함께 있을 때의 미즈토를 떠올렸다.

"히가시라 양과 함께 있을 때의 그 녀석은 즐거워 보여. ……그러니까, 더욱 같이 있고 싶다고 말하면, ……거절할 리가, 없어."

만약 히가시라 양이 진짜로 예전의 나와 똑같은 사람이라면 단언하지 못했을 것이다.

하지만, 그녀는 나와 다르다.

그 남자와는 진짜로 취미가 맞아 보였다. 더할 나위 없을 정도로 말이다. 그러니 괜히 신경을 쓰거나 부담을 가질 필요도 없다.

마음이 맞는 것 같으면서도 실은 여러모로 신경을 써야만 했던 나와는, 명백하게 다르다.

자신감이 없는 점 또한, 그 남자라면 잘 커버해줄 것이다. ―그런 부분에 대한 실적 하나는 확실하니 말이다.

아무리 생각해봐도…….

이리도 미즈토의 연인에 가장 걸맞은 사람은, 히가시라 이사나 이외에는 없다.

나란 존재는, 한때의 실수였다고 여겨질 정도로 말이다.

"……정말, 인가요……?"

불안과 기대가 뒤섞여 있는 가녀린 목소리로, 히가시라 양이 중얼거렸다.

"제가…… 미즈토 씨의 여친이, 될 수 있을까요……?"

금방이라도 꺾일 듯한, 그런데도 필사적으로 앞을 바라보려 하는 그 모습과 예전의 내가 포개졌다.

하지만, 그녀는, 예전의 내가 아니다.

괜한 소리를 해서 전부 망쳐버린, 어리석은 아야이 유메가 아니다.

그녀와 겹쳐서 본 것은…….

아직 실패하지 않은— 끝까지 행복했을지도 모르는, 나였다.

"될 수 있어."

그렇기에, 등을 밀어줄 수밖에 없었다.

내가 볼 수 없었던 것을, 그녀라면 볼 수 있을지도 모르니까.

가슴 깊은 곳을 쑤시는 고통도, 그 희망 앞에서는 아무런 의미도 없다.

"—내가(전 여친이), 보장해줄게."

그 후, 우리는 구체적인 고백 방법을 논의했다.

"역시, 러브레터가 좋을까요?"

"뭐~? 너무 고리타분하지 않아? 한밤중의 텐션으로 쓴 평정심 제로의 포엠 같은 문장을 보여주려는 거잖아? 내가 만약 그랬다면 이 세상 하직할 거야~."

"으그윽……!"

우발적으로 한 거야……. 젊은 날의 치기였어……. 그렇게 부끄러운 문장을 쓸 생각은 없었어…….

그런 에피소드가 발생하기도 한 가운데, 고백은 학교 건물 뒤편으로 불러내서 심플하게 하기로 했다.

그 후로는 미나미 아카츠키 교관의 고백 연습이 시작됐다.

"리피트 애프터 미~. 『좋아해요. 저와 사귀어 주세요!』."

"조, 조아해효! 저, 저와 사귀어…… 으으……."

"혀 꼬이지 마! 부끄러워하지 마! 당당하고 똑 부러지는 목소리로 말해! 그러면서 약간 더듬는 거야!"

"너무 어려워요!"

그렇게 하루가 흐르고—.

〈이자나미: 답장 왔어요. 다섯 시에 보기로 했어요〉–22:48

〈이자나미: 토할 것 같아요〉–22:48

〈아카츠키☆: 수고했어~! 다섯 시구나. 사람 없는 시간대를 지정했네. 이리도도 눈치챈 것 같아〉–22:49

〈Yume: 토할 거면 오늘 토해. 시큼한 냄새가 나는 입으로 고백을 하고 싶지 않다면 말이야〉-22:49

〈아카츠키☆: 유메도 토할 것 같았어? ㅎㅎ〉-22:50

〈Yume: 노 코멘트〉-22:50

나는 러브레터여서, 눈앞에서 상대가 읽고 있는 와중에 구역질과 복통의 더블 콤보를 겪었다. 화장실에 확 갔다간 어렴풋한 희망도 소멸해버릴 것 같아서 참았지만 말이다.

〈아카츠키☆: 다섯 시면 시간상으로 여유가 있네. 머리카락과 눈썹을 정돈해줄게. 수업 끝나면 모이자〉-22:51

〈이자나미: 고마워요〉-22:51

히가시라 양은 긴장한 탓인지 문장이 평소보다 명백하게 짧았다.

그걸 보니, 나까지 왠지 긴장됐다.

〈아카츠키☆: 어떻게 할래? 유메한테 정찰해달라고 할까? 이리도도 지금쯤 동요했을지도 몰라〉-22:52

〈이자나미: 결국 불안만 더 느낄 것 같아요〉-22:53

〈Yume: 오늘은 일찍 자는 편이 좋을지도 몰라〉-22:53

〈이자나미: 잠이 안 올 것 같아요〉-22:54

〈아카츠키☆: 바보 같은 영상이라도 보며 머리를 비워. 추천하는 거 보내줄게〉-22:54

아카츠키 양이 동영상을 몇 개 올려주자, 히가시라 양은 〈고마워요〉 하고 짤막하게 답한 후에 침묵했다.

눈밑에 다크 서클이 생긴 채 고백하는 사태는 벌어지지 않았으면 좋겠는데…….

내 일처럼 걱정하고 있을 때, 갑자기 스마트폰에서 착신음이 흘러나왔다.

아카츠키 양한테 온 전화였다. 응답을 하며 귀에 댔다.

"여보세요?"

『이야~ 우리도 긴장되기 시작했네.』

웃음기 섞인 그 말에, 나도 웃으면서 「맞아」 하고 답했다. 그 후…….

"……결국, 나는 그다지 도움이 안 됐어. 아카츠키 양이 주도적으로 조언을 해줬네……."

『그렇지 않아. 나 혼자였다면, 히가시라 양은 옛날옛적에 포기했을걸?』

"그럴까?"

『그래.』

무슨 근거라도 있는 건지, 아카츠키 양의 목소리는 확신으로 가득 차 있었다.

『저기, 유메? 의붓동생한테 여친이 생기게 된 기분이 어때?』

"……성공, 할 거라고 생각해?"

『하지 않겠어? 자연스럽게 생각해보면 말이야.』

"자연스럽게?"

『인상이 너무 나쁘지만 않다면 말이지? 고백할 용기만 있으면 성공률은 꽤 높다고 생각해. 안 그래? 자기를 좋아해 준다는 사실 자체가 상대방을 좋아하게 되기엔 충분한 이유 아닐까?』

그건…… 확실히 맞는 말일지도 모른다. 자신을 좋아해 주는 사람을 좋아하게 된다. 그것은 자연스러운 심리라고 생각한다.

『뭐, 「흥미 없는 사람의 호의만큼 기분 나쁜 건 없다」라는 명언도 있지만 말이야. 나는 솔직히 그쪽에 가까워.』

"너무해!"

『거꾸로 보자면, 이미 친구로 사이좋게 지내고 있는 히가시라 양이라면 괜찮지 않겠어? 마음이 안 맞는 것도 아니고, 거절했다간 서먹해질지도 모른다는 걱정도 있는 데다, 고개만 끄덕이면 여친이 생겨. 설령 연애 감정이 없더라도 이제부터 좋아하게 될지도 모르니, 일단 오케이해두는 게 자연스러운 흐름이라고 나는 생각하는데 말이야~.』

"……그럴지도 몰라."

『하지만, ……이리도는 부자연스러운 사람이잖아.』

아카츠키 양은 약간 가라앉은 목소리로 말했다.

『그 점이 좀 우려가 되긴 해. 방금 그건 여친이라는 존재에게 가치가 있다고 여기는 사람의 이야기야. 하지만 이리도는 아마 그렇지 않을걸?』

"……그래?"

『응. 이리도는 여친 따위 없어도 충분히 살아갈 수 있는 사람이야. 연인이란 말, 스테이터스에 눈곱만큼의 가치도 두지 않아. ……그러니까, 그런 사람이 굳이 여친을 만들려고 한다면—.』

그리고 이어진, 아카츠키 양의 말은…….

내 안에서, 숨 쉬는 것조차 잊을 만큼 강렬하게 울려 퍼졌다.

『뭐, 전부 내 망상일 뿐이지만 말이야!』

아카츠키 양은 농담이라고 얼버무렸지만, 내 머릿속에서는 아까 들은 말이 계속 맴돌고 있었다.

그렇다면.

그렇다면, 나는—.

『잘 자, 유메. 내일 열심히 지켜보자.』

"어, 아, 응. ……훔쳐보는 걸 너무 당연시하는 거 아냐?"

『상담 상대가 되어준 사람의 의무야~.』

이때 나는 자신이 약간 우울해하고 있다는 것을 눈치챘다.

왜일까?

그 수수께끼의 답을 찾기 전에, 나는 전화를 끊고 이불을 뒤집어썼다.

좀처럼 잠이 오지 않았다.

이불 안에서 몸을 뒤척이기만 하는 생물이 된 나는 어쩔 수 없이 일단 몸을 일으켰다.
히가시라 양의 긴장이 나한테 전염된 것일까.
일단 물이라도 마시며 진정하자…….
방을 나선 나는 1층으로 내려갔다. 불이 꺼진 거실에 들어가서, 손을 더듬으며 전등 스위치를 찾았다. 두 달이나 이 집에서 살았더니, 스위치가 어디 있는지 정도는 몸이 기억하고 있었다.
스위치를 누르자, 거실이 환해졌다.
그제야, 소파에 누군가가 앉아있다는 것을 눈치챘다.
"우왓?!"
무심코 비명을 지르자, 소파에 있던 누군가가 천천히 나를 돌아보았다.
미즈토였다.
마음이 다른 곳에 가 있는 듯한 분위기였으며, 나를 보고도 눈 한번 깜빡이지 않았다.
"뭐…… 뭐 하는 거야……. 불도 꺼놓고……."
"……생각 좀 하고 있었어."
미즈토는 그렇게 말하더니, 천장을 올려다보았다.
생각.
분명…… 히가시라 양과의 일을 생각하는 게, 틀림없다.
내일 히가시라 양에게 고백을 받으리라는 것을 이 벽창호도 눈치챘을 것이다. 그 증거로, 이 남자는 사람이 적은 시간대에 히가시라 양과 만나자고 했다. 무엇 때문에 부른 것인지 알기에 그런 배려를 한 것이다.

고민하고 있는 걸까.

내일 고백……을 받아들일지를 말이다.

히가시라 양에게 있어, 연인 사이가 된다는 것은 친구란 관계를 그저 발전시킨 것에 지나지 않는다. 딱히 이제까지의 관계가 없었던 것이 되진 않는다. ―그렇기에 히가시라 양은 고백을 받을 각오를 다졌으면서도, 미즈토를 대하는 태도가 달라지지 않았다.

그녀가 자신의 마음을 자각하고 보낸 시간은, 따지자면 체험 기간이었다.

연인이 되더라도, 이제까지의 관계가 끝나지 않는다는 것을 증명하기 위한 시간이었다.

억지로 태도를 바꾸지 않게 한 것은 결과적으로 정답이었다고 생각한다. 친구가 아니게 될 테니까, 라는 이유로 차일 가능성을 미리 없앤 것이니 말이다.

그러니…… 도망칠 곳은 없다.

모든 것은 미즈토의 마음에 달려 있다.

그렇다면, 답은 정해져 있는 것이나 다름없는데 .

"……저기."

미즈토는 천장을 올려다보며, 나에게 말을 건넸다.

"만약에…… 만약에 말이지?"

불안에 떠는, 미아 같은 목소리로…….

"나한테 새로운 여친이 생긴다면…… 너는, 어떻게 생각할 거야?"

심장이 아팠다.

곪은 상처가, 욱신거렸다.

그와 동시에…… 분노가 끓어올랐다.

"내가 어떻게 생각하든, 너와 상관없잖아."

히가시라 양의 노력을. 히가시라 양에게 해줄 대답을.

나에게 맡기려 하다니, 그런 뻔뻔한 짓—.

"네 마음 가는 대로 해."

나에겐, 결정권 같은 건 없다.

결정해야 할 사람은 이 남자다.

히가시라 양에게 해줄 대답은 이 남자만이 내놓을 수 있다.

설령, 그것이 어떤 것일지라도…….

"……너도, 히가시라도 같은 말을 하네."

"뭐?"

"네 말이 옳다는 소리야."

미즈토가 자조적인 미소를 머금으며 자리에서 일어났다.

문가에 서 있는 나에게 다가오더니, 지나치며 내 어깨를 가볍게 두드렸다.

"—미안해."

귓가에 그런 속삭임을 남기며, 옛 남친은 계단 위로 사라졌다.

나는 멍하니 그 자리에 몇 분 동안 서 있었다. 그리고 부엌으로 가서 컵에 물을 따랐다.

차가운 물이, 목을 통해 온몸으로 퍼져나갔다.

하지만, 충족감이 느껴지지 않았다.

공허했다. 마치 구멍이라도 뚫린 것처럼…….

—헤어지자.

불쑥, 그 남자와 헤어졌을 때가 생각났다.

어깨의 짐을 내려놓은 듯한, 그 개운했던 마음을 떠올렸다.

아아, 그래.

그 순간이, 그런 느낌이었던 탓에—.

—나, 실연이라는 걸, 해본 적이 없구나.

"—으음. 오케이!"

아카츠키 양은 빗을 넣더니, 히가시라 양의 얼굴을 여자 화장실의 거울에 비췄다.

"손님, 어떠신가요? 제가 생각해도 참 멋진 솜씨라고 생각하는데 말이죠~."

"…………이 정도면 사기 아닌가요?"

"합법이야! 그리고 별로 손보지도 않았거든?! 몇 번이나 말했지만, 히가시라 양은 꽤 귀여운 편이라니깐."

"에이~."

"결국, 자기 자신에 대한 평가는 그다지 달라지지 않았네……."

히가시라 양도 눌린 머리카락을 고치는 법과 립글로스를 바르는 법을 익혔지만, 역시 전문가(?)의 손길을 받으니 몰라보게 변했다.

원래부터 화장을 잘 받는 편이었으리라. 키가 크고, 몸매도 좋으며, 얼굴이 앳된 느낌이니…… 뭐랄까, 그라비아 아이돌 같아 보였다.

"멋을 조금만 부리면 딴판이 되는 부분도 그 남자랑 비슷할 줄은 몰랐어……."

"흐음~. 이리도도 꾸며주면 멋져지는 타입이구나~? 유메, 혹시 사진 있어?"

"제, 제대로 꾸민 미즈토 씨…… 보고 싶어……. 보고 싶어요……."

"……아, 아니~ 유감이지만, 사진은……."

내 스마트폰에 잠들어 있는 브로마이드 같은 사진을 보여줄 수는 없다.

이제부터 고백할 예정이니 말이다. 괜한 오해가 발생하는 건 피해야 한다.

여자 화장실에서 나와 보니, 학교 안에는 인기척이 없었다.

관현악부와 운동부가 연습을 하는 소리가 멀리서 들려올 뿐이었다.

우리 학교는 진학고인 만큼, 부활동에 힘을 실지 않는다. 우리 같은 귀가부가 많아서, 수업이 끝나고 한 시간 정도면 학교에는 사람이 거의 없다.

고백하기 딱 좋은 환경이었다.

"그럼 연습한 대로 해, 히가시라 양. 우리는 몰래 지켜보고 있을게!"

"히, 힘낼게요오……."

긴장한 나머지 무표정한 얼굴로 딱딱하게 굳어버린 히가시라 양을 보다 못한 나는 그녀의 어깨에 상냥히 손을 얹으며, 가능한 한 힘찬 목소리로 말했다.

"너라면, 해낼 수 있어."

나도, 해냈으니까— 네가 해내지 못할 리가, 없다.

스마트폰처럼 부들부들 떨고 있던 히가시라 양이 점점 진정하더니, 스읍~ 하아~ 하고 심호흡을 했다.

"……다녀, 올게요."

목소리도, 얼굴도, 아직 굳어 있지만— 히가시라 양은 당당한 걸음걸이로 고백 장소인 건물 뒤편으로 향했다.

우리는 그런 그녀의 등을 묵묵히 응시했다.

아카츠키 양이 구구절절한 목소리로 말했다.

"사랑이 사람을 바꿔놓는다는 게, 진짜인가 봐."

"마치 남 일처럼 말하네."

"……아~ 뭐, 나는 말이지? 나쁜 쪽으로 바뀌는 타입이거든."

거북한 표정으로 그렇게 말한 아카츠키 양은 얼버무리듯이 걸음을 옮겼다.

"유메, 우리도 빨리 가자. 책임감을 가지고 결말을 지켜봐야 하잖아!"

"……응. 지켜봐야 해."

나에게 존재했을지도 모르는 다른 결말을…….

나와 아카츠키 양은 고백 장소인 건물 뒤편의 바로 옆에 있는 교실에 숨었다.

창문을 통해 밖을 보니, 히가시라 양이 혼자서 안절부절못하며, 의미도 없이 앞 머리카락을 만지작거리거나 의미도 없이 돌멩이를 걷어차고 있었다. 그 남자는 아직 나타나지 않은 것 같았다.

내 옆에서 창가 바닥에 앉은 아카츠키 양이 스마트폰을 다급하게 조작하고 있었다.

"뭐 하는 거야?"

"사람들을 쫓아내고 있어."

교실은 텅 비어 있었다. 복도에도 사람이 없었다. 그리고 양옆의 교실에서도 인기척이 느껴지지 않았다.

아무리 부활동에 무게를 두지 않는 학교라고는 해도, 불가사의할 정도로 인적이 드물었다. 아카츠키 양이 손을 썼기 때문일까. 그렇다면 대체 어떻게……?

고등학생이 되고 처음 사귄 친구에게서 가늠할 수 없는 무언가를 느끼고 있을 때, 저벅 하고 새로운 발소리가 들려왔다.

"(왔어.)"

내가 그렇게 중얼거리자, 아카츠키 양은 스마트폰에서 손을 떼며 창밖을 쳐다보았다.

마침, 미즈토가 히가시라 양의 앞에 선 참이었다.

"……나 왔어, 히가시라."

미즈토는 약간 굳은 목소리로 말했다.

그 목소리는 진지했고, 절실했으며, 또한 각오로 가득 차 있었다.

그것은 히가시라 양에게도 분명 전해졌을 것이다. 자신의 노력이, 절대 헛되지 않았다는 것을 깨달았으리라.

"저, 저기…… 와, 와주셔서, 가, 감사해, 요……."

"그래."

그렇게 연습했으면서도 더듬거리는 히가시라 양에게, 미즈토는 상냥한 어조로 맞장구를 쳐줬다.

"저, 저기…… 말이죠. 시, 실은, 미즈토 씨에게, 하고 싶은 말이 있는데……."

"응."

"평소의 감사, 라고나 할까…… 감사라고 해도 아직 알고 지낸 지 2주밖에 안 됐지만, 그래도…… 아아, 그게 아니에요. 그런 게 아니라, 으음, 으음으음, 으음…………."

히가시라 양은 완전히 얼이 나가버렸다.

모처럼 정돈한 머리카락을 움켜쥐더니, 으~ 으~ 하고 신음을 흘리고 있었다.

아카츠키 양이 「우와아……」 하고 신음하더니, 더는 못 보겠다는 듯이 손으로 얼굴을 감쌌다.

하지만, 나는 눈을 떼지 않았다.

이 정도로 고백을 망칠 리 없다는 것을, 알기 때문이다.

"하고 싶은 말을, 하고 싶은 순서대로, 차분하게 말해줘."

히가시라 양의 템포에 맞추듯, 미즈토는 차분한 어조로 말했다.

"정리는 내가 할게. 책벌레라서 그런 건 자신 있거든."

……아아, 이거다.

히가시라 양이 좋아한다고 말한— 바로 그, 부드러운 목소리였다.

히가시라 양이 시선을 살짝 들어 올리더니, 안심한 것처럼 숨을 내쉬었다.

그리고 머뭇머뭇하면서도, 아까보다 알아들을 수 있게 이야기를 하기 시작했다.

"……도서실에서, 부딪쳤을 때. 미즈토 씨가 저한테 말을 건넸죠?"

"그래."

"저, 기뻤어요……. 취미가 같은 사람과 만난 것도 그렇지만…… 제 말을 귀찮아하지 않으며 들어준 게……. 저, 옛날부터, 이상한 애다, 삐뚤어진 애다, 성가신 애다, 같은 말을 들었어요……."

"응."

"제가 멋대로 이야기를 시작해도, 제대로 들어주는 사람…… 아니, 제대로 대답해주는 사람도…… 처음 만나서…… 기뻤고…… 정말, 정말, 즐거웠어요."

바로 그때, 지면을 향하고 있던 히가시라 양의 눈이 처음으로, 미즈토를 똑바로 향했다.

"더, 같이 있고 싶어요."

희미한 떨림과 함께, 말이 들려왔다.

"쭉, 같이 있고 싶어요."

기댈 곳을 찾듯, 있을 곳을 찾듯…….

"그러니까— 저를, 미즈토 씨의 여친으로, 삼아 주세요."

그리고 이어진 마지막 말은, 마치 마음에서 자연스럽게 흘러나온 것만 같았다.

“좋아해요.”

겨우 그 네 글자의 말이, 침묵 속에서 수도 없이 메아리쳤다.

전해지지 않았을 리가, 없다.

이렇게 순수하고, 이렇게 진지한 말을, 나는 들어본 적이 없다.

숨 쉬는 것조차 잊은 채, 나는 미즈토의 얼굴을 쳐다보았다.

그는 한동안 히가시라 양과 시선을 마주한 후, 긴장을 풀듯 미소 지었다.

“……친구라고, 항상 말했으면서 말이야.”

“아, 앗…… 그것도, 거짓말은 아니에요! 친구로서도 정말……!”

“나도 히가시라, 너와 같이 있으면 즐거워.”

휘잉 하고 바람이 분 듯한 느낌이 들었다.

하지만, 나무는 흔들리지 않았다. 머리카락도 흔들리지 않았다.

차가운 바람과 비슷하지만 다른 무언가가, 나의 내면만을 휘감았다.

"이렇게 마음이 맞고, 부담을 느끼지 않아도 되는 상대와 만난 건 태어나서 처음일지도 몰라. 그러니 분명, 너와 내가 사귄다면 더할 나위 없는 커플이 될 거야. 다투기도 하겠지만, 나와 너라면 신간 이야기라도 하다 보면 풀리겠지."

"……아……."

나는 눈을 감았다.

아까, 히가시라 양이 허둥댈 때는 눈을 떼지 않았으면서…… 왠지 지금은 보고 있을 수가 없었다.

—이제부터 이어질 말을, 나는, 알고 있다.

그는 이제까지 본 적이 없을 만큼 부드럽게 웃으면서…….

부끄러워하는 것 같으면서도, 상대방의 눈을 똑바로 바라보면서…….

이렇게 말했다—.

"—하지만, 미안해."

……어?

나는 눈을 떴다.

귀에 들린 건…… 내가 생각한 말과는, 정반대의 말이었다.

"미안해. 너와 사귈 수는, 없어."

그것이 예의라는 듯이, 미즈토는 다시 한 번 말했다.

나도.

아카츠키 양도.

그리고, 히가시라 양도.

다들 얼이 나갔다.

“어…… 어째서, 인가요……?”

이해하기를 거부하는 듯한 공허한 표정을 지은 히가시라 양이 떨리는 목소리로 물었다.

“저, 저를…… 역시, 여자애로, 볼 수 없는, 거예요……?”

“그런 게 아냐— 저기, 히가시라. 나도 남자니까, 여자애의 가슴이 몸에 닿거나 하면 반응을 하거든? 그 상대가 여자 사람 친구라도 말이지. 꼴사나운 소리지만, 나는 우정과 연애를 구별하지 못하는 것 같아…….”

“……그, 그럼……!”

“나도 말이지. 차분하게 생각해 봤어.”

미즈토의 입가에 난처하다는 듯이 쓴웃음이 어렸다.
"자신의 내면을, 감정을 돌이켜봤어. 그랬더니— 빈자리가, 없지 뭐야."
미즈토는 자조하는 듯한 어조로 말했다.
"나란 인간은 마음이 넓지 못해. 그래서 진심으로 마주할 수 있는 사람은 한 명이 한도인 것 같아. —그 한 자리를, 권리도 없으면서 아직 점거하고 있는 녀석이 있어."
……아.
"그리고 나는, 그 녀석을— 그럴 의리도 없으면서— 아직, 울리고 싶지 않다고 생각하나 봐."
말이 가슴에 스며들면서, 눈앞이 뿌옇게 변해갔다.
"그러니, 몇 번이든 사과할게. 미안해. 네**가 아니라 다른 녀석을 이유 삼아 거절해서, 정말 미안해**. 너한테는 아무런 잘못도 없어. 다른 누구한테도 잘못은 없어. 이건 내 문제야— 이게, 내 안에 확고하게 존재하는, 내 마음이야."
—미안해.
그가 내 귓가에 두고 갔던 말이, 다시 들려오더니…….
"미안해, 히가시라— 나는, 너를 여친으로 삼을 수 없어."
내 뇌리에, 어젯밤에 아카츠키 양이 했던 말이 되풀이됐다.

—……그러니 말이지? 그런데도 굳이 여친을 만든다면
—설령 가치가 없더라도, 남에게 자랑하지 못하더라도,

꼭 곁에 있어 줬으면 하는…… 그런 생각이 드는 상대 뿐일 거야.

"……아……."

다리에서 힘이 빠졌다.

창문에서 돌아선 나는 벽에 등을 맡긴 채, 미끄러지듯 주저앉았다.

"……아, 아…… 아아……!"

왜야, 이 바보야.

행복해질 수 있을지도 모르는데.

나 따위와 다르게, 잘 풀릴 게 뻔한데.

나는, 너한테 있어, 그저 의붓남매에 지나지 않는데.

왜, 아직.

여친이 아니게 된 인간을, 아직.

—네 곁에, 두는 건데.

"……아~아."

아카츠키 양의 어이없다는 듯한 목소리가 들려왔다.

"어찌 됐든 간에, 결국 울리고 말았네."

"우는 거, 아냐……!!"

"정말 좋아하나 봐?"

"이제, 좋아하지 않아아아아아……!!"

이제 좋아하지 않는다.

이제 좋아하지 않지만.

—아직 나는, 그의 곁에 있다.

아아, 어쩌지.

나…… 정말, 정말, 기뻐.

"……두 사람 다, 이상해."

아카츠키 양이 중얼거렸다.

기분 탓인지, 삐친 듯한 투로…….

"이상해."

◆

결국, 그날은 그 후로 아무것도 할 수 없었다.

히가시라 양이 미즈토의 대답에 어떤 반응을 보였고, 어떤 형태로 수습됐는지— 나는, 지켜보지 못했다.

아카츠키 양의 말에 따르면, 울음을 터뜨린 나를 달래는 사이, 두 사람 다 사라졌다고 한다.

……히가시라 양에게는 정말 미안했다.

내가 부추겨놓고, 그녀가 차였다는 사실에 나는 기뻐하고 말았다. —그 남자가 나를 이유로 그녀를 찬 것을, 울음을 터뜨릴 만큼 기뻐하고 말았다.

대체 얼마나 성격이 배배 꼬인 걸까. 히가시라 양에게 따귀를 맞아도 불평할 자격이 없다.

얼굴을 볼 면목이 없어서, 나는 다음날에도 LINE으로 연락을 취하지 못했다. 연락이 오지 않는 것을 보면, 히가시라 양이 먼저 연락하지는 않을 것 같았다.

고백 전야, 가슴 속이 공허해졌던 그때를 떠올렸다.

……그녀도 지금 그런 기분을 맛보고 있을 것이다. 위로해주고 싶다는 생각이 들었지만, 나에게 그럴 권리가 있을지…….

그런 생각에 사로잡힌 채 수업을 듣고 맞이한 방과 후…….

"위로 파티를 하자."

학교 건물을 나섰을 즈음, 아카츠키 양이 그렇게 말했다.

"우리한테도 책임이 있잖아. 그리고…… 히가시라 양한테 이리도는 유일한 친구인데, 그렇게 되어버렸으니…… 안 그래?"

나는 그 말을 듣고 기분이 더욱 가라앉았다.

"……맞, 아. 예전처럼 지내지는 못할 거야……."

우리가 부추기지 않았다면, 히가시라 양은 미즈토란 친구를 잃지 않았을 것이다.

이대로 모르는 척을 하는 건, 나한테는 무리였다.

"이리도를 대신해줄 수는 없겠지만, 부추긴 사람으로서 뒷수습은 해줘야 하지 않겠어? 같이 놀며 위로해주고, 상처를 보듬어준 다음…… 그리고, 다시 친구가 되는 거야."

"으음……. 하지만 내가 어떻게 대하면 좋을지 모르겠어……."

나 때문에 차인 건데, 어떻게 위로해주면 좋을까…….

아카츠키 양은 빙긋 웃었다.

"그거라면 걱정하지 마! 이리도의 어설픈 거절 방식에 대해 디스해대기만 하면 돼!"

"아하……! 거기에는 전면적으로 동의할 수 있어!"

"그리고 우리가 히가시라 양에게 디스당하기만 하면 돼!"

"……거기에도 전면적으로 동의할 수 있어."

감수할 수밖에 없다. 히가시라 양은 완벽한 피해자다. 무책임하게 부추긴 우리와, 완곡하게 넘어갈 줄 모르는 그 망할 자식에게 피해를 본 것이다. 좀 더 무난하게 고백을 거절할 수는 없었던 거야?

"그럼 전화를 걸어볼게. 각오는 됐지?"

"……응. 됐어."

아카츠키 양이 스마트폰을 조작했다.

나는 심호흡을 반복하며, 최대한 고개를 들었다. 고개를 숙이고 있다간 한도 끝도 없이 기분이 가라앉고 만다. 이럴 때는 무리해서라도 고개를 들어야—.

어?

……이게 어떻게 된 걸까. 내 눈에, 믿기지 않는 광경이 들어온 것 같은데…….

건물 3층, 가장 구석.

도서실 창문.

나는 잘못 본 것이기를 바라며, 그곳을 손가락으로 가리켰다.

"……아, 아카츠키 양…… 저기……."

"응? ……으응?"

내가 손가락으로 가리킨 곳을 본 아카츠키 양의 표정도 얼어붙었다.

당연한 반응이었다.

그것도 그럴 것이—.

도서실 창가에.

나란히 앉아서.

즐겁게 이야기를 나누고 있는.

—이리도 미즈토와, 히가시라 이사나의 모습을 봤으니 말이다.

"…………."

"…………."

우리가 침묵에 잠긴 가운데, 창문 너머로 보이는 히가시라 이사나가 스마트폰을 꺼내서 오른쪽 귀에 댔다.

아카츠키 양의 스마트폰에서 목소리가 들려왔다.

『네. 여보세요~?』

""이봐, 낯짝 좀 보자.""

『네에에에엣——?!』

““어떻게 된 거야?””

위로 파티는 심문의 자리로 돌변했다.

항상 모였던 패밀리 레스토랑에서, 히가시라 양은 빨대를 빨며 고개를 갸웃거렸다.

“뭐가 말이에요?”

“어제 그런 일이 있었는데, 왜 그렇게 사이가 좋은 건데?!”

“어제 차였잖아?! 꽤 심각한 타입의 실연이었지?! 뭐야? 우리가 모르는 곳에서 어떤 반전이 벌어진 건데?!”

“심각한 타입인지는 모르겠지만, 실연은 했거든요?”

“그럼!”

“왜!”

“으음…… 왜 화를 내는 건지 모르겠네요…….”

히가시라 양은 난처하다는 듯이 미간을 찌푸렸다.

뭐야?! 우리가 설명해야 하는 거야?! 우리야말로 설명을 듣고 싶거든?!

“우리는 책임을 느끼고 있었어! 우리가 부추긴 탓에, 히가시라 양이 이리도와 친구가 아니게 됐다는 생각에 말이야!!”

“친구가 아니라 됐다, 고요? 왜요? 반대 아닌가요?”

““뭐?””

실연 직후인 글래머 소녀는 당연한 상식을 이야기하듯 말했다.

"깔끔하게 차여서 여친이 될 가능성이 없어졌으니, **부담 가지지 않고 당당히 친구로 지낼 수 있다**고 봐야 하지 않나요?"

우리는 경악했다.

서…… 설마…… 그녀가 『예전 같은 사이로 지내지 못할지도』 같은 소리를 하지 않고, 의외로 순순히 미즈토의 여친이 되는 것을 받아들인 이유는…….

어마어마한 전율이 온몸에 흘렀다.

눈앞에서 어리둥절하고 있는 여자애가, 머나먼 이세계에서 온 외계인처럼 보였다.

"……이, 이해가 안 돼……. 요즘 젊은 애들은 이해가 안 돼, 유메……!"

"괜찮아! 진정해! 나도 전혀 모르겠거든!"

"걱정을 끼친 것 같아 죄송하네요. 인생 첫 실연에 충격을 받기는 했지만, 지금은 이렇게 괜찮아요. **어제, 미즈토 씨가 위로해줬거든요.**"

""무슨 소리야~?!""

"『차분하게 잘 생각해봐. 고등학생 때 만든 애인보다 고등학생 때 만든 친구가 오래갈 확률이 높지 않겠어?』라는 말을 듣고 『오호라!』 하고 생각했어요."

"뇌가 따라가지를 못하겠어!!"

"우리의 상식을 더는 파괴하지 마!!"

『나에게 그럴 권리가 있을지……』 같은 내 고민은 다 뭐였던 거야?! 이 애, 가장 권리가 없는 녀석한테 위로받았거든?!

이제 말 자체가 통하지 않는 느낌이 들었다. 가치 기준의 단절이 엄청났다. 우리는 또 한 명의 당사자에게 따지기로 했다.

『……여보세요?』

"여보세요. 어제 네가 찬 여자애에 관해 물어볼 게 있는데 말이야."

『……그것보다, 내가 히가시라에게 고백을 받은 걸 네가 어떻게 아는 거야?』

"지금 중요한 건 그게 아냐."

『중요하다고 생각하는데…….』

"……실연해서 상처 입은 히가시라 양을, 그녀를 찬 당사자 주제에 위로해줬다는 게 사실이야?"

『……그거 말이구나. 누구에게 들었는지 모르겠지만, 안심해.』

"뭘?!"

『나도, 왜 그렇게 된 건지 감도 안 와.』

당혹감이 묻어나는 그 목소리를 들은 나와 아카츠키 양은 히가시라 양을 다시 쳐다보았다. 굳은 표정으로, 메뉴와 함께 놓여 있는 어린이용 틀린 그림 찾기를 노려보고 있었다.

아무래도, 이상한 건 우리가 아닌 것 같았다.

“……이세계인.”

“이세계인이네.”

“어라? 제가 왜 갑자기 이세계 전생자 취급을 당하는 거죠?”

이 세상에는 가치관이 결정적일 만큼 다른 인간이 있다.

나는 그것을 뼈저리게 느꼈다.

—바로 그때였다.

미즈토와 연결된 스마트폰에서, 낮은 목소리가 흘러나왔다.

『…………이리도…………?』

“윽!”

어딘가 오싹한 목소리가 들려오자, 아카츠키 양은 『큰일 났다』는 듯한 표정을 지었다.

방금 그 목소리는…… 카와나미? 미즈토의 목소리가 아니었으니 카와나미 말고는 짐작 가는 사람이 없었다.

『방금…… 고백을 받았단 말을 들었는데…… 대체, 어디 사는 누구한테 받은 거야……?』

『응? 그러고 보니 너한테는 말 안 했었나? 히가시라에 대해—.』

“우왓~!! 안돼안돼안돼!! 그 녀석에게 히가시라 양에 대해 이야기하면 안 돼~!!”

『이봐, 그 여자가 대체 누군데?! 이리도 양 이외의 여자와—.』

“하아, 정말! 이제까지 잘 숨겼는데!!”

아카츠키 양은 허둥지둥 짐을 싸며 벌떡 일어섰다.

"미안한데, 성가신 변태를 달래러 가야 하니까 먼저 일어날게!"

테이블에 드링크바 값을 둔 아카츠키 양은 우리를 내버려 둔 채 패밀리 레스토랑을 뛰쳐나갔다.

그 뒷모습을 멍하니 쳐다본 나는 웅얼거리듯 중얼거렸다.

"……어쩌면, 누구나 누군가에게 있어서는 이세계인일지도 몰라……."

"오오? 의미심장하네요. 설령 이세계로 전이 전생을 하더라도, 사람과 세상의 관계는 근본적으로 별반 다르지 않을 거란 이야기인가요?"

이 세상에 똑같은 인간은 존재하지 않는다.

똑같은 사랑 또한 존재하지 않는다.

첫사랑이 끝나고, 첫사랑이 아닌 무언가가 이어지고 있다.

그 무언가에, 나는 아직 이름을 붙이지 못했다.

■작가 후기— 행복 신연호(新年号)

꽤 예전의 일이지만, 일본의 결혼 정보지인 젝시가 CF에 채용한 캐치프레이즈가 반향을 불러일으킨 적이 있습니다.

『결혼하지 않아도 행복해질 수 있는 이 시대에, 저는 당신과 결혼하고 싶은 거예요.』

이 책이 발간될 예정인 5월 1일에는 일본의 연호인 헤이세이가 레이와로 바뀝니다. 헤이세이라 불린 약 30년 동안, 저출산이 심해지고, 결혼 평균 연령이 상승했으며, 그에 따라 가치관도 변모했습니다. 젝시가 말한 것처럼 이제 결혼은 인생의 필수 이벤트가 아니며, 연인이 없는 것도 드문 일이 아닙니다. 연인이 없으면 친구와 시간을 보내면 되고, 친구가 없으면 게임을 하거나 책을 읽으면 됩니다. 그 모든 것의 가치는 동등하며, 귀천이 없습니다. —이와 같이, 행복의 형태는 다양합니다.

그렇다면, 러브코미디의 히로인이 평범한 여자 사람 친구라도 괜찮지 않을까?

그런 생각에서 비롯된 완전 무적 계열 히로인, 히가시라 이사나의 등장 편입니다.

완전 무적 계열이란 것은 연애 면에서 지더라도 그것에 의미가 없단 뜻입니다. 그녀에게 있어 실연은 그렇게 뼈아픈 일이 아니니까요. 그녀에게 있어 행복이란, 남친을 만들어 결혼해서 아내가 되어 자식을 보는 것이 아니라, 라이트노벨의 감상을 주고받을 상대가 존재하는 것입니다.

인격 한복판에 연애에 의한 상처가 새겨져 있는 등장인물이 잔뜩 있는 가운데, 그녀의 가치관은 그야말로 이세계인입니다. 전이 및 전생 계열 주인공이 상식과 지식의 차이로 이세계에 크나큰 영향을 주듯, 그녀는 그 존재만으로 주위에 영향을 줍니다.

작금에는 연인이란 관계가 특별시되지 않습니다. 그렇다면 어떤 관계가 되어야 가장 행복할까요. 행복이 다양화된다는 건, 인간관계가 다양화된다는 의미이기도 합니다—.

—진짜로 어떻게 하죠. 실은 웹 연재판을 거의 따라잡았습니다.

담당 편집자님, 일러스트를 맡아주신 타카야Ki 선생님, 이 책의 제작에 관여해주신 모든 분, 그리고 독자 여러분에게 이 자리를 빌려 깊이 감사드립니다. 덕분에, 1권이 중판됐습니다. 빈말이 아니라 진짜로 여러분 덕분입니다.

저, 카미시로 쿄스케의 『새 엄마가 데려온 딸이 전 여친이었다 2 설령 연인이 아니더라도』를 전해드렸습니다. 3권에서 다시 뵙겠습니다.

■역자 후기

안녕하십니까. 근로청년 번역가 이승원입니다.

『새 엄마가 데려온 딸이 전 여친이었다』 2권을 구매해주셔서 진심으로 감사드립니다.

올해는 정말 더위가 상상을 초월하는 것 같습니다.

작년에 이사한 새 작업실에서 맞이한 첫 여름입니다만……. 한낮에 실내 온도가 37도까지 올라갔습니다(-_-;). 온도계 달린 시계가 고장인가 싶어서 새 온도계로 재보니 38도……. 이대로는 죽는다! 싶어 침실에도 에어컨을 설치하기로 했습니다. 그런데 배송에 보름이나 걸렸군요. 7월 말에야 설치가 됐는데, 에어컨 비용 안 아깝게 더위가 지속되기를 빌어야 할지, 아니면 빨리 더위 좀 가시기를 빌어야 할지 고민입니다.^^

독자 여러분도 별 피해 없이 올해 여름 잘 보내셨기를 진심으로 빕니다!

그럼 『새 엄마가 데려온 딸이 전 여친이었다』 2권에 관해 이야기를 좀 해볼까 합니다.

스포일러가 포함되어 있을 수도 있으니 본편을 안 읽으신 분은 유의해주시길!

『새 엄마가 데려온 딸이 전 여친이었다』 2권은 신규 히로인, 히가시라 이사나 데뷔편이었습니다.

작가 공인 완전 무적 히로인에 걸맞게, 다른 등장인물들을 완전히 멘붕으로 몰아넣고 있습니다. 사실 저도 고백을 거절당하고 충격 받은 그녀가 어떤 행보를 보여줄지 기대했는데, '여친 안 되면 여사친으로 GO!'를 진짜로 실행에 옮길 줄은 몰랐습니다. 역시 완전 무적은 무시무시하군요. 태도의 변화가 전혀 없어요…….

그리고 또 주목한 캐릭터는 바로 유메입니다. 부모님의 결혼으로 같은 또래 남자와 같이 살게 된 것에 여자라면 누구나 거부감을 느낄 법한데, 유메가 그것을 받아들인 이유는 바로 상대가 전 남친이었기 때문입니다. 헤어지기는 했지만 그를 신뢰하고 있다는 의미였죠. 그리고 그 후에도 전 남친은 전 여친을 위해 물심양면으로 힘쓰고 있습니다. 그뿐만 아니라, 자신의 마음속에 아직 전 여친이 있다는 이유로 매력적인 여성(^^)의 고백마저 거부하죠. 그런 행동 하나하나가 의붓남매가 되어버린 두 사람의 미래에 어떤 영향을 끼칠지……. 솔직히 말하자면, 그냥 빨리 재결합해! 하고 외치

고 싶을 지경입니다.^^

그럼 이만 줄이겠습니다.

항상 재미있는 작품을 맡겨주시는 L노벨 편집부 여러분에게 진심으로 감사드립니다. 앞으로도 잘 부탁드립니다!

멘탈 붕괴 중인 역자를 살리기 위해 삼다수와 플5 쾌적 신공을 펼치는 악우여. 마음은 고맙지만, 할 시간이 없어……ㅠㅜ

마지막으로 언제나 제게 버팀목이 되어주시는 어머니와 『새 엄마가 데려온 딸이 전 여친이었다』를 읽어주신 모든 분께 진심으로 감사드립니다.

이번 권에서 찬밥 신세였던 관음증 환자(?)와 중증 스토킹 걸(?)의 과거가 밝혀질 3권 역자 후기 코너에서 다시 뵙겠습니다!

2021년 7월 말

역자 이승원 올림

새 엄마가 데려온 딸이 전 여친이었다 2

1판 1쇄 발행 2021년 10월 10일
1판 3쇄 발행 2022년 9월 2일

지은이_ Kyosuke Kamishiro
일러스트_ TakayaKi
옮긴이_ 이승원

발행인_ 신현호
편집장_ 김승신
편집진행_ 권세라 · 최혁수 · 김경민 · 최정민
편집디자인_ 양우연
관리 · 영업_ 김민원

펴낸곳_ (주)디앤씨미디어
등록_ 2002년 4월 25일 제20-260호
주소_ 서울시 구로구 디지털로 26길 111 JnK디지털타워 503호
전화_ 02-333-2513(대표)
팩시밀리_ 02-333-2514
이메일_ lnovellove@naver.com
L노벨 공식 카페_ http://cafe.naver.com/lnovel11

MAMAHAHA NO TSUREGO GA MOTOKANO DATTA Vol.2
TATOE KOIBITO JANAKUTATTE

ISBN 979-11-278-6230-5 04830
ISBN 979-11-278-6075-2 (세트)

값 7,800원